「ダイドーの冒険」シリーズ

ナンタケットの夜鳥

ナンタケットの夜鳥

ジョーン・エイキン 作
こだま ともこ 訳
パット・マリオット 画

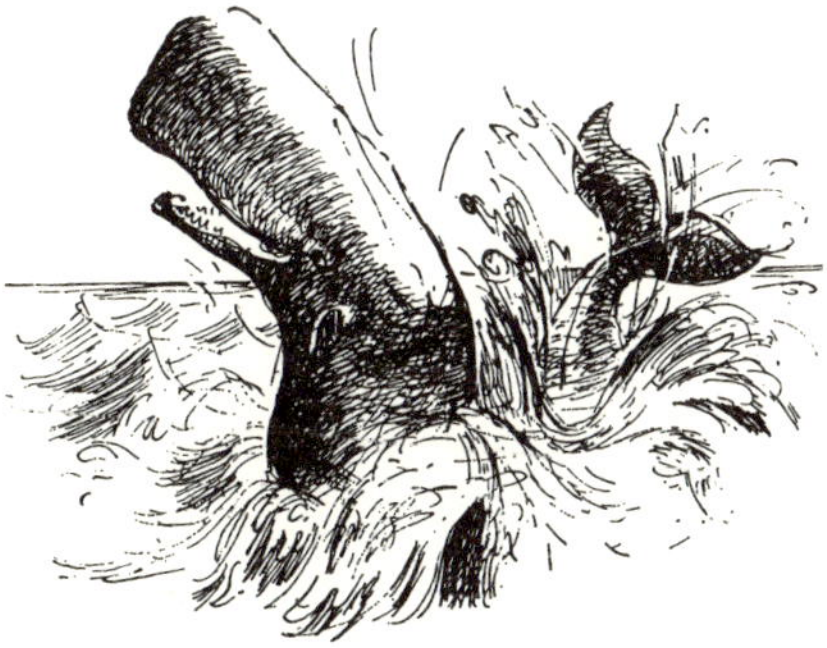

冨山房

装丁　辻村益朗

そもそものお話は……

この物語の舞台《ぶたい》は、じっさいの歴史にはない架空《かくう》の時代のイギリスで、そのイギリスでは、一八三二年に良き王ジェームズ三世が即位《そくい》し、少し前にはイギリスのドーバーとフランスのカレーを結ぶ英仏海峡《えいふつかいきょう》トンネルが完成していた（ほんものの歴史では、当時のイギリスの王様はウィリアム四世で、ジェームズ三世という王様は存在《そんざい》しない。英仏海峡《えいふつかいきょう》トンネルもこのころにはなく、開通したのは一九九四年）。

さて、できたばかりの英仏海峡《えいふつかいきょう》トンネルを通って、きびしい冬の寒さに追われたオオカミの大群《たいぐん》が、ヨーロッパ本土から、ロシアから、ぞくぞくとイギリスにわたってきていた。ロンドンから遠く離《はな》れたウィロビー高原にも、腹《はら》をすかせたオオカミがうろつきまわっていた。

ある日、ウィロビー高原にぽつんと建つ広大な屋敷《やしき》、ウィロビー・チェースに、住みこみの女の家庭教師《かていきょうし》があらわれた。屋敷《やしき》のあるじであるサー・ウィロビー夫妻《ふさい》が船旅に出ているあいだ、ひとり娘《むすめ》のボニーのめんどうを見るためにやとわれたのだった。ところが、サー・ウィロビー夫妻《ふさい》が旅立ったその日から、ボニーと、ロンドンから訪《おとず》れたいとこのシルビアは、その家庭教師《かていきょうし》、レティシア・スライカープがたくらむおそろしい事件《じけん》に巻《ま》きこまれていく。ふたりの少女を持ち前の知恵《ちえ》と勇気で助けたのは、ガチョウ飼《か》いの少年、サイモンだった。サイモンは両親の名前も知らない孤児《こじ》だったが、サー・ウィロビーがあわれんで、屋敷《やしき》の地所に住まわせていたのだった。

その後、絵の才能《さいのう》にめざめたサイモンは、画家になるという希望を胸《むね》に、ロンドンへたった。そして、ローズ横丁にあるトワイト氏の家に下宿しながら美術学校《びじゅつがっこう》に通うことになった。うれしいことに、孤児院《こじいん》にいたころの幼《おさな》なじみソフィーにも再会した。ソフィーは、美《び》術学校《じゅつがっこう》の近くにあるバタシー城《じょう》で、公爵夫人《こうしゃくふじん》の小間使いをしていた。

ところが、下宿の主人のトワイト夫婦《ふうふ》は、ジェームズ三世を亡《な》き者にしようとたくらむハノーバー党《とう》の一味だった。王様を殺したあと、はるかハノーバーからジョージ王子をイギリスに連れてきて、王位につかせようと計画をねっていたのだ。それを知ったサイモンは、トワイト家の末娘《すえむすめ》であるダイドーや、ソフィーと協力して、あやういところで王様と公爵夫《こうしゃくふ》妻《さい》を救ったのだった。

そんな騒動《そうどう》のさなか、孤児《こじ》だと思っていたサイモンとソフィーは、じつはバタシー公爵《こうしゃく》の甥《おい》と姪《めい》で、ふたごの兄妹《きょうだい》であることがわかった。けれども、サイモンはその事実も知らないまま誘拐《ゆうかい》され、救いにきたダイドーとともに難破船《なんぱせん》から海に投げだされてしまった。サイモンは無事に助けられたものの、ダイドーは行方不明《ゆくえふめい》になり、だれもが死んだものと思った。

登場人物

ダイドー・トワイト　主人公の少女

キャスケット船長（ジェーブズ・キャスケット）　アメリカの捕鯨船《ほげいせん》、セアラ・キャスケット号の船長

ペン（デューティフル・ペニテンス・キャスケット）　キャスケット船長の娘《むすめ》

ネイト（ナサニエル・パードン）　セアラ・キャスケット号の乗組員の少年

パードンさん（ライジェおじさん）　二等航海士。ネイトのおじさん

スライカープ氏　一等航海士

いとこのアン・アラートン　ニューベッドフォードの町に住んでいる、キャスケット船長の親せき

トリビュレーションおばさん　キャスケット船長の妹

メイヒュー先生　医師《いし》。ナンタケット島の町長

ブレドノー教授《きょうじゅ》　ヨーロッパからナンタケット島に来た学者

■この巻には登場しないが……

サイモン　ダイドーの友だち。ダイドーとともに、難破船《なんぱせん》から海に投げだされる

ソフィー　サイモンのふたごの兄妹《きょうだい》。前巻でふたりはバタシー公爵《こうしゃく》の甥《おい》と姪《めい》だということがわかる

ジェームズ三世　イギリスの王様

この本に登場する おもな場所

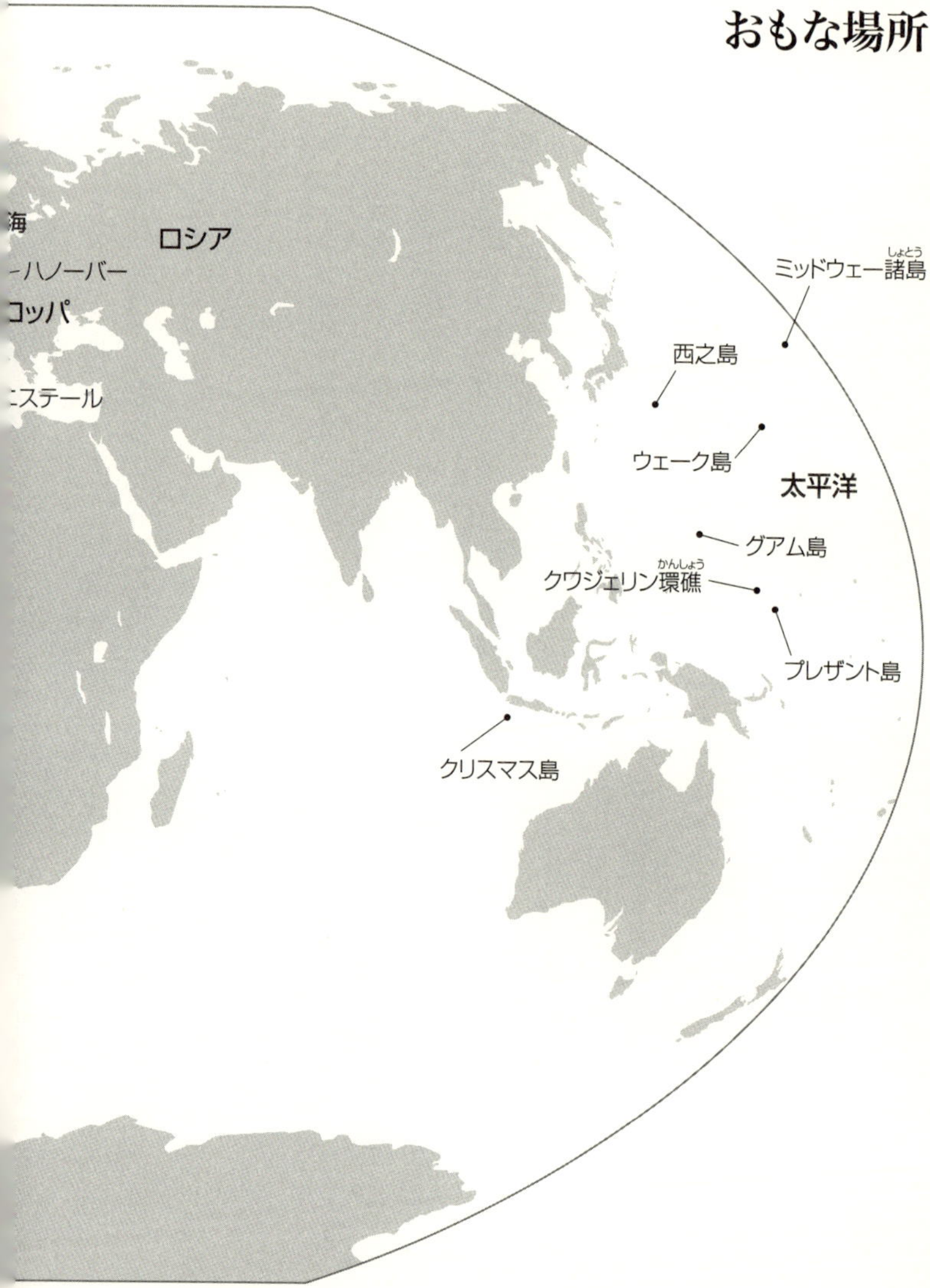

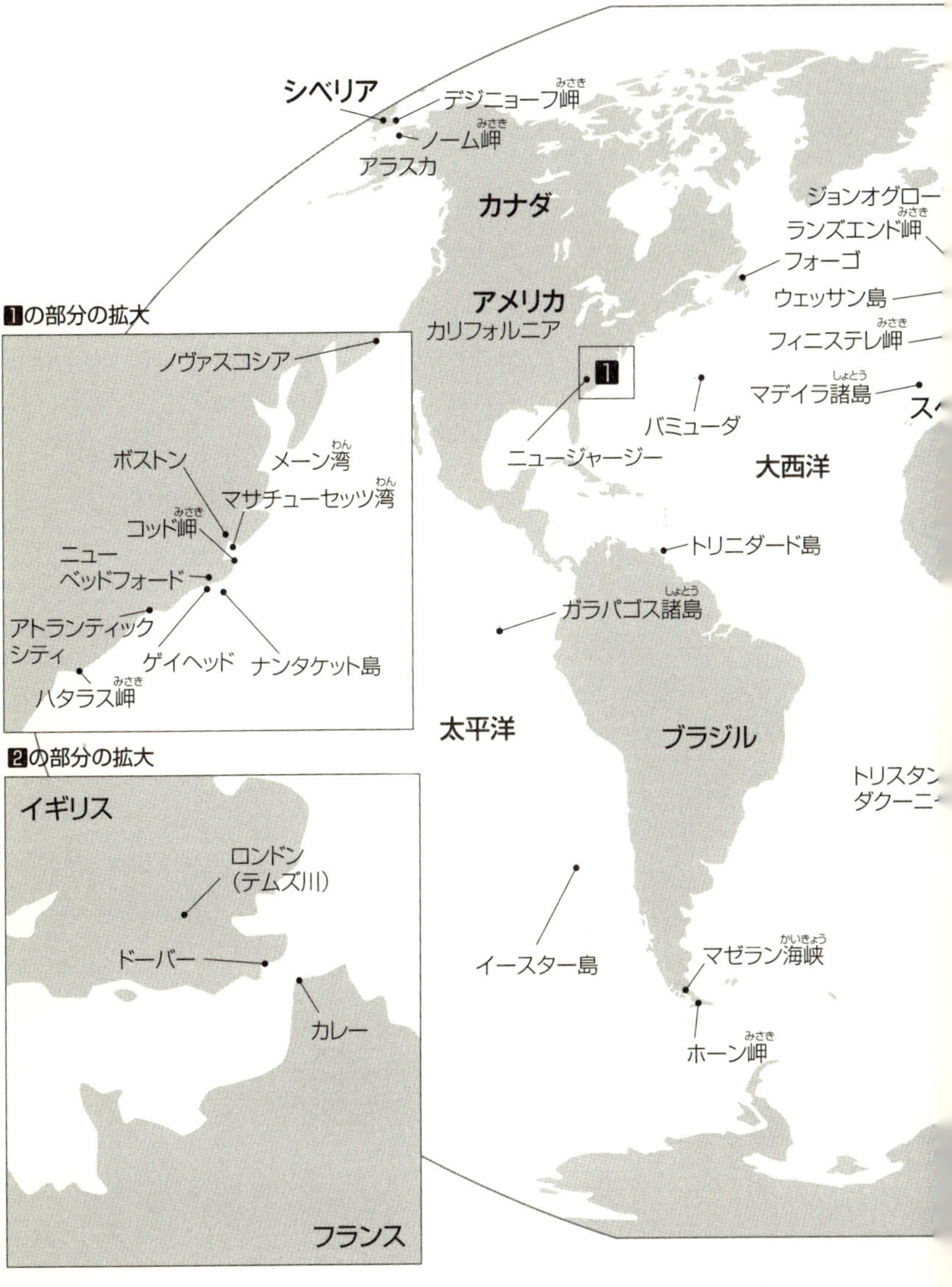
シベリア
デジニョーフ岬《みさき》
ノーム岬《みさき》
アラスカ
カナダ
アメリカ
カリフォルニア
ジョンオグロー
ランズエンド岬《みさき》
フォーゴ
ウェッサン島
フィニステレ岬《みさき》
マデイラ諸島《しょとう》
バミューダ
ニュージャージー
大西洋
トリニダード島
ガラパゴス諸島《しょとう》
太平洋
ブラジル
トリスタン
ダクーニ
イースター島
マゼラン海峡《かいきょう》
ホーン岬《みさき》
1の部分の拡大
ノヴァスコシア
ボストン
メーン湾《わん》
マサチューセッツ湾《わん》
コッド岬《みさき》
ニュー
ベッドフォード
アトランティック
シティ
ゲイヘッド
ナンタケット島
ハタラス岬《みさき》
2の部分の拡大
イギリス
ロンドン
（テムズ川）
ドーバー
カレー
フランス

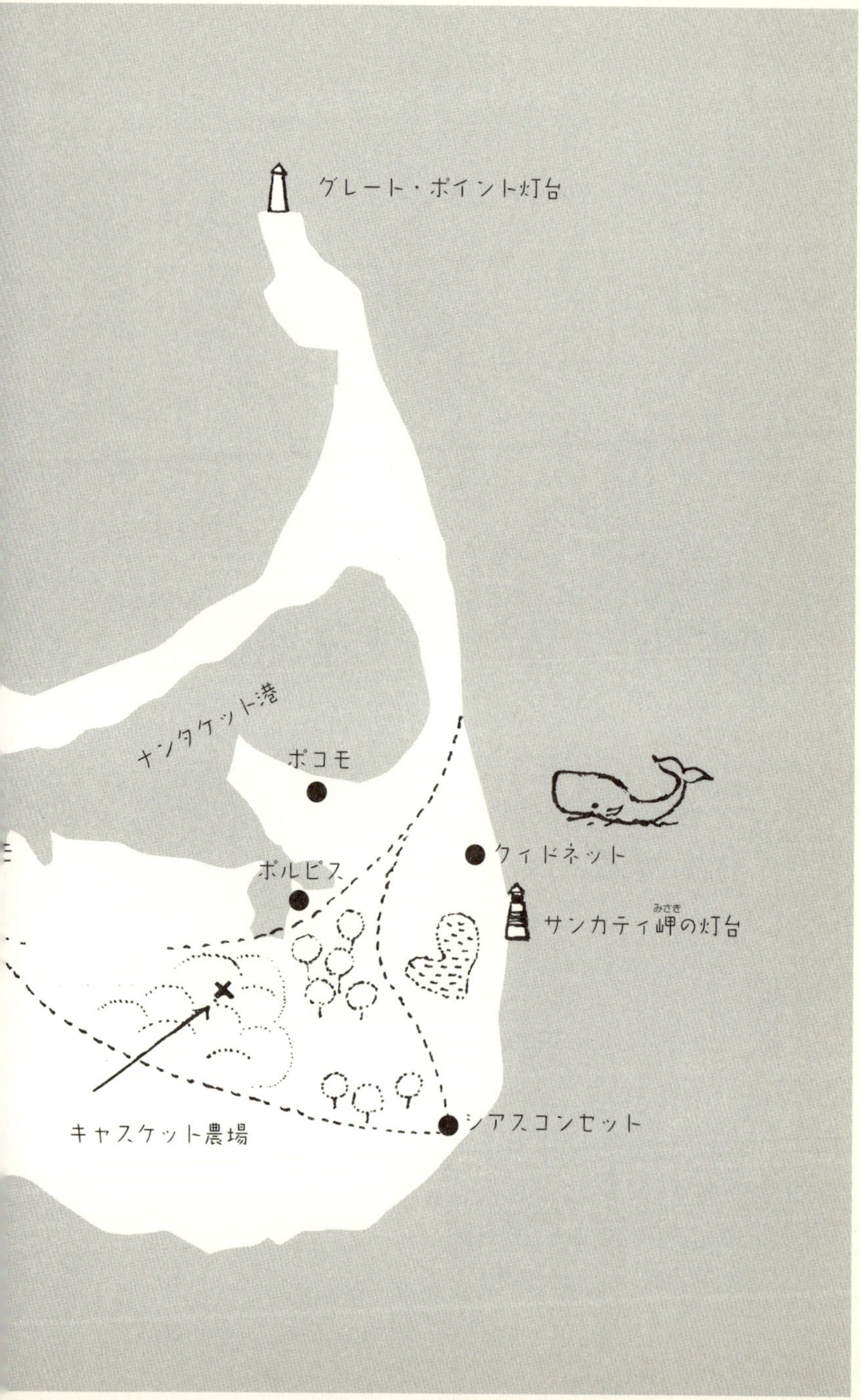
グレート・ポイント灯台
ナンタケット港
ポコモ
クィドネット
ポルピス
サンカティ岬《みさき》の灯台
キャスケット農場
シアスコンセット

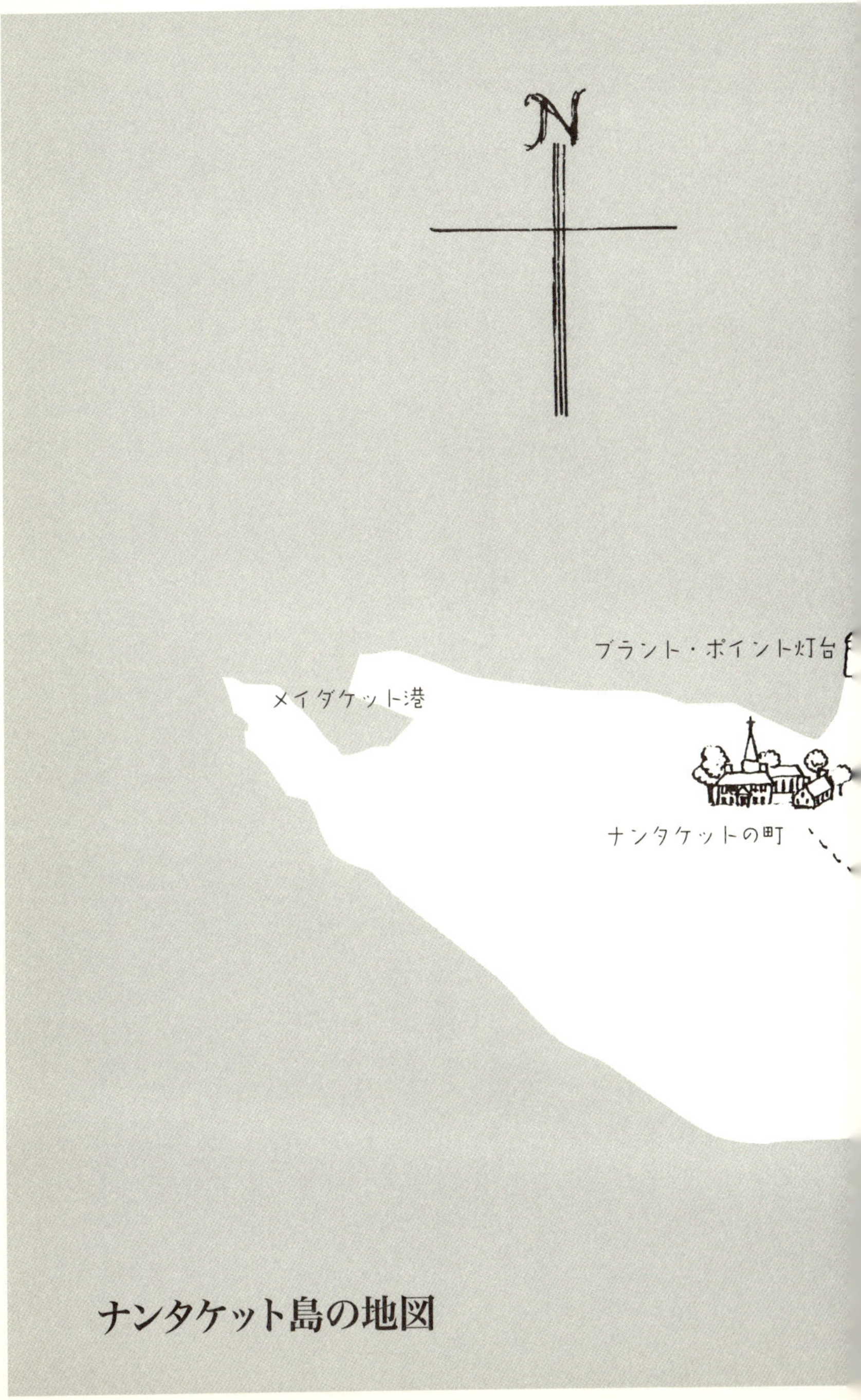
N
ブラント・ポイント灯台
メイダケット港
ナンタケットの町

ナンタケット島の地図

ナンタケットとニューベッドフォードの捕鯨《ほげい》博物館にお礼申しあげます。本書を書くにあたって、貴重《きちょう》な知識《ちしき》をたくさんあたえてくださいました。ベッドフォード捕鯨《ほげい》博物館からは、捕鯨《ほげい》にかんする数々の有益《ゆうえき》な用語を教えていただきました。

1

セアラ・キャスケット号の上で――眠《ねむ》っていた子が、目をさます――ピンクのクジラの話――故郷《ふるさと》を離《はな》れ、地球を半まわり

いまから、百年以上前のおはなし。

静かな冬の夜、セアラ・キャスケット号は、星のきらめく北の海を、ゆっくりと進んでいた。三本の帆柱《ほばしら》に帆《ほ》を横に張《は》った、アメリカの捕鯨船《ほげいせん》だ。そろそろ夜も明けるころで、深夜の当直も終わりに近づいている。身を切るようなきびしい寒さのなか、霜《しも》のせいで白い甲板《かんぱん》はきらきらとかがやき、帆柱《ほばしら》のてっぺんから船の両側に張《は》ったロープも、モールのように光っている。と

きおり帆柱《ほばしら》から、長いつららがチャイムのような音をひびかせながら甲板《かんぱん》に落ちる。そのほかには、夜の静寂《しじま》を破《やぶ》る音はひとつもきこえず、はるか遠くの海でほえるアザラシの声が、かすかに水面《みなも》をわたってくるだけだった。

そんな船の甲板《かんぱん》に、わらをつめた木箱がひとつ置いてあり、その中で女の子が眠《ねむ》っていた。女の子は、ヒツジの毛皮でほっこりと包まれている。北極の寒気《かんき》のなかに糸のように立ちのぼる息がなければ、人間ではなく、ろう人形だと思われたことだろう。それほど身じろぎもせず、それほど青白い顔をして、その子は横たわっていたのだ。木箱のそばに少年がひとり、背《せ》をまるめ、ひざをかかえてしゃがみこみ、真剣《しんけん》な面持《おもも》ちで女の子を見つめていた。すでに当直もすませていたので、とっくに下の船室のベッドに入っていてもよかったのだが、少年は手のあいた時間があれば、いつも眠《ねむ》っている女の子のそばにいてやりたかったのだ。

女の子は、もう十か月以上眠《ねむ》りつづけていた。

やがて鐘《かね》が鳴り、当直の交代《こうたい》を知らせた。ひげづらの船乗りたちが、あくびをしながら甲板《かんぱん》にあがってくると、当直を終えた連中がおりていく。そのうちのひとりが、少年のそばに来ると声をかけた。

「おい、ネイト！　まだ、目をさまさねえのかい？」

少年は、なにも言わずにうなずいた。

ほかの男たちも、口々に言う。

「ぼうず、なんでまだあきらめねえんだよ？　そいつは、この世じゃ目をさましっこねえって」

すると、細い顔の、目のあいだがせまい男が、キツネのようにこすっからい表情《ひょうじょう》をうかべて、少年に意地悪く言った。

「このばかめが、どうして時間をむだにするんだよ？　おまえと聖人様《せいじんさま》みたいな船長殿《どの》がいなかったら、そいつはとっくの昔にカマスのえさになってたんだぞ」

「おいおい、そんなこと言うなって、スライカープさんよ」と、だれかがいさめた。「その子が、この船に『油まみれの幸運《こううん》』を呼《よ》びこんでくれたんじゃねえのかい？　おかげで、おれたちゃ船に積みこめるだけの鯨油《げいゆ》をどっさりとることができたんだぜ」

「ふん！」スライカープと呼《よ》ばれた男は、鼻でせせら笑った。「そのガキと幸運《こううん》になんのかかわりがあるって言うんだ？　そいつを助けあげていようといまいと、おれたちは、もともとついてたんだよ。おれに言わせりゃ、そんなやつは運《うん》がかわらないうちに、とっとと海に放りなげちまえばいいんだ。ガキの乗った船で働くのなんか、まっぴらごめんだよ」

スライカープ氏は、ぶつくさ文句《もんく》を言いながら、船室におりていく。そのあいだも、ネイトと呼《よ》ばれた少年は顔色ひとつかえず、男たちの話など耳に入らないようすで、眠《ねむ》っている女の子に話しかけていた。

「ほうら、おちびさん。夕食の時間だよ」

男たちがひとりふたり立ちどまって、ネイトのすることを見ていた。ネイトは片腕《かたうで》で女の子を注意深く抱《だ》きおこすと、もう片方《かたほう》の手に持ったブリキのコーヒーポットをかたむけて、鯨油《げいゆ》と糖《とう》蜜《みつ》をまぜた、どろどろの黒い液体《えきたい》を女の子の口に流しこんだ。女の子は眠《ねむ》ったまま、ごくごくと飲んでいる。まぶたすら、ぴくりとも動かない。コーヒーポットがからになると、ネイトは女の子をわらの寝床《ねどこ》の上にまた寝《ね》かせ、ヒツジの毛皮でおおってやった。

「ぶるぶるっ、あんなもの飲んでまで、おれは生きたいとは思わねえな」男のひとりがつぶやいた。「それでも、おめえはその飲みもので、この子を生かしつづけてきたんだ。な、そうだろう、ネイト？　おめえがいなかったら、そいつは骨《ほね》と皮ばかりになっちまってただろうよ」

「たぶんおれは、生きてるものの世話をするのが好きなんだよ」ネイトは、おだやかに答えた。

「ずっとかわいがってた九官鳥のジェンキンズくんに、ニューベッドフォードの通りで逃《に》げられちゃってね。それからずーっと、なんかの世話をしたいなあって思ってたんだ。それに、キャスケット船長が、クジラの油と糖蜜《とうみつ》をまぜたのほど栄養たっぷりなものは、この世にないって言ってるからね。ほうら、この子、大きくなっただろ。これを飲ませるようになってから、十八センチも背《せ》がのびたんだ」

「だから、なんだって言うんだよ？」あのキツネ顔の一等航海士、スライカープ氏が、船尾《せんび》側の昇降口《しょうこうぐち》からあがってきた。「おれたちの食いものが、そんなガキののどに消えちまうのを見て、なにを喜んでるんだよ。くだらんことだってくらい、だれにだってわかるだろうが。さあ、おまえたち、いつまでここにいるんだ！　船室に行くやつは、早くおりろ！」

立ちどまっていた連中が、あわてて散らばりかけたとき、帆柱《ほばしら》の上から大声がきこえてきて、男たちはにわかに活気づいた。

「潮《しお》を吹《ふ》いてるぞお！　クジラが潮《しお》を吹《ふ》いてるぞお！」

帆柱《ほばしら》の横材にのっている見張り番《みはりばん》が、興奮《こうふん》のあまりぴょんぴょんはねている。そのせいで合わせて五十キロもありそうな大つららが、ガラン、カシャと音を立てながらばらばらと甲板《かんぱん》に落ちた。見張《みは》り番《ばん》は、行く手をまっすぐ指さしている。

「クジラだぞお！　まっすぐ前方、一キロ半も離《はな》れちゃいねえぞお！」

そして、見張《みは》り番《ばん》の言うとおり、水平線にあわい銀色に光る水が吹《ふ》きあげられているのが見えてきた。

男たちがアリのようにあわただしく船上を走りまわり、スライカープ氏が命令をくだす。

「主檣楼帆《しゅしょうろうはん》（中心の帆柱《ほばしら》の帆《ほ》）と上檣帆《じょうしょうはん》（下から三番目の帆《ほ》）を張《は》れ！　補助横帆《ほじょおうはん》をかたむけろ！　ボートをおろせ！」

杉材の細長い捕鯨《ほげい》ボートが三そう、つり柱から木の葉のように軽々と静かな海面におろされた。

ところが、ボートに船乗りたちが乗りこもうとしたそのとき、目を見張《みは》るようなできごとが起こった。わらを敷《し》いた木箱に寝《ね》ていた女の子が、あたりのさわぎに起こされたように寝返《ねがえ》りを打ち、そのまま背《せ》のびをすると、あくびをしたのだ。ヒツジの毛皮の下からやせた手を出して、こぶしで目をこすっている。目は、まだかたく閉《と》じたままだ。ネイトは甲板《かんぱん》の下に行ってしまっていたが、ちょうど木箱のそばを走りぬけようとした男が、女の子のようすに気づいて、大声をあげた。

「こりゃあまた、びっくりさせるじゃねえか！　このお荷物を見てみろよ！　動いてるぞ！　目をさますぞ！」

「ばかなこと、ぬかすんじゃないぞ、こら！　やせこけたガキにかまってる場合かよ！　早くボートに乗れ！」

スライカープ氏にせかされて、男たちはすばやくボートに乗りこみ、位置についたが、甲板《かんぱん》の上の女の子を何度もふり返っては、ようすを見ていた。女の子は、何まいもかけてあるヒツジの毛皮の下でもぞもぞ動きはじめていたが、まだ両目をかたく閉《と》じたままだ。青白い顔には、ほんのりと赤みがさしはじめていた。

いっぽう捕鯨《ほげい》ボートは、すでに捕鯨船《ほげいせん》を離《はな》れていた。海は、とてつもなく大きい黒と銀色のパッチワークの上がけをくしゃくしゃに広げたようだ。そんな暗い海面に真っ白な平行線を描《えが》いて、三そうの捕鯨《ほげい》ボートはすいすいと去っていく。そのときになって、ようやく女の子は目をあけ、もがきながら身を起こした。

女の子は、ぼんやりとあたりを見まわした。すでに捕鯨船《ほげいせん》の中は、ひっそりと静まりかえっている。帆《ほ》をよぶんに張《は》ったにもかかわらず、風がほとんどないのでゆっくりとしか進むことがで

※本書では翻訳者による注を（　）の中に小さい文字で記しました。

きず、捕鯨《ほげい》ボートはもうずっと先まで行ってしまっていた。るす番役の乗組員もすこしはいたが、どこかほかの場所で仕事をしているらしい。

女の子はしばらくぼおっとあたりを見つめていたが、そのうちに、これはいったいどうしたことだろうと考えはじめたらしく、頭の上にさがったランプのかすかな明かりに照らされたもののひとつひとつに目をとめた。白い霜《しも》のおりた甲板《かんぱん》、空の星と自分のあいだで交差している、おびただしい数のロープ、黒い影《かげ》になった積み荷、船の中ほどにある鯨油精製炉《げいゆせいせいろ》。鯨油《げいゆ》の樽《たる》を陸におろすときに使う材木の上には予備《よび》の捕鯨《ほげい》道具が置いてあり、きらきらと光っている。

「これって、ダーク・デュー号じゃないな」女の子は、半分ひとりごとのようにつぶやいた。「あたし、いったいどこにいるんだろう？」

ちょうどそのとき、ネイトがそばを通りかかった。女の子の声をきいたネイトは、びっくりして、手にしたマグカップを落としそうになった。それから、ふり返ると、おっかなびっくり木箱に近づいた。

「ひゃあ、ぶったまげた！」ネイトは、目をまるくした。「とうとう眠《ねむ》り姫《ひめ》が目をさましたよ！」

女の子が、ふしぎそうにネイトを見つめると、ネイトも女の子を見つめかえす。ネイトの目の前にいるのは、年のころ九歳《さい》か十歳《さい》の女の子。あごのとがった顔をして、もつれた茶色の長い髪《かみ》が肩《かた》までのびている。いっぽう女の子の前にいるのは、十六歳《さい》くらいの、ほおがこけた、やせた少年。ひどく目がくぼんでいるので、瞳《ひとみ》の色はわからない。

「あんたは、サイモンじゃないよね」女の子は、首をかしげている。「サイモンは、どこにいるの？」

「おまけに、人間の言葉をしゃべってるぞ！　サイモンって、いったいだれだい？」

「あたしの友だちだよ」

「この船には、サイモンなんて乗ってないぞ」ネイトは、女の子のそばにしゃがんだ。「さあ、チャウダー（魚やハマグリに、牛乳、タマネギ、ジャガイモなどを加えて煮《に》こんだスープ）を飲まないか？　あつあつだぞ。操舵手《そうだしゅ》のライジェおじさんのところに持ってくところだったんだ。二等航海士で、おれのおじさんさ。けど、おまえが飲んでいいぞ」

「ありがとう」女の子は、夢《ゆめ》の中のような顔で言った。まだ、半分眠《ねむ》っているらしい。けれどもあつあつのチャウダーを飲むと、すっかり目がさめたようだ。

「あんたの名前は？」と、女の子はきいた。

「ナサニエル・パードンだ。ネイトって呼《よ》ばれてる。おまえは？」

「ダイドー・トワイトだよ」

「ダイドーか――へんてこな名前だな。ダイオニスならきいたことあるけど、ダイドーなんて、初めてだよ。おまえ、イギリス人だな？」

「もちろんだよ」女の子は、けげんな顔をした。「あんたは、そうじゃないの？」

「おれは、ちがうさ。ナンタケット人だよ」ネイトはそう言うと、小さな声でうたい出した。

「おお、風にそよぐ　青きライラックよ
丈《たけ》高く　しげる　緑のトウモロコシよ
おれが　生まれたのは　ナンタケット
美しき島　ナンタケット！
スモモが　赤く実る島
ゲイヘッドから　真東へ
十時間と二十分の　島だよ」

「そんな島、きいたことないな」と、ダイドーは言った。「それじゃあ、この船は?」

「セアラ・キャスケット号さ。ナンタケット島から来たんだよ」

「あたしを、この船に救いあげてくれたってわけ?」ダイドーは、ひたいにしわを寄《よ》せて、なにが起こったのか、一所けんめいに思い出そうとした。

「そうだよ。おまえは、ちっぽけなニシンみたいに波にゆられてたからね。それで、そのときからずっと、この甲板《かんぱん》でハナゴンドウ(鼻先のまるいイルカ)より大きないびきをかいて眠《ねむ》ってたんだ。おれ、もう二度と目をさまさないんじゃないかって思ってたけどな。だって、最後の審判《しんぱん》の日まで眠《ねむ》りつづけるみたいだったもの。キャスケット船長は、流木で頭をガツンとやられたせいじゃないかって言ってた。そのせいで、いつまでも目がさめないんだってね。きっとそのあいだ、どっさり夢《ゆめ》でも見てたんじゃないのか?」

「夢《ゆめ》だって?」ダイドーは、つぶやきながら、ひたいをこすった。「思い出せないな……船が火事になったんで、あたしとサイモンは折れた帆柱《ほばしら》につかまって海にういていたんだ。それから、ふたりして岩にのぼって……ほんとに、サイモンって男の子は救いあげなかったの?」

「ああ、そうさ」ネイトは、やさしく答えた。

「もしかして、ほかの船が助けてくれたかも」ダイドーは、まだ希望をすてられなかった。「この船は、いつ港に着くの？」

「あと八か月ぐらいたってからだな。もしかして、九か月かも」

「八か月ぐらいだって？　あんた、頭がどうかしてるの？　イギリスとハノーバーのあいだが、そんなに離《はな》れてるはずないじゃない」

「この船は、そんなところには行かないんだよ。これからナンタケット島に帰るのさ。もうじき、ぜんぶの樽《たる》がいっぱいになるからね。そしたら、とにかくおまえもうちに帰れるさ。ニューベッドフォードで、イギリスに行く郵便船《ゆうびんせん》を見つけられるんじゃないか」

そんな地名をきいたところで、ダイドーにはなんのことやらさっぱりわからない。

「じゃ、あたしたちはいま、どこにいるの？」

「デジニョーフ岬《みさき》（シベリア北東部にある岬《みさき》）の北のあたりだな。クジラを、あと一、二頭つかまえたら、ナンタケット島にもどるんだ。そしたら、ぜんぶの樽《たる》がいっぱいになるからね」

「樽《たる》が、なんでいっぱいになるわけ？」

「鯨油《げいゆ》に決まってるだろ――クジラからとった油さ。おまえ、救いあげられてから十か月も、なんのおかげで生きてきたと思ってるんだい？」

「十か月だって？　あたし、この船に十か月も乗ってるの？」

「ああ、そうさ。おれがクジラの油と糖蜜《とうみつ》と硫黄糖水《いおうとうすい》（幼児用解毒剤《ようじようげどくざい》）を飲ませてやらなかったら、おまえはいまごろ骨《ほね》と皮になってただろうよ」

ダイドーは、あまりのことにぼおっとしていた。

「十か月も」ひとりごとのように、ダイドーはくり返した。「それじゃ、どんなふうにして、あたしは助けられたの？　どこのあたりで？」

初めてネイトは、すこしばかり困《こま》った顔になった。

「そうだなあ」ネイトは、気が進まないようすで説明を始めた。「この船はね、ちょっとばかり航路をはずれてたのさ。それは、こういうわけなんだ。この船の船長は、西の海でマッコウクジラを追いかけようと決めていた。それで、マデイラ諸島《しょとう》のあたりを巡航《じゅんこう》してたんだ。そしたらね、おやじさんが――船長のことだよ。とっても腕《うで》のいい船長でね、クジラがどこを泳いでるかよく知ってて、楽々と追いつめることができる。砂《すな》を入れた皿からもクジラを見つけることができるみたいな……けど、ちょっと変わり者でさ。っていうか、すっごく変わってて――」

そこでネイトは、口をぽかんと開いたまま、だまってしまった。

「続けてよ」ダイドーは、せかした。「いったいどんなふうに変わってるの？」

そのとき、とつぜんうしろから声がしたので、ダイドーはぎょっとした。

「これネイト、甲板《かんぱん》でなにをしておる？」きびしい声だ。「この時間、そなたはベッドに入っておるはずじゃないのか」

ダイドーがふり返ると、背《せ》の高い、黒ずくめの服を着た男が立っていた。長くて黒いあごひげで、白いシャツの前身頃《まえみごろ》はほとんどかくれている。きびしい顔をしてはいるが、悲しみにあふれた大きな黒い瞳《ひとみ》は、自分の話している言葉さえうわの空というふうに、ぼんやりとしていた。どこか、あらぬところにじっと目をすえているようなのだ。

「す、すみません。キャスケット船長」ネイトは、ちょっとつっかえながらあやまった。「ライジェおじさんに、あつあつのチャウダーを持っていこうとしてたんで。そしたら、この子が目をさましてるのに気がついたんです」

「おおそうか、この子がな。そうか。なんともふしぎなことだな」キャスケット船長はつぶやきながら、初めてダイドーに目をとめた。「そなた、長いこと眠《ねむ》って、気分はよくなったかね？」

「はい、ありがとうございます、船長さん」ダイドーは、はずかしそうに答えた。

「ネイト、目をさましたのなら、この娘《むすめ》に、なにか着るものを持ってきてやらんといかんぞ」

「はい、わかりました、船長。女の子の服なら、デュ――」

「ばかなことを言うものでない！」キャスケット船長は、きつい声でネイトをしかりつけた。「そんなことができんのは、そなたも知っておろうが。あの子――いや、あの服は、小さすぎるだろうし。服を入れる箱のどれかに、男の子用の服があるはずだから、ひとそろい持ってくるがいい。それに、はさみもな。捕鯨船《ほげいせん》に長い髪《かみ》は禁物《きんもつ》だぞ」

「はい、わかりました」

ネイトは、いそいで走っていく。キャスケット船長は、悲しみにあふれた、うつろな目でダイドーを上から下までながめていたが、すぐに水平線に視線《しせん》をもどし、深いため息をもらした。ダイドーのことなど、すっかり忘《わす》れているようだ。そのいかめしいすがたがおそろしくて、ダイドーは口をきくこともできなかった。

しばらくして船長は、ふたたびダイドーのほうに向きなおった。

「そなたの家族や友人は、イギリスにおるのだな？」

「は、はい。船長さん！」

「かわいそうに。さぞかし悲しんでおられることだろう。だが、そなたが家族や友人のもとにもどったら、うれしさも倍になることだろうよ」

「はい、船長さん。助けてくださって、ありがとうございます」ダイドーは、勇気をふるい起こして礼を言った。

「そなたのそばを航行するようにと、天にまします神がこの船に命じられたのであろう。神はいつも、思ってもみないことをなさるものだ」キャスケット船長が、めったにないやさしさと率直《そっちょく》さをたたえた笑《え》みをうかべると、一瞬《いっしゅん》光がさしたようにきびしい顔が晴れやかになった。

「さて、そうして目をさましたからには、今度はそなたがわたしを助けてくれねばならん」

「はい、わかりました。け、けど、どんなふうに助けるんですか？」

「明日になったら、さっそくわたしが考えている仕事を、そなたに話すとしよう。今夜は、むりをさせたくない。ほら、ネイトが服を持ってやってきた。それに着がえたら、もう一度眠《ねむ》ったほうがいいぞ」

船長は、音もなく甲板《かんぱん》を去っていった。

ネイトが、腕《うで》に服をいっぱいかかえ、大きなはさみを持って走ってもどってきた。それから、ダイドーの髪《かみ》の毛《け》を、短く刈《か》りこんだ。

「このほうが、ずっといい気分だよ」ダイドーは、頭をふって言う。「なんでこんなに髪《かみ》がのびたのかな。いままで、そんなことなかったのに。きっと、眠《ねむ》ってるあいだにのびたんだね。けど、どうして捕鯨船《ほげいせん》では髪《かみ》をのばしちゃいけないの？」

「どうしてって？　それは、ガリーのせいさ」ネイトは、にんまりと笑った。「さあ、この服を着たらどうだい？」

「ガリーって、なあに？」

「ぬるぬるしてるものさ。クジラをさばくときになったら、わかるよ。捕鯨《ほげい》ボートで出かけてった連中が『油まみれの幸運《こううん》』をつかんでればね」

ネイトは、南京木綿《なんきんもめん》の半ズボン、シャツ、丈《たけ》の短い上着、赤いズボン下、ファルマス製《せい》の靴下《くつした》、それにくるぶしまでの革製《かわせい》の作業靴《さぎょうぐつ》を持ってきていた。

「みんな、あたしには大きすぎるよ」と、ダイドーは言ったが、すぐにそうではないとわかった。

「ひゃあ、たまげた！　ここで眠《ねむ》ってたあいだに、はんぱじゃなく背《せ》がのびたってことだね」

「それもこれも、鯨油《げいゆ》のおかげだと思うよ。効《き》き目《め》があったのは、たしかだからね。おまえ、はじめのうちは、ずいぶんせきこんでたけど、ここのところ何か月かは、ぜんぜんせきが出てないもんな」

ダイドーはあたりを見まわして、だれも聞き耳をたてていないのをたしかめてからきいてみた。

「キャスケット船長のことだけどさ、さっきなにを話そうとしてたの？　それと、あの人、どうしてあんなおかしな話し方をするの？」

「あの人はフレンド派《は》――っていうか、くそまじめなクエーカー（キリスト教の一派《いっぱ》）教徒だからさ。それからな、おれが話そうとしてたのは――」ネイトはふり返って、甲板《かんぱん》にだれもいないのをたしかめた。「――船長は、ちょっとばかし、ありえないような、へんてこな考えにとりつかれてるっていうか――ライジェおじさんが言うには、子どものときからずっとなんだって。この航海の最初のころは、そのへんてこなところが、そんなに目立たなかったんだ。じつは、船長の奥《おく》さんも、この船に乗ってたんだよ。体の調子がよくないんで、海の空気にあたるとなおるんじゃないかって考えたんだって。だけど、それはまちがいだった。奥《おく》さんは病気になって、かわいそうに亡《な》くなっちまったんだよ。まだサンタクルスも見えないうちにね。奥《おく》さんが船にいたときは、船長もしっかりと、ふつうにクジラとりを続けてた。けど、奥《おく》さんが亡《な》くなってからというもの――」ネイトは、そこで言葉を切って、また続けた。「――その奥《おく》さんっていうのが、それはまじめくさった、なんにつけ自分のやり方でなきゃ気のすまない人でさ、死ぬほど海をこわがってたんだけど、別に悪い人じゃなかったよ。ショウガ入りのケーキや糖蜜《とうみつ》入りのクッキーを焼いてくれたこともあったっけ。病気になる前だけどね。おまえは、クッキー焼けるかい？」ネイトは、ダイドーにきいた。

「焼けないよ」

「そっか。それはともかく、奥《おく》さんが亡《な》くなってから、船長はどんどん口をきかなくなったんだ。ぜったいに笑ったりもしない――もともとじょうだんを言うようなたちじゃなかったけどね――とにかく、なんにもしゃべらなくなった。それが、ある日、なんとピンクのクジラを見たなんて言いだしたんだぜ」

「なんで？　どうして見たって言っちゃいけないの？」クジラのことなどまるで知らないダイドーは、そうたずねた。

「どうしていけないかって？　だって、ピンクのクジラなんているかよ！　けど、ライジェおじさんが言うには、キャスケット船長はいつかピンクのクジラに会えるんだって、ずーっと思ってたんだってさ。みんな、あんまり言いたがらないけど、船長はちょっとばかり頭がおかしいんじゃないかって思ってるんだよ。とにかく、船長はぜったいにピンクのクジラを見たと言いはって、クジラが北に行ったからって、この船も北に向かうことになった。そしたら、今度はなんと一等航海士のスライカープさんまで、ピンクのクジラを見たなんて言いだすじゃないか。スライカープさんはおやじさんをからかってるだけだって言うやつもいたけど、とにかくおれたちはそいつを追って大西洋を進み、スペインのフィニステレ岬《みさき》をすぎて、フランスの北のフィニステールへ、それからブルターニュ半島の沖《おき》にあるウェッサン島、イギリスの南のランズエンド岬《みさき》をすぎてから、ロンドン川を通りすぎて北海に入ったんだ。ピンクのクジラなんてどこにもいやしなかったけど、そこの海でおまえを救いあげたってわけさ。だけど、おまえはぐっすり眠《ねむ》ってて起きないから、住んでたところの近くの港をきくわけにもいかない。ただ、おれたちは、おまえがフィジー諸島《しょとう》の子どもかもしれないなって思ってたよ。と、まあこういうわけで、おれがおまえの養《やしな》い親になることにしたんだ。おれのマスコットっていうわけさ。ちょうど、かわいがってた九官鳥を、逃《に》がしちまったときだったし。そしたらキャスケット船長が、スコットランドの北のジョンオグローツで、またまたピンクのクジラを見たって言いだしてさ、クジラのやつめ、今度は大西洋を南へ向かってホーン岬《みさき》（南米大陸の最南端《さいなんたん》の岬《みさき》）をぐるっとまわって太平洋に出てから、またまた北へ向かってガラパゴス諸島《しょとう》を通り、アラスカに来たんだよ。おれたちがいまいるここが、そのアラスカってわけさ」

「あんたは、そのクジラを見たことないの？」

「見るわけないだろ！　スライカープさんと船長のおやじさんのほかには、だれも見ちゃいないよ。だけど、おれたちはついてたんだ。最初にちょっとばかり見当はずれのところを走ったあとで、ほかのクジラをどっさりとったんだからね。だけど、乗組員のなかには、ふつうの捕鯨《ほげい》場《じょう》から遠く離《はな》れたところを航海するのが、ちょっとばかりはずかしいと思ってた連中もいたよ。ほら、おまえを救いあげた海のあたりのことさ」

それをきいて、ふいにダイドーのくちびるがふるえはじめた。

「あんたたち、救ってくれなきゃよかったのに！　あたし、イギリスの船に救ってもらえばよかったよお！」

「おいおい、そんなこと言うのは、恩《おん》知らずってものじゃないか！」ネイトは、むっとして言いかえす。それから、やさしい声でこう続けた。「おまえがおぼれて死んじまうのを、おれたちが放っておけると思うか？　なあに、すぐに家に帰れるさ」

けれどもダイドーのまわりは、いままで見たこともないようなものばかりだった。霜《しも》におおわれた巨大《きょだい》な黒い船、見あげる北極の空いっぱいに、赤や緑の光の神秘的《しんぴてき》な天幕《てんまく》やカーテンや帯《おび》が広がり、きらきらとかがやきはじめている——それよりなにより、わけもわからないままに地球を半まわりして、故郷《ふるさと》のイギリスからこんなに遠く離《はな》れたところに来てしまった——そう思うと、もうダイドーはがまんできなくなった。ヒツジの毛皮を積んだ上に身を投げだすなり、ダイドーは胸《むね》もつぶれるばかりに大声で泣きはじめた。

「わかったよ、わかったったら！」ネイトは、落ちつかないようすで声をかける。「もう、そんなに泣くなって！　だれかに見られたら、どうするんだよ？」

「見られたって、かまうもんか！」ダイドーは、すすりあげる。「うちに帰りたいんだもん。ああ、いますぐ、うちに帰りたいんだよお！」

2

つかまえたクジラ——ふしぎな泣き声の主《ぬし》は——キャスケット船長に言われた仕事

ふたたびダイドーが目をさましたのは、夜が明けそめるころだった。あたりは、荒々《あらあら》しく、ものさびしく、一面にぼおっと赤くそまっている。氷にすっぽりおおわれた捕鯨船《ほげいせん》は、クリスマスツリーのように、きらきらとかがやいていた。ダイドーは、クジラをひっぱってもどってきた男たちの勇ましい大声のせいで起こされたのだ。三そうの捕鯨《ほげい》ボートが、大きなマッコウクジラを引き船のようにとりまいている。ネズミ色の、とてつもなく大きな怪物《かいぶつ》を初めて見たダイドーは、肝《きも》をつぶした。船ほどもある巨体《きょたい》の先に、家の壁《かべ》のように平らで無表情《むひょうじょう》な顔がにゅーっとついている。それを見たとたんにダイドーは、怪物《かいぶつ》がまだ生きていると思い、あまりのおそろしさにわらの寝床《ねどこ》からはい出すと、甲板《かんぱん》のいちばん端《はし》まで逃《に》げていった。そのあとでやっと、クジラがもう死んでいるのだとわかった。男たちは、クジラの巨体《きょたい》を船にしばりつける作業にとりかかっていた。

「あのクジラ、どうするの？」ダイドーは、ネイトを呼《よ》びとめてきいた。ネイトは、あつあつのコーヒーを入れたマグカップを片手に五個ずつ持って、甲板《かんぱん》を走っていくところだった。日光の下で見ると、背《せ》の高い、ひょろひょろした少年で、髪《かみ》は赤毛、人なつっこい灰色《はいいろ》の瞳《ひとみ》をして、顔じゅうそばかすだらけだ。

「切りわけるんだよ、決まってるだろ。ごめん、いまは相手をしてられないんだ。おまえ、下のカンブースに行って、朝飯を食ったらどうだい？　ドクターも、おまえを見たらびっくりするぞ」

カンブースって、きっと調理場のことだな、とダイドーは思ったが、目の前で男たちがとりかかっている仕事がなんともおもしろそうなので、すぐに甲板《かんぱん》を離《はな》れる気にはならなかった。横づけにされたクジラと船とのあいだに張《は》られたロープから、ペンキ屋が使う足場のようなものがつりさげられている。何人かの男が船のへりをこえて、その足場の上に立っていた。みんな、柄《え》の長い、するどい刃《は》のついた道具を手にしている。クジラ用ののみだ。そのあいだに、帆柱《ほばしら》のロープからつりさげられた巨大《きょだい》な鉤《かぎ》が、クジラの横腹《よこはら》に深くさしこまれていた。それから、残りの男たちが力を合わせて、大きな巻《ま》き揚《あ》げ機《き》のハンドルをまわし出した。男たちは、景気づけにこんな歌をうたっている。

「おーお、クジラとりに　なったのが
おいらの　運《うん》のつきよ
年がら年じゅう　船の上
脂《あぶら》身《み》切っては　甲板《かんぱん》みがき――
気どったやつらの　お茶会になんぞ
おいらを呼《よ》んで　くれるなよ！」

男たちが力をふりしぼってハンドルをまわすと、船の肋材《ろくざい》（船の肋骨《ろっこつ》を組みたてる材木）という肋材《ろくざい》が、いっしょになってギイギイときしんだり、たわんだりしているように見えた。ダイドーが目をまるくして見つめているうちに、ハンドルがまわるにつれて大きな鉤《かぎ》のさがったロープがぐいぐいとあがっていき、海中のクジラの巨体《きょたい》がゆっくりと向きをかえていく。足場にのっている男たちは、クジラ用ののみの刃《は》を回転するクジラの体に当て、オレンジの皮をむくように手ぎわよく、脂身《あぶらみ》を皮ごとくるくるとはぎとっていく。こうして、かなりの長さまではぎとった巨《きょ》大《だい》な脂身《あぶらみ》の帯《おび》を鉤《かぎ》で甲板《かんぱん》に引きあげると、今度は甲板《かんぱん》で待ちかまえていた男たちが、脂身《あぶらみ》を毛《もう》布《ふ》くらいの大きさに切り、船の前方にある昇降口《しょうこうぐち》から下に落としていく。

「泣くな、なげくな、三十と六か月
おいらは　ずっと　海の上
なみだも　ぐちも　むだってものよ――
気どったやつらの　お茶会になんぞ
おいらを呼《よ》んで　くれるなよ！」

「下に落としたあれは、どうするの?」ダイドーは、通りかかった男にきいた。男は、こわい顔でにらみつける。一等航海士のスライカープ氏だった。

「おいこら! 目をさましたと思ったら、今度はおれたちのじゃまをするつもりか? 鯨油精製《げいゆせいせい》炉《ろ》に近寄《ちかよ》ってみろ、甲板《かんぱん》で使うのみでたたきのめしてやるからな」

「ありゃあな、細かく刻《きざ》むのさ。それから、煮《に》つめて油をとるんだ」もっと人のよさそうな船員が教えてくれた。「甲板《かんぱん》の下に脂身《あぶらみ》の貯蔵室《ちょぞうしつ》があるんだよ。キャスケット船長がいつか見物させてくれるんじゃねえか。二等航海士のパードンさんが案内してくれるかもしれねえな。おめえさんがやっと目をさましたときいたら、パードンさん、喜ぶぞ。いまは、下で脂身《あぶらみ》を刻《きざ》んでるところだ」

「チョウザメ、サケに　カワヒメマスも
サメも　カツオも　いらねえよ
おいらが　とるのは　クジラだけ——
気どったやつらの　お茶会になんぞ

おいらを呼《よ》んで　くれるなよ！」

ぶりぶりおこったスライカープさんが鯨油精製炉《げいゆせいせいろ》とか言ってたけど、いったいなんだろうな？ダイドーは、首をひねった。ふと見ると、甲板《かんぱん》の真ん中あたりにレンガでできた四角いものがあって、鉄のとびらがずっとあけっぱなしになっている。その中では、ごうごうと火が燃《も》え、男たちがあちこち走りまわりながら、タールのついたロープの切れ端《きれはし》やら、ジュウジュウと焼けているクジラのくず肉やらを、長い柄《え》のついた火かき棒《ぼう》でつついて火にくべていた。火の上には、金属製《きんぞくせい》の巨大《きょだい》な釜《かま》が二個すえつけてあり、厚切《あつぎ》りにした脂身《あぶらみ》がつぎからつぎへと放りこまれている。脂身《あぶらみ》は中ほどまで紙のようにうすく切れ目が入っているので、本のように見えた。釜《かま》の中の脂身《あぶらみ》がとけて、ぐつぐつ煮立《にた》ってくると、脂《あぶら》くさい黒煙《こくえん》がもくもくと甲板《かんぱん》に立ちこめてきた。

「ひゃあっ、たいへん！」ダイドーは、あえぎながら言った。真っ黒い煙《けむり》に巻《ま》かれて、息もできない。「こんなにくさいの、生まれて初めてだよ、うへえっ！　これをかいだら、くさった卵《たまご》だって泣きだして、母ちゃんのところに逃《に》げてくんじゃないの」

からっぽのマグカップを持って通りかかったネイトが、声をあげて笑った。

「おまえも、このにおいになれとくほうがいいぞ。まだまだ、どっさりかがなきゃいけないんだからな」

お昼になると、みんなが親しみをこめてドクターと呼《よ》んでいる料理人が、甲板《かんぱん》にあがってきた。年をとった小柄《こがら》な黒人で、がにまたで歩いている。ドクターが運んできた大なべから、なんともおいしそうな湯気が立ちのぼっていた。男たちは作業のあいまに、大なべの中身をそれぞれ自分でよそって食べている。

「おまえも行って食べてこいよ！」ネイトが、ダイドーに声をかけてくれた――ネイトは砥石《といし》で刃物《はもの》をせっせと研《と》いでいるところだ。

ちょっぴりおどおどしながら、ダイドーはドクターのところに行った。ドクターは、白い歯をきらりと見せて、にっこり笑いながら、料理を入れたブリキの小皿をわたしてくれた。

「おまえさん、ラブスカウス（肉、野菜、堅《かた》パンを入れた船員用のシチュー）、好きだよな？ずーっと南のクリスマス島まで、こんなにうまいラブスカウスを食わせてくれるとこはないってことよ。そうだよな？パードンのだんな。どうだい、クジラの油ばっかかし飲んでたから、気分がかわっていいだろうが？」

二等航海士のパードンさんは、自分もどんぶりいっぱいのラブスカウスをかかえてほおばっていたから、ドクターにきかれても返事ができなかった。けれども、親切そうな顔をした白髪《しらが》頭のパードンさんは、ダイドーに笑顔を向けてくれ、口がきけるようになるとすぐにこう言った。

「まったくたまげちまったな！　おまえが十か月前に船に救いあげた、あわれな、しなびたちびだなんて、だれが思うもんかね。ナンタケット島の娘《むすめ》っ子みてえに、元気でぴちぴちしてるじゃねえか。おれが思うに、十か月も眠《ねむ》ってたのが、きっとよかったんだろうな。そのラブスカウス、ぜんぶ食っちまいなよ。もう、もっとかたいものも食えるだろうけどな」

「これ、なにが入ってるの？」ダイドーは、自分の小皿の中身を、びくびくしながらのぞきこんだ。

「ああ、コーンビーフと、堅《かた》パンと、うまい塩水さ。さあさあ、食ってみなって！　おまえ、もうすこし太らなきゃいけねえよ」

パードンさんは、船べりの持ち場にいそいでもどっていきながら、「ガリーをふむんじゃねえぞ」と、ダイドーに注意した。

ダイドーも、なにを言われたのか、すぐにわかった。すでに甲板《かんぱん》は、信じられないくらいの油と、なにやらぬるぬるでどろどろの代物《しろもの》と、クジラのうすい外皮の切《き》れ端《はし》で足のふみ場もないほどになっていた。この甲板《かんぱん》が、ふたたび清潔《せいけつ》に、真っ白になるとは、とても思えない。そのうえ、帆《ほ》という帆《ほ》は煙《けむり》で真っ黒にすすけ、索具《さくぐ》には油でべとついたすすが一面についていた。

「老いて、やつれて、病《や》んだって、
やっぱり　おいらは　クジラとり
手すりに　しばって　立たせてくんな――
気どったやつらの　お茶会で
おいらの　名前を　出すんじゃねえぞ」

巻《ま》き揚《あ》げ機《き》のほうから、こんな歌声がきこえてくる。

ダイドーはクジラ用ののみを拾いあげると、よごれほうだいの甲板《かんぱん》をおっかなびっくり歩いていった。けれども運《うん》悪く、油のたまっている、いちばんすべりやすい場所をふんだので、足をとられてしまった。そのひょうしに、持っていた捕鯨《ほげい》用ののみの柄《え》が、たまたまそこにいたスライカープ氏の足を直撃《ちょくげき》した。スライカープ氏は、大きな鉤《かぎ》から毛布《もうふ》のようなクジラの脂身《あぶらみ》をはずそうと背《せ》のびしていたところだったからたまらない。たちまちのみに足をすくわれて、大の字にたおれ、その上に脂身《あぶらみ》がどさっと落ちる。スライカープ氏は起きあがるなり、おそろしいけんまくでダイドーをののしった。まわりにいた男たちが大声で笑ったのが、ますますスライカープ氏のいかりに火をつけた。

「ご、ごめんなさい、だんなさん」ダイドーは、やっとやっと声を出した。「しかたなかったんです、ほんとです！」

「下へ行っちまえ！」スライカープ氏は、歯のあいだからしぼりだすように言う。「おれがここをまかされてるあいだは、カエルの卵《たまご》みたいなちびが甲板《かんぱん》を散らかすのは、ゆるさん。とっとと行っちまえ！」

すっかりふるえあがったダイドーは、あわてて立ちあがると逃《に》げだした。ネイトが身ぶりとウインクで教えてくれたので、昇降口《しょうこうぐち》から下におりた。とたんに、うるさい音も、ひどいにおいも、おおさわぎもどこかに消えてしまい、白いペンキをぬった、こぎれいならせん階段《かいだん》が足もと

に続いている。あたりは、しーんと静まりかえっていた。らせん階段《かいだん》をおりると、いったいなにがあるのだろう？　あたりを見まわしながら用心深くおりていくうちに、かなり広い、客室のような部屋《へや》に出た。その部屋《へや》にも白いペンキがぬってあり、おどろくほどきちんとかたづいている。ストーブには火が燃《も》え、そのそばにゆりいすが置いてあった。天井《てんじょう》からつるしたブランコのようなベッドの上に、パッチワークの上がけがかけてある。ベッドの上には、羅針盤《らしんばん》がさかさまにつるしてあった。ダイドーは、しばらく羅針盤《らしんばん》をじっと見ていたが、なにがどうなっているのか、さっぱりわからない。テーブルの上に広げてある海図も、ちんぷんかんぷんだ。その海図の上に、ひどく大きな本が重しがわりに置いてあった。開いてみると聖書《せいしょ》だ。たなの上には、ピンクのゼラニウムの植木ばちがあった。満開の花の香《かお》りをくんくんかいでいたとき、ダイドーはぎょっとした。どこかすぐ近くで、小さな音がする。だれかがすすり泣いているような……。

その場に立ちつくしたまま、ダイドーは耳をすました。たしかにきこえる！　あっ、またきこえた！　はじめは、息をつめているようなすすり泣きだったが、そのうちに、低い、悲しそうな泣き声になった。

「お母様、ああ、お母様あ！」

こんなにさびしそうで、こんなにみじめったらしい声は、きいたことがないと、ダイドーは思った。

けれども、船室の中には人っ子ひとりいない。それなら、泣き声はどこからきこえてくるのだろう？　両側の白いペンキをぬった板壁《いたかべ》に、それぞれドアがひとつずつついている。あくかどうかためしてみたが、両方とも鍵《かぎ》がかかっていた。どうやら泣き声は、右手にあるドアの向こうからきこえてくるようだ。そのドアをダイドーがあけようとしたとき、おびえたような、ささやき声がした。

「そこにいるの、だあれ？」

「あたしよ。ダイドー・トワイト。あんたは、だれなの？」

返事はない。ドアの向こうは、しーんと静まりかえっている。ダイドーは、もう一度、声をかけてみた。

「ちょっとお！　なにか言ったらどうなのよ！　あたし、かみついたりしないよ！　どうしてそんなとこに閉《と》じこもってるのさ？」

返事はない。

「ああ、やんなちゃうな」ダイドーは、ため息をついて、ひとりごとを言った。「これって、なんてへんてこな船なの。ほんとにそうだよ。ピンクのクジラとか、気味の悪い泣き声とかさ。ああ、うちに帰って、サイモンといっしょにいられたらいいのになあ！」

するとと、冷たいすきま風のようにもれてきたささやき声が、ダイドーの耳を打った。なにを言っているのかききとろうと、ダイドーは板壁《いたかべ》に身を寄《よ》せた。

「あなた、トリビュレーションおば様なのね。あっちへ行ってよ！」

「言っとくけどね、あたしはダイドー・トワイトなの！」

「出てってよ！」

「ふん」ダイドーは、すっかり気を悪くした。「わかった。出てくよ。だから、どならないでよ」

さっぱりわけがわからないまま、ダイドーは甲板《かんぱん》にもどった。あれは、いったいだれの声だろう？　声の主《ぬし》を見たこともなければ、うわさをきいたこともない。それは、たしかだ。子どもの声のようだったけれど――でも、だれも子どもがいるという話などしていなかった。

今度は、鯨油精製炉《げいゆせいせいろ》や、おっかないスライカープ氏に近づかないように用心しながら、後甲板《こうかんぱん》に行ってみることにした。するとそこに、キャスケット船長がひっそりと立っているではないか。

船長は、ほかの男たちからずっと離《はな》れたところで、なんともきびしい顔をしていた。ダイドーのほうに背《せ》を向けたまま、羅針盤箱《らしんばん》に入った羅針盤《らしんばん》を調べているのだ。そこでダイドーは、ぬき足さし足で手すりまで歩いていき、海の氷の上で二羽のカモメがクジラの脂身《あぶらみ》のくずをとりあってけんかしているのを見物していた。

そのうちに、なんだか肩甲骨《けんこうこつ》のあたりがぞくぞくする。ふり返ってみると、キャスケット船長が、見たことのないような悲しそうな目で、ダイドーをじっと見つめているのだ。

船長は、めったに口をきいたことのない人のように、一度、二度とせきばらいをした。

「娘《むすめ》や、そなたの名は、なんと言う？」

「ダ、ダイドーです、船長さん。ダイドー・トワイトといいます」

「キリスト教徒の名前ではないな」船長は、つぶやいた。「それはどうでもいい。その名前の中にも、神がやどっておるかもしれんからな」

船長は、ダイドーにまじまじと目をすえ、ためつすがめつながめまわしている。腹《はら》の中でもくろんでいるなにかの計画に、ダイドーが役に立つかどうかおしはかっているようだ。ダイドーもなにごとだろうと考えながら、船長を見返していた。

やっと船長が、口を開いた。

「そなたは、しっかりしたあごをしておるな。それに、慈愛《じあい》にあふれたひたいもしておる」

「なにがおでこについてるって？」ダイドーは、あわてた。「ひゃあ、ちっとも気がつかなかったよ。もしかして、さっき転んだときにガリーがついたのかも」ダイドーは、そで口でひたいをぬぐった。

「じつはな、ひとつ助けてもらいたいことがあるのだ」キャスケット船長は、話を続ける。「そなたは、強くて、勇気のある子に見えるからな」

このあたしが？　ダイドーは、首をかしげた。だが、言われてみればたしかに、十か月の眠《ねむ》りに落ちる前より強くなった気がする。それもはるかに力強く……。そのことに気づいて、ダイドーは自分でもびっくりした。

「そなたは、自分ほど勇気や力にめぐまれない子を、親切に助けてやれると思うかね？」

ふいにダイドーは、船長がなにを言おうとしているのか、わかったような気がした。船長をちょっとばかりこわがっていたのも忘《わす》れて、ダイドーは堰《せき》を切ったようにしゃべり出した。

「ねえ、船長さん。あんたが下に閉《と》じこめてる、あのかわいそうな子どものことだったら、はっきり言っとくよ。あんなにひどい、意地悪なことをするもんじゃないよ。自分だって閉《と》じこめられたら、どんな気がすると思うのよ？」

キャスケット船長は、悲しそうな目でダイドーをじっと見つめた。

「まったくわかってないのお。わたしが、あの子を閉《と》じこめているのではないぞ。娘《むすめ》は、自分で閉《と》じこもってしまったのだ。母親が亡《な》くなったときに、あの部屋《へや》に入って、さしこみ錠《じょう》をおろしてしまった。それからというもの、わたしがなにを言っても、出てこんのだよ」

「ええ――っ！」ダイドーは息をのんで、目をまるくした。「いったいぜんたい、どうしてそんなことするの？　じゃあ、あの子は船長さんの娘《むすめ》さんだってこと？」

「さよう」船長はうなずいてから、ため息をついた。

「名前は、なんていうの？　歳《とし》は、いくつ？」ダイドーは、知りたくてうずうずしてきた。「自分で船室に閉《と》じこもっちゃうなんて、ずいぶん変わった子だよね！」

「九歳《さい》だ」船長は、沈《しず》んだ声で言った。「名前は、デューティフル（従順《じゅうじゅん》な）・ペニテンス（罪《つみ》を悔《く》いあらためる）・キャスケットという」

「ぶるぶるっ！」ダイドーは、小声で言った。

「あの子の母親、わたしの最愛の妻《つま》は、キリスト教徒の美徳《びとく》をすべてそなえておったが、ひとつだけ、ばかばかしい欠点があってな」船長は、半分ひとりごとのように続けた。「海をひどくこわがっていたのだよ。一生なおらなかったなあ。わたしの捕鯨船《ほげいせん》に乗って、いっしょに旅をすれば、海をおそれなくなるし、病気がちの体もじょうぶになるのではと、わたしは思った。なんとおろかなことを考えたことか！　わたしは、信じられぬほどのおろか者だったよ」船長はいったん言葉を切ってから、低い声でこう言った。「けれども、神は人間にはわからぬことをなさるからな」

「それで、かわいそうな奥《おく》さんは亡《な》くなっちゃったんだね？」船長の話が終わったと思ったダイドーは、すっかり気の毒になってそうきいた。

「ああ、そうなのだよ。そして、娘《むすめ》のペニテンスにもまた、妻《つま》がいだいた恐怖《きょうふ》が植えつけられておったから、母親が亡《な》くなったのは海のせいだと信じこんでしまったのだ」

「それで、閉《と》じこもっちゃったってわけか」

「あの日から、今日までずっとだ」船長はうなずいて、ため息をついた。「一歩でも外に出たら、自分もまた海に殺されると思っておるにちがいない」

「ひゃあ」と、ダイドーは言った。「なんておばかさんなんだろ。だけど、食べものはどうしてるの——食事は？」

「娘《むすめ》は、あの小さな船室で妻《つま》といっしょに寝《ね》ておったのだが、妻《つま》のセアラはあの部屋《へや》に保存食や、スパイスや、薬をしまっておったのだ。ペニテンスは、あそこにあるビーチ・プラム（北米東部原産の低木《ていぼく》、実はジャムなどにする）のゼリーと、薬用のサッサフラス（北米東部産のクスノキ科の高木《こうぼく》）のかわかした根っこや木の皮ばかり食べて生きているにちがいない」

「なんてことだろうね？　体も洗《あら》わないわけ？」ダイドーは、船長の娘《むすめ》のことが知りたくてたまらなくなった。

「板壁《いたかべ》に小さな出し入れ口があってな、ときどきあの子のようすをそこからちらっと見るのだよ。それで、水の入ったたらいを入れてやることもある」

「ふうん、あたしがそんなことしてたら、あっという間に母ちゃんにぶっとばされちゃうよ」ダイドーは、ずけずけと言った。「それに、あたしに言わせてもらえば、娘《むすめ》さんって、ちょっとばかし頭がいかれてるんじゃないの。だけど、船長さんがあたしにやってもらいたいってことは、ようくわかったよ。うまいこと言って、娘《むすめ》さんをあそこから出してほしいってことでしょ？」

「そうだ。そなたの言うとおりだよ。力ずくでひっぱり出したり、だましたりするのは、ぜったいにしたくないのだ。むりやり出すようなことはな。だが、そなたがあの子を説得してくれさえしたら……」

キャスケット船長は、ダイドーこそたのみの綱《つな》なのだという顔で、じっと見つめてから続ける。

「とにかく、そなたを海から救いだしたのはわたしらだ。わたしらが、そなたの命を救ったんだからな」

「まあね」ダイドーは、恩《おん》知らずにも、こうつぶやいた。「けど、もし船長さんたちに救われてなかったら、あたしはイギリスの船に助けられて、いまごろ無事にうちに着いてるかもしれないよね。こんな、どこだかわかんない地の果てみたいなところでこごえてないで。それはともかく、なんでネイトかパードンさんにたのんで、娘《むすめ》さんをひっぱり出してもらわなかったの？」

キャスケット船長は、ちょっとばかりばつの悪い顔をして、だまってしまった。それから、やっとこう言った。

「そなたに言うが、これはないしょだぞ。船員たちは、ペニテンスが自分でこんなふうに鍵《かぎ》をかけて引きこもってしまっていることには、気づいていない。あの連中は――そうさな、娘《むすめ》が病気なのだと信じておるんだ。あの子が船長のわたしに反抗《はんこう》していることが知られたら、それこそ船の規律《きりつ》が乱《みだ》れてしまう。そなた――」船長は、ダイドーを不安そうなまなざしで、じっと見すえた。「そなたは、わたしがうち明けたことを、船員たちに話したりしないでくれるな？」

「よしきた、がってん！」ダイドーがそう言うと、船長はとまどった顔をした。「わかったってこと。船長さんが、どうしてそんなに娘《むすめ》さんのことで困《こま》っているのか、あたし、やっとわかったよ。いいよ。だれにも言ったりしない。それに、あたしでよかったら、やってあげてもいいよ」

「そなたは、いい子だなあ。ほんとうにありがたいことだ」キャスケット船長は、へりくだったと言ってもいいほどの口調《くちょう》で、ダイドーに礼を言った。「わたしは失敗したが、そなたならきっと成功すると思うぞ」

ダイドーは、きびしい目で船長を見た。

「まさか船長さん、あたしをおだててるんじゃないよね？　もしあたしが、あの子を外の空気の中に連れだすことができたら、港へ着いても娘《むすめ》さんが出てこないんで船長さんが恥《はじ》をかく心配がなくなったら、いの一番に、船であたしをイギリスへ帰してくれるよね？」

「わたしの力のおよぶかぎり、そのようにするつもりだ」船長は、いそいで約束した。「ニューベッドフォードへ着いたら、ただちにイギリスへ行く船があるかどうかきいてみるとしよう」

「それで、デューティフル・ペニテンスのほうは――あたし、そんなへんてこな名前じゃなくって、ほんとによかったよ――港へ着いたら、娘《むすめ》さんはどうなるの？」

「ああ、わたしの妹のトリビュレーションが、娘《むすめ》の世話をしてくれることになっておる」キャスケット船長は、ダイドーと目を合わせようとせずに言う。「さて、クジラの解体《かいたい》を監督《かんとく》しに、行かねばならん。それではな。船長室を使っていいぞ。わたしは、スライカープ君の船室に移《うつ》るとしよう」

なんだか足早に去っていく船長のうしろすがたをじっと見ながら、ダイドーは考えこんでいた。どうして船長は、せかせかと行ってしまったのだろう？　いい人のようだけれど、ダイドーはキャスケット船長のことをすっかり信用することはできないような気がしていた。ダイドーに話してくれたことのほかに、なにか胸《むね》の奥《おく》にかくしているにちがいない。それに、娘《むすめ》があんなに勝手ほうだいにふるまうのをゆるしてしまうなんて、ずいぶんみじめな父親ではないか。弱虫なんだな、とダイドーは思った。娘《むすめ》のためを思っているんだろうけど、弱虫だよ。それで、おしまいには、きっとがっかりさせられる……キャスケット船長さんって、そういう人なんだ。

だけど、このあたしは、自分で自分のめんどうくらいみられるもんね、とダイドーは心の中で言った。あたしはもう、大きな女の子だ。サイモンとおんなじくらい大きくなってるかも。ダイドーは、十八センチも背《せ》がのびた自分の体を、得意そうにながめまわしてからしゃがみこみ、ひざにほおづえをついた。さあ、これから考えなければ。自分のからに閉《と》じこもってるデューティフル・ペニテンス・キャスケットを、どうやったら説《と》きふせて外に出てこさせることができるだろう?

3

ダイドー、ペニテンスと話をする——ヴェールをかぶった女——石けり遊び——ダイドー、ペニテンスと約束をする

あたりが暗くなってからも、ダイドーは後甲板《こうかんぱん》にしゃがんだまま、ひたいにしわを寄《よ》せて考えこんでいた。じつはキャスケット船長と話をしたあと、もう二回も下におりて、板壁《いたかべ》をコンコンとたたいてみては、奥《おく》の小さな部屋《へや》にかくれている子に出ておいでよと言ってみたのだった。一度目は、なんの答えも返ってこなかった。二度目に行ったときは、板壁《いたかべ》の向こうからみじめったらしいささやき声で、こんなきついことを言ってきただけだった。

「あっちへ行ってよ。行ってったら！　あなたがだれだって、わたしは出ていかないわよ。わたしをだまして外に出して、甲板《かんぱん》に連れていって、おぼれ死にさせるのに決まってるもの」

ダイドーは、これはりこうに立ちまわらなければと思った。

「あんたさあ、一日じゅうそんなとこで、なにしてるの？」と、ダイドーはたずねた。いい考えがうかんできたので、手はじめにそうきいてみたのだ。答えは、返ってこない。ダイドーだって、ほんとうのところ、答えがきけるとは思っていなかった。そこで、半分ひとりごとのように続けて言った。「まあね、一日じゅうそんなとこにすわって、おぼれることばっか考えてたら、どんどん暗い気分になるのもむりないよね。あたしに言わせれば、バッカみたいだよ！」

そう言ってダイドーは船長室を出ると、わざと大きな音を立ててドアをしめたのだ。

スライカープ氏の監督《かんとく》のもとに働いていた乗組員は、十六時間をゆうにこえる必死の作業を休みなく続けたあと、つかまえたクジラをすっかり解体《かいたい》して、脂身《あぶらみ》を炉《ろ》でとかすことができた。男たちは、くたくたにつかれきって目はかすみ、言葉も出ないありさまで、甲板《かんぱん》の下にある船室によろよろとおりていく。とうとう、ダイドーが待ちに待ったときが来た。後甲板《こうかんぱん》にひとり残ったダイドーは、うーんと体をのばして起きあがると、鯨油精製炉《げいゆせいせいろ》まで行ってみた。さっきまで炉《ろ》の中に燃《も》えさかっていた炎《ほのお》もおさまり、いまはぼおっと赤く光っているだけだ。男たちが五、六人で、甲板《かんぱん》に灰《はい》をまき、ごしごしこすっている。空高くのぼった北極の月に照らされて、影《かげ》ぼうしが甲板《かんぱん》にちらちらとうつっていた。男たちはときおり手を休めては、まだぐつぐつ煮《に》えている大釜《おおがま》の鯨油《げいゆ》に堅《かた》パンをひたして、しゃぶっている。あの気立てのやさしいパードンさんが、男たちの監督《かんとく》をしていた。

「おや、ちびちゃんじゃないかね」パードンさんは、目をまるくした。「とっくにベッドに入ってなきゃいけねえ時間だぞ。さっきキャスケット船長にきいたが、おまえ、ペニテンス嬢《じょう》ちゃんのお相手を言いつかって、船長の部屋《へや》を使うことになったんだってな。そのせいでスライカープのだんなは、ごきげんななめだけどよ。おれの部屋《へや》に移《うつ》って、いっしょに寝《ね》ることになったからな。けど、おまえにとっちゃ、ロバの朝飯みたいなわらのふとんで寝《ね》るより、ずっといいじゃねえか。それに、あのかわいそうな、病気の嬢《じょう》ちゃんの相手にゃ、大の男よりおまえのほうがずっと向いてるってもんさね」

ダイドーは、にこりともせずにうなずいた。

「ねえ、パードンさん？」

「なんだね、ちびちゃんや？」

「キャスケット船長の娘《むすめ》さんって、どんな子なの？」

「どんな子かって？」パードンさんは、白髪《しらが》頭をかきながら、困《こま》った顔をした。「そうさな、ほかの娘《むすめ》っ子とかわりないんじゃねえか。手本どおりにししゅうをしたり、教科書を勉強したり――キャスケット船長のかみさんが生きてたときは、いつもあの娘《むすめ》が教科書を読むのをきいてやってたっけ。あのかみさんも、かわいそうなことをしたなあ」

「だけどさ、どんな子なの？」ダイドーは、しつこくきいた。「あの子、どんな遊びが好きなの？」

「遊びかい？　そうさな、あの娘《むすめ》がなにをして遊ぶか、おれは知らねえな。けど、ここにいる甥《おい》っこのネイトが、おれよりよく知ってるよ。こいつのうちは、キャスケット船長のとこから、そんなに遠くないとこにあるからな」

「遊びかよ？」ネイトも、きき返した。「あの子は、どんな遊びもしなかったと思うよ。すっごくおとなしい、ちっちゃな子だよ。なんかさあ、病《や》みあがりみたいな。母ちゃんにいっつも、しじゅうやらなんやら、やらされてたっけ」

「あきれたね」ダイドーは、つぶやいた。「なんて変わった人たちなんだろ。あの子が、あんなに弱っちいのもあたりまえだな。ねえパードンさん、あの子にバドミントンのシャトルをつくってくれる？　ほら、玉《たま》みたいなところだけ、クジラの骨《ほね》かなんかで。羽根は、あたしがカモメの羽根をくっつけるからさ」

「やってみてもいいが」パードンさんは、あいまいな返事をする。「そんなのは、朝飯前だからな。けど、キャスケット船長は、どう思うだろうな？　船長のかみさんが、いつも言ってたんだよ。おもちゃなんてものは、悪魔《あくま》がこしらえたんだって」

「船長さんだって、それくらいがまんしてもらわなきゃ」と、ダイドーは言う。「だって、船長さんがあたしにたのんだんだもの。デューティフル・ペニテンスを、外へ連れだしてくれってね。あの子はね、母ちゃんが死んだのが悲しくって、ふさぎこんでるんだよ」

ネイトは、ダイドーの計画におおいに乗り気になった。「そしたら、クジラの骨《ほね》でラケットをつくってやるよ」と、言ってくれる。「それから、チェッカー（黒、白それぞれ十二個ずつのこまで勝負するゲーム）のこまとか、積み木落としもな」

「ほんと？　すごーい！」

ダイドーは、計画がうまくいきそうなので、ほくほくしながら甲板《かんぱん》からおりて船長室にもどった。

広い船長室には、鯨油《げいゆ》を使ったランプがひとつさがっている。ダイドーはランプのしんをまわして、いちばん明るくした。それから、じっと耳をすます。デューティフル・ペニテンスがいる板壁《いたかべ》の向こうからは、物音ひとつきこえない。そこでダイドーは、ドアをわざと乱暴《らんぼう》にしめたり、たんすの引き出しをせいいっぱい大きな音で、何度もあけしめしたり、いすをガタン、ガラガラとひっくり返したりした。

板壁《いたかべ》の向こうから、ベッドでもぞもぞ起きあがったような気配がした。

「お父様、いったいなにが起こったの?」おびえた声がきく。「嵐《あらし》が来たのかしら?」

ダイドーは、答えない。海図を置いたテーブルにあがってから念入りに距離《きょり》をはかり、一メートル半ほど離《はな》れた壁《かべ》のたなにとびうつると、リスのようにぶらさがった。そこから、天井《てんじょう》からさがっている羅針盤《らしんばん》につかまってベッドまでとび、そのままドシンと落ちる。今度はベッドの足もとにはっていくと、たんすの引き出しをあけてから、片方《かたほう》のひざをのせ、別のたなにしがみつく。そうしているあいだじゅう、ダイドーはわざと見ぬふりをしていたが、板壁《いたかべ》にほんのすこしすきまができて、だれかがじっと見つめているのに気がついていた。船長が言っていた小さな出し入れ口だ。今度は、たなの上でうまくバランスをとりながら、いすまでの距離《きょり》を目ではかる。

「あなた、だあれ？」びっくりした声が、きいてきた。「それから、いったいなにをしてるの？　お父様は、どこ？」

「あたしの名前なら、とっくに言ったじゃない」ダイドーは、ふりむかずに答えた。「ダイドー・トワイトだよ。あんたの父ちゃんが、この船長室を貸《か》してくれたの」ダイドーは足場をかためてから、いすまでとんだ。いすが転がり、床《ゆか》に落ちる。「ちぇっ！」ダイドーは落ちついて言うと、起きあがって、ひざこぞうをさすった。「あーあ、また最初からやりなおさなきゃ」

「いったい、なにをやりなおすの？」

ダイドーは答えずに、海図を置いたテーブルにもう一度あがる。今度は、さっきとはぎゃくにまわることにして、大きな衣裳箱《いしょうばこ》の上にオオコウモリのようにとびうつる。のったとたんガチャガチャと大きな音がしたところを見ると、どうやら衣裳箱《いしょうばこ》にはガラスびんがどっさり入っているらしい。

ダイドーは、ひたいにしわを寄《よ》せて考えた。さあ、ドアにへばりついて、向こう側にわたろうか、それとも妙《みょう》な角度だけれど、ななめにとんでベッドに着陸するか。ダイドーは、ドアにへばりつくほうを選んだ。

「ねえ、なにをやってるの？」さっきの声が、またきいてくる。

ダイドーは、やっとのことで戸だなによじのぼると、声のほうにふり返った。食器だなのような戸だなにとりついて、顔だけうしろに向けているところは、教会の屋根の水落とし口についている怪物像《かいぶつぞう》そっくりだ。

「なんだよ！」いらいらした声で、ダイドーは言いかえした。「なにをやってると思ってんのさ？　なにをしてるように見える？　チーズをつくってるとか？　あたしはね、床《ゆか》に足をおろさないで、ぐるりと部屋《へや》を一周しようと思ってんの。決まってるじゃない。どんなおばかさんでも、それくらいわかると思うけどな。あんた、すっごく頭が悪いんじゃないの。さあさあ、じゃましないでよ。もう、うんざりなんだから」ダイドーは、ひたいにしわを寄《よ》せ、口をぎゅっと結んでから、思いっきりぴょーんととんだ。今度は、食器だなからうまくたおれたいすにとびうつることができ、ぐあいのいいことに、いすがベッドまでつーっとすべっていってくれた。

「さあて、眠《ねむ》るとするか」ダイドーは、大きな声で言った。「ちょっと、あんた。音を立てて、あたしを起こしたりしないでよ」ダイドーは、明かりを消した。さっきからずっと、板壁《いたかべ》にある出し入れ口が開いているのに気がついていたが、そっちには一度も目をやろうとしなかった。「あーあっ！」と、大きなあくびをするなり、毛布《もうふ》にぬくぬくともぐりこむ。船長室の中は、静まりかえった。

ずいぶんたってから、あの声がたずねた。

「どうして、床《ゆか》に足をおろしたくないの？」

ダイドーは返事をせず、かわりに小さないびきをかきはじめた。

つぎの朝とても早く、ダイドーは目をさました。十か月も眠《ねむ》りつづけていたあとだから、たいして眠《ねむ》らなくてもだいじょうぶだったのだ。デューティフル・ペニテンスのいるところからなにも物音がしないうちに、ダイドーはいそいで甲板《かんぱん》にあがった。

セアラ・キャスケット号は、すべての樽《たる》を鯨油《げいゆ》でいっぱいにしたあと、晴れわたった空の下を一路《いちろ》スピードをあげて南へ向かっていた。氷におおわれたアラスカの山々は、すでに視界《しかい》から消えさっている。何人かの男がハンマーをふるって、ダイドーの背丈《せたけ》の倍はある大きな樽《たる》に、ふたをガンガンとはめこんでいた。こうしてから船倉《せんそう》におろすのだ。ほかの男たちは、石灰《せっかい》と鯨油《げいゆ》をほんのすこし使って、甲板《かんぱん》や波風よけの囲いのすみずみまで、きれいにみがきあげている。索具《さくぐ》によじのぼって、帆柱《ほばしら》から船の両端《りょうはし》に張《は》られたロープをふいている者までいた。すがすがしい風に乗って、すすや灰《はい》が飛んでいき、船はどんどんきれいになっていく。つい前の日まで、甲板《かんぱん》いっぱいにどろりとした黒インクのような鯨油《げいゆ》がべっとり流れていたとは、ダイドーにはとても信じられなかった。

親切なパードンさんは、仕事のあいまをぬって、バドミントンのシャトルをつくっておいてくれた。羽根も、ちゃんとついている。

「あんましりっぱじゃねえが。ちょっとばかし、きたねえよ」シャトルをわたしてくれながら、パードンさんは言いわけした。「けど、しゃれたのをつくるより、早いほうがいいと思ってな。これからおれは休憩《きゅうけい》に入るから、もっといいのをこしらえてやるよ——なあに、おれも、こういうのをつくるのが楽しくってさ。子どもには、遊び道具がなくっちゃいけねえ。それからネイトのやつも、おまえにたのまれたラケットの、えらく見事なのをつくってたけど、まだできちゃいねえんだ。スライカープのだんなに、カラスの巣（見張《みは》り台）をみがけって言いつけられちまったからな」

ダイドーが見あげると、すみきった、肌《はだ》をさすように冷たい空気のずっと上のほうに、ちっちゃな人影《ひとかげ》が見える。ネイトがそうじ用のブラシを元気よくふってくれたので、ダイドーも手をふった。

「これ、すっごく上等なシャトルだね」ダイドーは、パードンさんに言った。「あたし、こんなのがほしかったんだ。キャスケット船長の娘《むすめ》さんも、ぜったいに目をまるくするよ」

「おいおい、朝飯を食うの忘《わす》れんなよ」

船長室におりようとしたダイドーに、パードンさんが声をかけた。

「あっ、そうだったね」と、パードンさんに答えてから、ダイドーはひとりごとを言った。「あのデューティフル・ペンってやつ、きっと死ぬまでに食べるプラム・ゼリーをぜーんぶ食べちゃったのかも。ほかになにか、あの子が食べられるものはないか見てこようっと」ダイドーはスキップしながら操舵室《そうだしつ》の横を通って、カンブースに行った。「朝ごはんは、なあに？」元気よく声をかける。

「おんや！　ちっちゃなお客さんだな！」ドクターは、かがやくような笑顔で答えてくれた。「うまいフーフー（トウモロコシがゆに糖蜜《とうみつ》を加えたもの）があるぞ。うまいレーズン入りのプディングもな」

「レーズン入りのプディングを、二人前くれる？　デューティフル・ペンに、持ってってあげようと思ってさ。もしかして、気に入るかも」

「あの子は、好ききらいがはげしくっていけねえ」ドクターは、かぶりをふりながら言う。「おれのつくった料理は気に入らねえよ」

　そう言いながらも、ドクターはレーズン入りのプディングを大きく切って、二人前くれた。肉を焼いたときに出る油とあくを入れてつくった、おいしいプディングだ。

「コーヒーも飲むかね？」

「ありがとう、おじさん。ミルクもある？」

「ミルクは、いまはねえんだよ、嬢《じょう》ちゃん。船に乗ってたヤギが、病気になって死んじまってな。あとふた月か、三月したら、ガラパゴス島に着く。そしたら、ヤシの実のミルクが手に入るかも」

　ダイドーは、プディングをのせた皿を二まい持って、船長室へかけおりた。海図を置いてあるテーブルにつくと、レーズン入りのプディングのひと切れを、さもおいしそうに、ペチャペチャと舌《した》つづみを打ちながら食べはじめる。

「ふーっ、なんてうまいんだろ」ダイドーは、大きな声で言った。「とにかく、母ちゃんのつくってくれるのよりは、ずーっといい味だな」

自分のプディングを食べおわると、ふた切れ目には手をつけず、よく見えるようにテーブルに置きっぱなしにしておいた。それから、立ちあがってポケットからシャトルをとり出し、宙《ちゅう》にけとばしはじめた。パードンさんが言っていたように、あまり上出来とは言えず、すこしばかりバランスが悪い。最初は、二、三回続けてけりあげるのもむずかしいくらいだった。けれども、ダイドーは船長室をぐるぐるまわりながらけりつづけ、しまいには息が切れ、家具にぶつかったせいで打ち身だらけになった。すると板壁《いたかべ》の出し入れ口が二センチほど開いて片目《かため》がのぞき、なにも言わずに、びっくりしてこっちを見つめているのに気づいた。

「この部屋《へや》って、あんまり広くないんだな」やがてダイドーは、ぶつぶつ言いはじめた。そのころには、シャトルをけるのがずっとうまくなっていて、二十三回も続けてけることができた。

「甲板《かんぱん》へ行こうかな、うん、あそこなら広いもんね」

ダイドーは、ドアをバタンとしめて外へ出た。ちょっと足をとめて、鍵穴《かぎあな》からのぞきたくてたまらなくなったが、ばかみたいだなと思いなおした。それから、昇降口《しょうこうぐち》の階段《かいだん》をドタドタとのぼって後甲板《こうかんぱん》へ出た。

けれども、後甲板《こうかんぱん》にもシャトルをける練習をするところなどなかった。最後につくった鯨油《げいゆ》の樽《たる》を入れるために、船倉《せんそう》にあったものをすべて甲板《かんぱん》に運びだしてあったからだ。樽板《たるいた》やたがの束、半頭分の大きな塩づけの牛肉、堅《かた》パンの袋《ふくろ》、そのほか、ありとあらゆる道具類が無造作《むぞうさ》に積みかさねられている。そうしておいてから、船倉《せんそう》にずらりとおさめた鯨油《げいゆ》の樽《たる》に、男たちがホースで水をかけていた。樽《たる》の板がかわいて油がもれてこないようにしているのだ。みんな大いそがしであちこち走りまわっているので、ダイドーはしょっちゅうふまれそうになったり、じゃまになったりしていた。ネイトは、クジラの骨《ほね》でつくったツィター（南ドイツやオーストリア地方の弦《げん》楽器）のような楽器を弾《ひ》いて、拍子《ひょうし》をとってやっていた。

男たちは、うたっている。

「ストロング島から　プレザント島へ
ウェーク島から　グアム島へ
風は　追い風、波　静か

ミッドウェー島から　ポカアクに行けば
台風に　帆柱《ほばしら》を　折られちまう

イースター島、西之島（小笠原諸島《おがさわらしょとう》）、ノームの岬《みさき》
波を　のりこえ、おれたちゃ　進む
トリスタン、フォーゴ、トリニダード島
風は　向かい風、天気は　悪い
クリスマス島、イースター島、クワジェリン環礁《かんしょう》――
ブラント・ポイントにもどるは、いつの日か？」

ダイドーは、ネイトのツィターを見て、いいことを思いついた。甲板《かんぱん》には、大きさや形のちがうクジラの骨《ほね》が、どっさり散らばっている。
「あの骨《ほね》、ちょっとくらいなら、分けてくれるかもしれないな」ダイドーは、ひとりごとを言った。「わざわざキャスケット船長にきいてみることもないよね。なんだかぼおっとしてるもの」

船長は、甲板《かんぱん》のさわぎには加わっていなかった。真ん中の帆柱《ほばしら》に寄《よ》りかかって、はるかな水平線をじっと見つめているのだ。

ダイドーは、ステッキくらいの長さの骨《ほね》をひろうと、こっそり後甲板《こうかんぱん》のさわぎからぬけ出した。

「あとは、道具があればいいんだけど。これくらい大きな船だったら、ぜったいに道具をどっさり持ってるはずだよ。どこに置いてあるか見つけられないかな」

船首のほうにある帆柱《ほばしら》の近くにかじ工の炉《ろ》があり、鯨油精製炉《げいゆせいせいろ》の向こうにも船大工用の仕事台があったが、いまのところ、どちらも人目につくので道具をさがせない。もっとほかの道具置き場をさがそうと、ダイドーは船首のほうの昇降口《しょうこうぐち》をすばやくおりて、脂身《あぶらみ》の貯蔵室《ちょぞうしつ》に入った。人影《ひとかげ》も見えず、ひっそりとしている。壁《かべ》に残っている潮位線《ちょういせん》のようなあとを見ると、きのうまではひざのあたりまで脂身《あぶらみ》が積まれていたようだ。いまは船倉《せんそう》から運びだした品物をいったん置いておく場所に使われていて、甲板《かんぱん》の合わせ目につめる槙皮《まいはだ》（ヒノキやマキの内皮《ないひ》をくだいた、やわらかい繊維《せんい》）や帆布《はんぷ》の山が床《ゆか》一面を占領《せんりょう》している。使えるような道具が見あたらないので貯蔵室《ちょぞうしつ》を出ようとしたとき、ダイドーは思いがけないものを目にして足をとめた。帆布《はんぷ》の山の下から、ブーツが片方《かたほう》のぞいているのだ。

両側にゴム布《ぬの》がはめこまれている深い緑色のブーツで、船乗りたちの足首まである作業靴《さぎょうぐつ》とはちがう。イギリスの女の人たちがはいている靴《くつ》のようだ。いったい、そんな靴《くつ》がどうしてここにあるのだろう？　わけがわからないので調べてみようと、ダイドーはブーツをひっぱり出そうとしたが、とたんに大声をあげてとびのいた。ブーツが、さっと帆布《はんぷ》の下に消えたではないか。だれかが、はいているのだ！

こわさより好奇心《こうきしん》のほうが先に立って、ダイドーは帆布《はんぷ》の山にふたたび近寄《ちかよ》るとさっとめくってみた。すると、帆布《はんぷ》の山のてっぺんがむくむくと動いたかと思うまに、さっととりのけられた。巣穴《すあな》からとび出した毒ヘビのように、ヴェールをかぶった背《せ》の高い女が、ぬーっとあらわれる。おびえてすくんだダイドーの前に、女はおおいかぶさるように立った。耳をぎゅっとつかまれなかったら、ダイドーはとっくに逃《に》げだしていただろう。

「ここでなにをしてるんだい？」女は、低い、耳ざわりな声で言った。

「ご、ごめんなさい、おばさん。別に悪いことをするつもりじゃ！」ダイドーは、ごっくりとつばを飲んだ。「た、ただ、栓《せん》ぬきをさがしてただけだよ！」

「もっともらしいことを言うもんじゃない！　用もないのに、うろついたり、あれこれいじっ

たりして！　まったく、いやな娘《むすめ》だね！　きつーくお仕置きしなきゃ。いいかい、よーくおき
き！」
「は、はい、なんですか？」
「だれかに、わたしをここで見たなんて言ったら——だれに言ってもね——わたしには、すぐに
わかるんだよ。そしたら、おまえはひどい目にあう。おまえは、イギリスに帰りたい、そうだよ
ね？」
「はい、そのとおりですけど」なんで知ってるんだろうとダイドーはびっくりして、小さな声で
答えた。
「そしたら、わたしのことはしゃべらないほうが身のためだよ！　さもなきゃ、おまえは二度と
ロンドン川を見られなくなる。わかったかい？　さあ——とっとと出ておいき！」
出ていけと言われなくたって、さっさと逃《に》げだすに決まっている——ヴェールをかぶった女の
すがたは、命がちぢむほどおそろしかったのだから。けれども、それだけではない。最後の警告《けいこく》
のつもりだろうか、女が耳をいやというほどなぐったので、ダイドーは戸口の外まで飛ばされて
しまったのだ。

おそろしさにすくみあがり、歯の根も合わないほどふるえながら、ダイドーは昇降口《しょうこうぐち》をかけあがり甲板《かんぱん》にもどった。昇降口《しょうこうぐち》から出るところは、運《うん》よくだれにも見られなかった。乗組員は総出《そうで》で予備《よび》のいかりをいつも置いてある場所から引きずりあげ、その下に鯨油《げいゆ》の樽《たる》をいくつか押しこもうとしていた。おそろしさにふるえてはいたものの、そこはダイドー、いつもどおりぬけ目なくふるまった。船大工の仕事台から道具をいくつかつかむなり、まだハアハアと荒《あら》い息をつきながら昇降口《しょうこうぐち》をかけおりて船長室にもどったのだ。

とはいえ、そうとうあわてていたので、部屋《へや》に入ったとたんに板壁《いたかべ》についている出し入れ口がカチッとしまったのに気がつかなかった。けれども、すこしばかり落ちつくと、二まい目の皿のレーズン入りプディングがなくなっているのに気がついた。ダイドーは、にんまり笑いながらいすにすわりなおし、とってきた道具を調べた。その中から錐《きり》を一本選びだし、クジラの骨《ほね》の中心に穴《あな》をあけにかかる。

いざやってみると時間はかかるわ、うんざりしてくるわで、ほとんどまる一日つぶれてしまった。そのあいだも、板壁《いたかべ》のすきまからちょくちょくのぞかれているのはわかっていたが、知らんふりをしていた。ずっと作業をしていると指先がこわばってしまうので、続けざまにやるわけにはいかない。二回ほど手を休めて、床《ゆか》におりずに部屋《へや》を一周する遊びをやった。一回ごとに、ちがうまわり方をしてみた。それから、シャトルをけるゲームも何回かやってみた。そのあとで、海図を置いてあるテーブルに、チョークで石けり遊びの線を引いてみたのはいいが、はたと困《こま》ってしまった。

「あーあ、石けりに使う小石があればいいのになあ」わざと、大きな声で言ってみた。「それかビー玉《だま》か、ペニー銅貨《どうか》か、ボタンだっていいんだけどな。あーあ」深いため息をつく。「石けりは、できないってことか。こんなに石けりがしたいのになあ。まあ、いいや。そろそろ食事の時間だから。カンブースに行って、ごちそうはなにか見てこようっと」

ダイドーは、からになったお皿を二まい持って、船長室を出た。

そうこうしているあいだも、ダイドーの頭のすみっこに、脂身《あぶらみ》の貯蔵室《ちょぞうしつ》にいた、なぞのヴェールの女のことが、ずっとひっかかっていた。密航者《みっこうしゃ》だろうか？　ずっと船倉《せんそう》にかくれていたけど、船乗りたちが総出《そうで》で大そうじを始めたから、どこかに逃《に》げなきゃならなくなったのかもしれない。だが、どこから船に乗ったのだろう？　いったいなにを食べて生きているのか？　あの女がいることを、乗組員はだれも知らないのだろうか？

「だれかが知ってるに決まってるさ」ドクターから、スープ皿に入れたイルカのシチューふたり分を、うわの空で受けとりながら、ダイドーはひとりごとを言った。「うん、だれかがぜったい知ってるな。それで、そいつがあたしのことをしゃべったんだよ。でなきゃ、どうしてあたしがイギリス人だってわかるの？　だけど、いったいだれがしゃべったんだろう？」

船長室にもどったダイドーは、シチューを食べてから、ひと眠《ねむ》りしようとベッドにどさっと横になり、枕《まくら》に顔をうずめていびきをかきはじめた。かなり長いこと船長室の中はしーんとしていたが、そのうちにだれかがそっとドアをあけるようなカチッという音がした。ダイドーは、ますます大きないびきをかきながら、目をぎゅっとつぶった。あんまりかたく閉《と》じたので、赤と緑の星がちかちか見えるほどだった。やがて、またカチッと音がして、板壁《いたかべ》のドアがそっとしまる。念のために、そのあと五分間ほどじっとしていてから、ダイドーは大きなあくびをして目をあけた。二まい目のスープ皿が、すっかりからになっている。そのそばに、大きな革《かわ》のボタンが置いてあった。

「ひゃあ、びっくり！」ダイドーは、さもおどろいたように声をあげた。「ここにボタンがあるのに、なんで気がつかなかったんだろ！　これって、石けりをするのにぴったりじゃない！

えーっと、石けりって、どうやるんだっけ？　あたし、おぼえてるかな？」

ダイドーは、からになったスープ皿を床《ゆか》に置いて、テーブルにのぼった。それから、頭の悪い生徒みたいに、石けり遊びのやり方を口でとなえはじめる。そんなふうに夢中《むちゅう》でやっていると、ふいに船長室のドアが開いて、キャスケット船長と目が合った。船長は、びっくりしたような顔をしている。

「そ――そのう、そなたは、だいじょうぶなのかね？」船長は、ダイドーにたずねる。

「やんなっちゃうなあ、もう」ダイドーは、腹《はら》を立てた。「はじめっから、はっきりさせときたいんだけど。船長さんは、あたしにここを貸《か》してくれたんだよね？　だから、いまはあたしの部屋《へや》なの。そうでしょ？　あたし、のぞかれたり、こそこそさぐられたりするのは、まっぴらなんだ――じゃましないでよ」なにかききたそうな船長の目を見ながら、ダイドーはいらいらと説明した。「この部屋《へや》には、近寄《ちかよ》らないで。だいたい、船長さんは、船の仕事をしなきゃいけないんじゃないの？　船長さんのピンクのクジラが来ないか、見張《みは》ってたらどうなのよ。船長さんに来てもらいたいときには、そう言うからさ」

ダイドーが、あんまりこわい顔をしてにらみつけるので、船長はおそるおそるドアをしめて退散した。

「やっと、追いだしてやったよ」ダイドーは、満足げに言った。「さあ、これで集中できるな」

一時間かそこら、ダイドーはなんとも楽しげに石けりをして遊び、それからクジラの骨《ほね》に穴《あな》をあける作業にもどった。骨《ほね》の中心に穴《あな》をあけて管のようにしてから、片方《かたほう》の端《はし》に歌口（楽器の口に加える部分）をつけ、穴《あな》をいくつかならべてあけた。歌口から強く息を吹《ふ》きこむと、腹《はら》ペコの小鳥が鳴いているような、あわれっぽい音が出る。何度も何度もやってみるうちに、とうとう満足のいく音を出せるようになり、「ジム王様、ばんざい」や「あたしのきれいなラベンダー、だれか買ってはくれないか？」を吹《ふ》けるようになった。板壁《いたかべ》の向こうのだれかも、声には出さないけれど、しんそこ感心して、うっとりと聞きほれているようだった。

「もっと、別の歌も知ってるといいのにな」やがて、ダイドーはそう言いだした。「長いこと眠《ねむ》ってたあいだに、前に知ってた歌をすっかり忘《わす》れちゃったみたい。ま、いいか——明日になったら、もうすこし思い出せるかも。さあ、ちょっときれいな空気を吸《す》いに、外に出ようっと。それから寝《ね》ればいいよね」

ダイドーがネイトをさがしにいくと、主甲板《しゅかんぱん》に腹《はら》ばいになって、ロープで敷物《しきもの》を編《あ》んでいるところだった。なにやら、ぼんやりと夢《ゆめ》でも見ているように、はやし歌の言葉を、くり返してみている。船乗りがいかりをあげるときなどにうたう歌だ。

「おーお、大波、横ゆれ、さざ波、前進、
もりを　つかめよ、男たち
さあ、追跡《ついせき》の　始まりだ
ヤッホーイ！　うんと楽しもう
水面《みなも》に　クジラが　出てくるまでは
波間を　あちこち　ひっぱられ
おーお、ナンタケットの　そり遊び

そら行け、やれ行け、追いかけろ
やつは　とび出し、ぐるりとまわり
それから　なんとかで　まわったら

なんとか　かんとか　とびあがり
おーお、ナンタケットの　そり遊び」

「やあ、ちびちゃん」ダイドーを見たネイトは、うたうのをやめた。「おまえにわたしたいものがあるんだよ。スライカープのおっさんが下へおりるのを待ってから、すぐに仕上げたんだ」ネイトは、美しい、小さなラケットをとり出した。細いひものようなクジラの骨《ほね》を編《あ》んだ、見事なものだ。

「すごーい！」ダイドーは、声をあげた。「最高だよ！　あんた、すごい腕《うで》だね。デューティフル・ペンも、これを見たら遊びたくなるに決まってるよ！　このラケット、もうひとつつくってくれる？」

「ああ、いいよ」ネイトは、気持ちよくうなずく。それからまた、うたい出した。

「やつが　まわるぞ、ぐるぐる　まわる
それ、引け！　クジラが　ぐるっと　まわりゃ

頭と　頭が　ごっつんこ……」

「ちびちゃん、そのあとは、どうやって続けたらいいと思う？」

ダイドーだって、うまい言葉など考えつけない。「じゃあ、その歌、あんたがつくったわけ？」

ダイドーは、感心してしまった。

「もちろんさ」

ネイトも音楽が好きなんだ。それじゃ、あたしと気が合うなと思ったダイドーは、クジラの骨《ほね》でつくった笛を見せた。

「うまくできたじゃないか」ネイトは、笛を吹《ふ》いてみてから言った。「子どもがつくったにしちゃ、見事なもんだよ。だれに教わったんだい？」

「父ちゃんだよ」ダイドーは、自慢《じまん》げに言った。「父ちゃんは、オーボエを吹《ふ》いてたの。で、あたしに笛のつくり方を教えてくれたんだ」

「なあ、スライカープのおっさんが甲板《かんぱん》からおりてるときに、かっこいい演奏会《えんそうかい》を開けるかもしれないな」

「あたしも、そろそろ甲板《かんぱん》からおりなきゃ」ダイドーは、月を見あげた。「おやすみ、ネイト」それから、ひとりごとを言った。「デューティフル・ペンが、今夜あたり出てくるような気がする。だから、船長室にもどってたほうがいいな」

いやはや、ダイドーにとっては大活躍《だいかつやく》の一日だった。石けりにバドミントン、あちこちによじのぼって船長室をぐるりと一周、そのうえ、せっせと笛までつくったのだから。船長室にたどり着くなり、ダイドーはランプを消してベッドにもぐりこみ、すぐに眠《ねむ》ってしまった。

二時間もたったころだろうか、ダイドーは、ぱっちりと目をさました。セアラ・キャスケット号は、追い風に乗ってスピードをあげ、南へ向かっている。大波が船を持ちあげて船腹《せんぷく》を洗《あら》うのを、ダイドーも感じることができた。肋材《ろくざい》という肋材《ろくざい》がキイッときしみ、帆柱《ほばしら》やロープのあいだを吹《ふ》きぬける風の音が、船長室まできこえてくる。まるい窓《まど》から月の光がさしこんでいたが、床《ゆか》にうつった月影《つきかげ》がほとんど動かないところを見ると、船はまっすぐに航路を進んでいるらしい。

なんで目がさめたのだろうと、ダイドーは首をかしげた。

すると、小さな冷たい手が、ダイドーの腕《うで》をにぎってきた。

「だあれ？」ダイドーは、声をひそめてきいた。

「わたしよ。デューティフル・ペニテンスよ」

「あんた、寒いんじゃないの？　ふとんの中に入ったほうがいいんじゃない？」ダイドーは、あたりまえのように言った。小さな体が、パッチワークの上がけにもぐって、すり寄《よ》ってくる。その瞬間《しゅんかん》、操舵手《そうだしゅ》が航路をすこしばかりかえたらしく、船窓《せんそう》からさしこんだ楕円形《だえんけい》の月影《つきかげ》が、ベッドのお客のすがたを照らしだした。

小さな、やせた女の子で、クモの巣みたいに、さわったらすぐにこわれそうだ（サンタクルスを出てから、プラムのゼリーくらいしか食べてないんだもん、あたりまえだよね、とダイドーは思った）。銀色の長い髪《かみ》には、ちゃんとブラシをかけていないようだ。その子は、なんともおおまじめな顔で、ダイドーを見つめている。

「あなた、ほんとに女の子なの？」しばらくしてから、その子はきいてきた。

「そうだよ。なんだと思ってるの？　人魚とか、思ったわけ？」

「でも、いったいどこから来たの？」

「イギリスの沖《おき》で、あんたの父ちゃんがこの船に救いあげてくれたんだよ。あたしの乗ってた船が火事になって、沈《しず》んじゃったからね。で、十か月のあいだ、ずっと眠《ねむ》ってたんだ――ネイトが、そう言ってるんだけどね――あんたが、あそこの物置にかくれてるあいだ、ずーっと」

「あなた、それじゃ海の上にいたってわけなの？　こわくなかった？」

「それほどはね。折れた帆柱《ほばしら》につかまってたから」

「まあ、勇ましいのねえ！　あなた、イギリス人なの？」

「うん。あーあ、いまごろイギリスに帰っていられたらなあ」ダイドーは、心からそう言った。

「だけどね、あんたの父ちゃんは、船がニューベッドフォードとかいうところに着いたら、イギリス行きの船に乗せてくれるって言ってるんだよ。それって、どこのことかわかんないけど」

「ナンタケットの近くよ。この船は、ナンタケットの港へもどる前に、ニューベッドフォードで積み荷をおろすの。だけど、わたしはもう、家にはもどれないって思ってるのよ」デューティフル・ペニテンスは、悲しそうに言った。「お父様が言うには、トリビュレーションおば様のほかに、わたしのめんどうをみてくれる人はいないんですって。でも、わたし、おば様といっしょに暮《く》らすなんて、まっぴらだわ。ニューベッドフォードにいる、『いとこのアン・アラートン』が、うちに来てもいいって言ってくれるかもしれないけど」

「そのトリビュレーションおばさんって、いったいだれなのさ？」ダイドーは、きいてみた。その名前なら、たしかきいたおぼえがある。もしかして、脂身《あぶらみ》の貯蔵室《ちょぞうしつ》にいた、あの女のことだろうか？

「お父様の妹よ。それはもうきつくって、意地悪なおば様。いまは、ヴァインラピッズってところに住んでるけど、ずっと前にうちに泊《と》まりにきたことがあってね。お母様とわたしは、そのとき、もうどうしたらいいかわからなくなってしまったのよ。あのときは、ほんと、いやだったわ！　だって、おば様ったら、お母様に向かって『あなたは、ばかだ』なんて言うのよ。わたしをこんな弱虫に育ててしまって……ですって。お父様はね、お母様を船に乗せて航海に出るときに、わたしをトリビュレーションおば様にあずけたかったのよ。けれどもお母様が、そんなのはとんでもないって言ってくれたのを、わたし、聞いてしまったの。おば様は、ほんとにドラゴンみたいにおそろしい人だから、あの人に自分の子どもがいなくてよかった……って。どんな子どもだって、おば様みたいに荒《あら》っぽくて、でたらめな人に育てられたら死んでしまうってね。そんなドラゴンにわたしをあずけるなんて、ぜったいにいやですって言ってくれたのよ」

「そのおばさんって、どんな顔をしてるの？」

「おぼえていないの――はっきりとはね。おば様がうちに泊《と》まりにきたときは、まだ五歳《さい》だったんですもの。でも、しかられたのは、おぼえてるわ。おば様の犬をこわがったら、めそめそガチョウって言われたの」

「ふうん」と、ダイドーは言った。「海がこわいなんて、あんたは船長の娘《むすめ》にしちゃ、ちょっとばかし変わり者だよね。それから、あんたの名前をつけたやつだけど、ちょっぴり頭がいかれてたんじゃないの。あたしは、そんなややっこしい名前をいっつも呼《よ》ぶのなんて、ごめんだよ。だから、ペンって呼《よ》ぶことにする。いい？」

「ええ、ありがとう」ペニテンスは、はずかしそうにうなずいた。「お友だちどうしみたいに、そういう短い名前で呼《よ》んでくれた人って、いままでいなかったのよ。ダイドー、あなたはいくつなの？」

「それがねえ、あたし、はっきりわかんなくなっちゃったみたい」ダイドーは正直に言った。「ずいぶん長いこと眠《ねむ》ってたからね。十一くらいかな、たぶん。それより、ペン。ずっと物置みたいなところに閉《と》じこもってて、あんた、なにをしてたの？」

「それがね、そんなにつらくもなかったのよ。ちょっと来てみて」

ランプを灯《とも》すと、ペニテンスは板壁《いたかべ》の向こうにある小さな部屋《へや》をダイドーに見せてくれた。四方がたなになった小さな物置部屋《べや》だが、たなのひとつはベッドにつくりかえてあった。そのほかのたなには、教科書が何さつかと、筆記用具、お裁縫《さいほう》の道具、それにからになったゼリーのびんが何列もならんでいる。

「わたし、たくさん勉強してたのよ」と、ペニテンスは言った。「それに毎日、聖書《せいしょ》を読んで、讃美歌《さんびか》をひとつおぼえたの。なにかひとつ、暗唱《あんしょう》してあげましょうか?」

「いまはいいよ、ありがとう」ダイドーは、あわてて答えた。「けど、あんたって、ずいぶんいい子なんだね。ちっともいやにならなかったってわけ?」

「あら、だいじょうぶだったわ。日記もつけてたし――日記をつけるのは、あんまりおもしろくなかったけれど」ペニテンスは、白状《はくじょう》した。「それに、お手本どおりにししゅうもしたし」と、おそろしく大きな、四角い布《ぬの》を持ちあげてみせる。布《ぬの》にはクロス・ステッチで、一そうの船と何頭かのクジラ、それにカモメと長い詩の文句《もんく》がししゅうしてあった。詩は、こんなふうに始まっていた。「おお、神秘《しんぴ》の磁石《じしゃく》よ! そなたが使われる日までは、わだつみの海への畏怖《いふ》をうわまわる恐怖《きょうふ》が、海の上をおおっていた……」ししゅうは、ほとんど完成していた。

「わたしは、バラやハトのししゅうのほうが好きなんだけどな」ペニテンスは、続ける。「けれども大好きなお、お母様は、海にちなんだものをししゅうしたら、お父様が喜ぶと思ってたから……。このししゅうは、六歳《さい》のときに始めたのよ」

「びっくりだね！」と、ダイドーは声をあげた。「あたし、こんなとこにいたら、気がめいっちゃうな。だって、甲板《かんぱん》には、あんなにおもしろいことがいっぱいあるのにさ」

ペニテンスは、身ぶるいした。

「甲板《かんぱん》に出るなんて、できっこないわ。海が、こわいもの！　甲板《かんぱん》から落ちちゃうかもしれないのよ！　それに、男の人たちは、いっつもおこってて乱暴《らんぼう》だし、ひどいにおいがするし、ゴミだらけだし。お母様だっていつも、甲板《かんぱん》はあぶないって言ってたわ。あなた、わたしに甲板《かんぱん》に行けなんて言わないわよね？」

「まさか、そんなこと言わないよ。あたしの知ったこっちゃないもの。それはともかく、あっちの物置から出て、あたしの友だちになるって決めたんだよね。じゃあ、この船長室で、おもしろいことして遊ぼうよ」

「あの羽根のついたものを使う遊び、教えてくれる？　それから、笛でなにか吹《ふ》いてくれるかしら？」

「もちろんだよ。おもしろいことといっぱいやって遊ぼうね」

「そんなことして、お母様におこられないかしら？」ペニテンスは、おずおずと言った。「お母様はいっつも、遊ぶのは罪《つみ》だって言ってたわ」

「ばっか……」と、言いかけて、ダイドーは口をつぐんだ。

思いかえしてみると、ダイドーは両親から、それほどやさしくしてもらったこともないし、かわいがってもらったこともなかった。でも、少なくとも、ある部分はものわかりがよかったといえる。けれども、いままでペニテンスからきいたことをつなぎ合わせると、どうやらキャスケット船長のおかみさんという人は、とんでもないばか者だったらしい。きっと頭がいかれてたんだな、とダイドーは思った。

「あんたの母ちゃんだって、いまごろはわかってるんじゃないの？」ダイドーは、つきはなすように言った。「ほんとに、あきれたもんだね。あんた、遊んだことがなかったら、うちにいたときは、なにをしてたの？」

「お母様のお手伝いをして、家の仕事をしてたのよ」

「そんなのは、あたしだってしてたさ。けど、それがすんだら、遊んでたよ」

「お手伝いをすませたら、お母様はいつもわたしをひざにのせて、聖書《せいしょ》を読んでくれたわ」そう言いながら、ペニテンスの声はふるえた。「わ——わたしが、とってもいい子だったときは、いっつも——い、いっつも讃美歌《さんびか》をうたってくれて——」

ふいに悲しみにおそわれたらしく、ペニテンスはベッドにつっぷし、上がけに顔をうずめて泣きだした。とめどもなくなみだがあふれて、泣き声もとまらないようだ。

ダイドーは、心配そうに見まもるほかなかった。なぐさめることなど、できるはずがない。キャスケット船長のおかみさんはばか者だったにちがいないが、娘《むすめ》のペニテンスは、そんな母親をこの上なく大切に思っていたのだ。

「そんなに泣かないでよ」しばらくしてから、ダイドーはもじもじとそう言って、なぐさめた。「ハンカチ、いる？　あたし、持ってるよ」

けれどもペニテンスは、返事もせずに泣きつづけ、身をふるわせて、しゃくりあげている。ダイドーは床《ゆか》にすわって、ペニテンスに寄《よ》りそった。ふしぎなことに、自分がふいにおとなになって、ペニテンスを守ってやれるような気がした。ダイドーは、ペニテンスの肩《かた》を抱《だ》いた。

「元気出しなよ」小さい声ではげましました。「あたしが、あんたを守ってあげるからさ。ぜったい、そんなにひどいことにはならないって。いまにきっとよくなるから」

ペニテンスは、銀色の髪《かみ》の小さな頭を寄《よ》せてくる。

「あなたが？　ほんとにわたしを守ってくれるの？」

「ああ、守ってあげるよ」

「それで、ナンタケット島にもどったら？　それでも、わたしといっしょにいてくれる？　お父様が、わたしをトリビュレーションおば様にあずけて海にもどったあとも？　ひとりぼっちでドラゴンの世話になったりしたら、わたし死んじゃうもの。わたしといっしょにいてくれるでしょ？　ね？　お願い」

ダイドーの首に細い腕《うで》をまわし、ぎゅっと抱《だ》きついてくる。

「うん――まあね」ダイドーは、しぶしぶそう返事した。「ちょっとのあいだだけなら。言っとくけど、トリビュレーションおばさんとかも、そんなにドラゴンみたいなこわい人じゃないかもしれないよ。けど、あんたの父ちゃんが、ほかのだれかにあんたをあずけるまでだったら――」

「まあ、なんてあなたはやさしいの！　わたしより、ずっと勇気があるわ。わたし、なんでもこわくてたまらない弱虫なの。でも、あなたは、ずっと海の上にいたんですものね！　もし、あなたが――そうよ、あなたがいっしょにいてくれたら、どんなに心強いことか。そうするって、約束してくれる?」

「わかったよ」ダイドーは、ため息まじりに答えた。

「じゃあ、あなた――あなた、なにか歌をうたってくれる? さっきのラベンダーの歌、うたってくれない?」

「わかったよ」ダイドーは、またそう答えると、小さな、しゃがれ声でうたいはじめた。

「あたしの　きれいな　ラベンダー
だれか　買ってはくれないか?
三束で　たったの一ペニー!
セブンオークスで　けさ　つんだ
ラベンダーが　たったの一ペニー!」

ダイドーは、ペニテンスのくしゃくしゃになった髪《かみ》をなでた。ペニテンスは、ダイドーの肩《かた》に頭をもたせかけ、やがて眠《ねむ》ってしまった。

ダイドーは、床《ゆか》の上にすわったまま、消すのを忘《わす》れていたランプの明かりをじっと見つめた。やがて、黄色い炎《ほのお》が大きくふくらんでなみだにかすみ、ゆらゆらとゆれ出した。ダイドーは目をしばたたいて、ぜったいに泣くまいと心に決めた。娘《むすめ》がいなくなったって、自分の家族はたいして気にもしていない。そんなことは、わかりきっている。それなのに家を恋《こい》しがるなんて、ほんとにばかみたいだと思ったのだった。

4

ペンをはげます――ガラパゴス諸島《しょとう》――マーサ号との出あい――スライカープ氏の、あやしいふるまい――ホーン岬《みさき》をまわって、ニューベッドフォードへ

「ちょっと！　ちょっと、船長さんったら！――キャスケット船長さん！　こっち向いてくれない？」

ダイドーの大声に、いつものように悲しいもの思いにふけっていた船長はぎょっとした。ふりむくと、うしろにダイドーが立っている。

だれも聞き耳を立てていないのをたしかめてから、ダイドーは船長に近づき、ないしょごとを

話すように、声をひそめて言った。

「あたし、とうとうやったよ！　あの子、外に出てきたの！」

キャスケット船長は、雷《かみなり》にでも打たれたような顔をした。

「甲板《かんぱん》にかね？」

「ちがうよ、ちがうったら、船長さん。まだ、甲板《かんぱん》まではあがってこない。それには、もっと時間をかけなきゃだめだよ。けど、板壁《いたかべ》の向こうから出て、船長室でレーズン入りのプディングを食べたり、石けりをして遊んだりしたの。そのうちに、甲板《かんぱん》まで連れてくるからね。ただし、船長さんがさわぎたてたり、せかしたりしたらだめだよ」

「そなたは、まことにおどろくべき娘《むすめ》だな」キャスケット船長は、重々しい声で言った。

「でもね、ききたいんだけど」ダイドーは、話を続けた。「トリビュなんとかっておばさんは、いったいどんな人なの？　ペンったら、そのおばさんのこと、すっごくこわがってるんだよ。おばさんのことを、おっかないドラゴンだって思ってるの。ナンタケット島にもどってから、そのトリビュおばさんが世話をするんだってペンが知ったら、あたしがいままでやったことは、ぜーんぶ水のあわになっちゃう。船長さんがクジラのクの字を言う前に、また物置に閉《と》じこもっちゃうよ」

キャスケット船長は、困《こま》った顔になった。

「妹のトリビュレーションは、まことに尊敬《そんけい》にあたいする人物なのだが」船長は、つぶやいた。

「キリスト教徒の美徳《びとく》を、すべてそなえておるのだよ」

「船長さんたら、いっつもそんなことばかり言ってるね」ダイドーは、口をはさんだ。

「かわいそうなセアラは――わたしの妻《つま》は、一度だって妹のことを理解してくれなかった。けれども、おそらくそなたなら、おばを好きになるように、デューティフル・ペニテンスに言ってきかせることができると思うのだがね」

「まあ、そうかもしれないけどさ」ダイドーは、木で鼻をくくるような返事をした。「どっちにしても、ほかにペンの世話をする人がいないかどうか、考えたほうがいいよ。あたしはね、船長さんのためを思って言ってるの。だいたいナンタケットくらい大きな島だったら」――ダイドーはもう、地図で調べてあった――「あの子の世話をする人くらい、いるに決まってるよ。さあ、あたしはデューティフル・ペンにバドミントンを教えにいかなきゃ。まったく、あの子があんなにめそめそしてるのも、むりないよね。いままで、しつけってものをされたことがないんじゃないの！」

　ペニテンスが甲板《かんぱん》に出られるようになるまで、それから何週間もダイドーがいっしょにいて、はげましてやらなければならなかった。ダイドーは、なかなかかしこかったから、ぜったいにペニテンスをせかしたりしなかった。船長室でいつまでもゲームをしたり、歌をうたったり、なぞなぞ遊びをしたり、おしゃべりをしたりしていたのだ。ふたりは、自分の身の上話もした。ペニテンスは、ロンドンの街のようすをきいて目をまるくし、いつまできいてもあきるようすがなかった。お祭りのこと、けんかのこと、市場のにぎわい、『パンチとジュディ』（パンチとその妻《つま》ジュディが出てくる、こっけいな人形芝居《しばい》）、馬車の中にちらっと見える、身分の高い人たちのようす、それにスコットランド出身の小柄《こがら》な王様、ジェームズ三世のことや、ハノーバー党《とう》の連中がいつも王様をたおそうという陰謀《いんぼう》をくわだてていること……。

「そういう大きな街に暮《く》らすのって、とってもすてきでしょうね！」ペニテンスは、うっとりと言った。「わたしの住んでいるナンタケット島なんか、おとなりの家まで八キロも離《はな》れてるのよ」

「そういうところって、あたし向きじゃないと思うな」と、ダイドーは言った。「あたしはね、にぎやかで、人がいっぱいいるところが好きなの」

「お母様も、そうだったのよ。前は、ボストンの街に住んでいたから。あのね、お父様が海へ出ているあいだは」と、ペニテンスはうち明けた。「お母様はニューベッドフォードにいる、『いとこのアン』のうちに、わたしを連れて長いこと泊《と》まりにいってたのよ。だから、ナンタケット島には、それほど長いこと暮《く》らしていたわけじゃないの」

ダイドーはもう、ペンのことがけっこう好きになっていた——ちっちゃくて、おかしな子だけれど、見かけだけではわからない、おもしろいところがある——そうは言っても、ときおり昇《しょう》降口《こうぐち》をかけあがり甲板《かんぱん》に出て、ネイトとしゃべったり、ほかの男たちとじょうだんを言いあったりすると、ダイドーはほっとした。二、三時間もペンといっしょにいると、大声を出したり、とびはねたり、帆柱《ほばしら》によじのぼったりしたくなって、うずうずしてくるのだ。ペンも、あたしのことをすっかり気に入ってくれたようだな、とダイドーは思った。前みたいなふさぎの虫からは、うまくぬけ出したみたいだよ……。

それでも、ペンはやっぱりおとなしくしているのが好きだった。一日に何時間も勉強したり、ししゅうをしたりしている。そればかりか聖書《せいしょ》を読んだり、讃美歌《さんびか》をうたったりしてあげましょうかとダイドーに言ってくれたが、たいていの場合、ダイドーは丁重にお断りした。

「けど、こんなのはどう?」と、あるときダイドーは言ってみた。「あんたの父ちゃんに、ネイトをここに連れてきて、歌をうたってもらってもいいかどうか、きいてみたら? ネイトは、すっごくたくさん歌を知ってるし、それだけじゃなくって、いっつも新しい歌をつくってうたってるんだよ。ね、きいてみたいでしょう?」

ペニテンスは、まよっているようだった。

「その人って、すっごく大きい人じゃないの? 乱暴《らんぼう》じゃない? わたしをからかったり、いじめたりしないかしら?」

「ちょっと、ペンったら。あたしのこと、もうよくわかってるはずだよね? ネイトがそんなばかみたいなことする人だったら、あたしが来てくれってたのむと思う? ほんとにあきれちゃうよね、あんたって!」

ペンがあやまり、キャスケット船長がいいと言ってくれたので、ネイトがなんだかはずかしそうにツィターをかかえて、船長室におりてきた。はじめのうちペニテンスは、背《せ》の高い、ひょろひょろした赤毛の少年を目の前にしてがたがたふるえ出し、はずかしくて口もきけないありさまだった。するとネイトが、こんな歌をうたい出した。

「おお、荒《あ》れる　大海
とどろく　波よ
だけど　めざすぞ
ナンタケット島を
美しい島　ナンタケット！
ブドウの実は　赤く色づき
サンカティの岬《みさき》に
夜ごと　明かりが　きらめく」

＊著者注・サンカティの灯台が建てられたのは一八五〇年のことだが、この物語ではそれより三十年前に建っていることにした。

ペンは、大喜びで拍手《はくしゅ》しながら声をあげた。

「まあ、ほんとにすてきな歌！　もう一度うたってくださいな！」

ネイトは、また同じ歌をくり返してから、そのほかにもたくさんうたってくれた。ダイドーは、海図を置いたテーブルの下でひざをかかえて、「よくやったぞ、ダイドー」と、自分をほめていた。その日からネイトは、船長室で大歓迎《だいかんげい》されるお客様になった。そして、ふたりの女の子を前に、ナンタケット島の南海岸に押しよせる大波や、あわ立つ波間に船をこぎ出していく、勇ましい漁師《りょうし》の歌をうたってきかせた。そんなある日のこと、甲板《かんぱん》からふいに大きなさけび声がきこえてきて、三人はびっくりした。

「陸だあ！　陸が見えたぞお！」

「きっと、ガラパゴス島が見えたんだな！」ネイトは、あわてて立ちあがった。「しまったなあ、なんで高いところにのぼってなかったんだろう？　キャスケット船長はいつも、最初に陸を見つけた者に五十セントくれるんだ。じゃあな、おまえたち！」

そう言うと、ネイトはとび出していった。

「ねえ、ペン？」ダイドーは、さりげなく言いだした。「あたしたちも、上に見にいかない？ガラパゴス島には、すごくでっかいリクガメがいるって、ネイトが言ってたよ。お茶のテーブルくらい大きいんだって」

ペニテンスは、なかなか決心がつかなくてもじもじしていたが、とうとう甲板《かんぱん》にあがってみると言った。

あのスライカープ氏がいないすきに、ペニテンスを甲板《かんぱん》に連れだすいい機会ができたと、ダイドーはうれしくなった。スライカープ氏も、新鮮《しんせん》なくだものや野菜を買おうと、島に上陸するはずだ。ほかの船員たちはみんな、ダイドーにやさしく親切にしてくれるのに、一等航海士のスライカープ氏だけは、いつもこわい顔をして、乱暴《らんぼう》な言葉を投げかけてくる。そんなようすをペニテンスが見たら、いったいどうなるだろうと、ダイドーは心配していたのだった。運《うん》よく、甲板《かんぱん》にはほとんど人影《ひとかげ》がなかった。ペニテンスは、ダイドーの手をしっかりにぎりながら、おずおずと昇降口《しょうこうぐち》をのぼり、明るい日光をあびて目をぱちぱちさせた。

「まあ！」ペニテンスは、びっくりして声をあげた。「ずいぶん明るいのね？　それに、あったかいわ！　わたし、北極にいるとばかり思ってたのに」

「北極は、もう何週間も前に通りすぎてきたの」ダイドーは、やさしく言った。「巻《ま》いてあるロープにすわったらどう。ふるえてるよ」

ペニテンスは、おとなしく腰《こし》をおろした。明るい日光に照らされたペニテンスの顔は、あわい黄色のサクラソウのようで、ダイドーの日に焼けた健康そうな顔とは奇妙《きみょう》なくらいちがっている。はじめのうち、ペニテンスはあわれなくらいおびえていて、船の近くで波頭がくだけるたびに大きな青い目を見ひらいて、ダイドーの手をぎゅっといたいほどにぎりしめた。

残念なことに、セアラ・キャスケット号はそれほど島に近づいていなかったから、見えるのは平べったい陸地と、その上にはえた背《せ》の低い木々だけだった。けれども、それほど遠くないところにマーサ号という船が停泊《ていはく》しているのを見て、ふたりはすっかりうれしくなった。

そのうちに、キャスケット船長がぶらぶらとふたりのほうにやってきた。ペニテンスを目にしたとたんに、船長は腰《こし》をぬかすほどおどろいたが、ダイドーが思いっきりこわい顔をしてみせたので、おどろきをかくして、こう言っただけだった。

「そなたが、とうとう新鮮《しんせん》な空気を吸《す》いに出てきたので、ほっとしたぞ。これで、そこにいる友人と同じく、バラ色のほおになるであろうな」

ペニテンスは、頭をぎこちなくぴょこっとさげてから「はい、お父様」と答えた。とても小さな声だったので、ほとんどききとれなかった。父親が甲板《かんぱん》を歩いていってしまうと、ペニテンスは心からほっとしたような顔をした。

まもなく、マーサ号から「おーい！」と声がかかった。一そうのボートがおろされて、こっちにこいでやってくる。元気のいい赤ら顔の男が、セアラ・キャスケット号に向かって大声で言った。

「おーい、ジェーブズよお！　ジェーブズ・キャスケット船長！　そこにいるかい？　ちょっと、そっちの船に乗ってもいいかね？　あんたらにあてた手紙をあずかってきたんだよ。おれの船はニューベッドフォードを、たったの八か月前に出たところだからな」

「さあさあ、あがってくれたまえ、ビルガー船長。大歓迎《だいかんげい》だよ」

キャスケット船長が答え、マーサ号のビルガー船長は甲板《かんぱん》にロープでつりあげられた。セアラ・キャスケット号の船長と乗組員に手紙の束をわたしたビルガー船長は、マーサ号に積んできた堅《かた》パンが水もれでほとんどだめになったので、すこしばかり分けてくれないかね、とたのんだ。そのかわりに、コーヒーとレモン・シロップをくれると言う（これにはセアラ・キャスケット号のコックも大喜びだった、ペニテンスがゼリーをぜんぶたいらげてしまったので、デザートに困《こま》っていたところだったのだ）。

「こりゃいかん！」とつぜんビルガー船長が、しまったとばかりひざをたたいた。「あの、にくたらしい鳥を持ってくるのを忘《わす》れちまったよ！」

「鳥だと？　いったいどのような鳥だね？」キャスケット船長がきく。

「ほら、あんたの船にいる若《わか》いの、ネイト・パードンが飼《か》ってた九官鳥だよ。ニューベッドフォードの街なかでバタバタやってたのを、出航する前におれの船のやつが見つけてな。すぐにネイトのだって気がついたんだ。それから、ずっとおれの船に乗っけてきてやった。やっとあいつとおさらばできるなんて、ありがたいのなんの。なにしろべちゃくちゃしゃべりまくって、うるさいったらありゃしない。ああ、それから思い出したんだがな、船長。あんたあての手紙がもう一通あったっけ。ちっとばかしぬれちまって封《ふう》があいてたから、ほかの手紙と別にしといたんだ。まったくもう、おれの頭ときたらザルみたいなもんさ。かたっぱしからもれて、忘《わす》れっちまう」

「いいや、かまわんよ」と、キャスケット船長は答えた。「みんなが食料の買いだしからもどってきたら、マーサ号に行って九官鳥とその手紙をとってくれるようにたのむとしよう。ネイトもさぞかし喜ぶことだろうよ」

ふたりの船長たちは、積もる話をしに甲板《かんぱん》からおりていった。それからすぐに、熱帯地方の足早な夕闇《ゆうやみ》がせまってきたので、ダイドーとペニテンスも船長室にもどり、指ぬきさがしをして遊んだり、ネイトの九官鳥はどんなおしゃべりができるのだろうと考えてみたりした。

ペニテンスは、新鮮《しんせん》な空気を吸《す》ったのと、甲板《かんぱん》に出て興奮《こうふん》したのとで、すっかりくたびれてしまったらしく、はやばやとベッドに入って眠《ねむ》ってしまった。けれどもダイドーは、まだ眠《ねむ》くなかったので甲板《かんぱん》にもどると、手すりにもたれながら、海岸にまたたく明かりをせつない思いでながめていた。やがて、ビルガー船長が別れを告げる声がきこえ、またしばらくして、セアラ・キャスケット号の乗組員がもどってきた。男たちはランプの信号で合図を受け、もどるとちゅうでマーサ号に寄《よ》って、ネイトの九官鳥を連れてきた。ところが、スライカープ氏がキャスケット船長にこう言っているのがきこえてきた。船長あての手紙がもう一通あったというのはビルガー船長の思いちがいで、ほかの船の船長にあてたものだったとか……。

二度と会えないと思っていた九官鳥がもどってきたので、ネイトが喜んだのなんの。ダイドーに見せびらかしながら、こう自慢《じまん》する。

「こいつ、ジェンキンズくんっていうんだよ。どうだ、きれいだろう?」

ダイドーも、つやつやした黒い羽根と、ぴかぴか光る黄色いくちばしに、すっかり見とれてしまった。

「これって、どんなおしゃべりをするの?」

すると九官鳥は、えらそうに、じろりとダイドーを見てから、しゃべり出した。

「閣下《かっか》、小さなほうの舞踏室《ぶとうしつ》に、晩餐《ばんさん》のご用意ができております」

「びっくりだろう?」ネイトが言う。「いつもずっと、こんなふうにしゃべりつづけるんだよ。前はきっと、どこかの伯爵《はくしゃく》か公爵《こうしゃく》のうちで飼《か》われてたんじゃないかって、みんなで言ってるんだ」

「二頭立ての四輪馬車をまわしなさい」ジェンキンズくんは、しわがれ声で命じた。「閣下《かっか》、若《わか》いお客様がお見えでございます。お茶は、奥方様《おくがたさま》のお部屋《へや》にご用意できております。おいおい、レディ・フォザギルのいすを、こちらにお持ちしないか!」

「このおばかさんめ」ネイトは、かわいくてたまらないというように、九官鳥を抱《だ》きしめる。

「この船には、伯爵《はくしゃく》も公爵《こうしゃく》もいないんだぞ」

むっとしたジェンキンズくんは、威厳《いげん》を示《しめ》すようにどうどうとネイトの腕《うで》をのぼっていくと、頭のてっぺんにとまるなり大声をはりあげた。

「神よ、王様を守りたまえ! ジェームズ三世、ばんざあい! ジェームズ王を守り、ジョージ王派《は》をやっつけろ!」

たまたまそこへ、一等航海士のスライカープ氏が通りかかった。九官鳥の声をきくなり、スライカープ氏はひどくぎょっとして、持っていた望遠鏡《ぼうえんきょう》を落としてしまった。望遠鏡《ぼうえんきょう》が、ガシャッと甲板《かんぱん》にぶつかる。

「だれだあ、そんなことをほざいたやつは？」スライカープ氏は、わめいた。

「鳥ですよ、スライカープさん。ジェンキンズですよ」

「二度とそんなことは言わせるなよ。もう一度言ったら、そいつの首をしめてやる！」スライカープ氏はそう言って、きたない言葉でののしった。「いまにいたい目にあうからな。そんなことをほざくんなら、ぜったいに甲板《かんぱん》の上には出すなよ。おれは、がまんならないんだ。わかったか？」

すっかり困《こま》ったネイトは、ジェンキンズくんをかかえて昇降口《しょうこうぐち》からおりていった。ダイドーは、まだ眠《ねむ》くならなかったので、波風よけの囲いのかげにうずくまり、マーサ号からきこえてくる元気な楽器の調べや歌声に胸《むね》をしめつけられる思いで、うっとりとききほれていた。

そうこうしているうちに、キャスケット船長がダイドーのほうにやってきた。なんだか、すっかり人がかわったようだ。目を熱っぽくかがやかせ、うきうきした足どりで、さっさと近寄《ちかよ》ってくる。

「やあ、そなたか」船長は、親しげに声をかけてきた。「なんとも胸《むね》のおどるような知らせだと思わんかね？」

おそらく船長がさっき受けとった手紙に書いてあったことを言っているのだろうと、ダイドーは思った。

「それじゃ、ナンタケット島へ帰ったら、ペンをどうするか決まったんだね？」そうだったらいいのにと思いながら、さらにきいてみた。「だれかが、ペンの世話をしてくれるって言ってきたんでしょ？」

「ああ、そのことかね。いやいや、ちがうのだ。ビルガー船長が言うには、なんとペルシャの沖《おき》で、ピンクのクジラが目撃《もくげき》されたのだとか。こうなったら、ぜひとも見つけにいかねばならんぞ！　もうすぐあいつに会えるという気がしてならんのだよ！」

「なあんだ。やんなっちゃう。ピンクのクジラのことか」ダイドーは、つっけんどんに言った。

「ペンのことは、いったいどうするのよ？」

「ああ、そのことなら、妹のトリビュレーションが、兄思いの気持ちのこもった手紙をよこしてきた。わたしのかわいそうな妻《つま》の死を知ったと言ってな。ナンタケット島のわたしの家に引っこしてきて、デューティフル・ペニテンスの世話をしたり、家の管理をしてくれるそうだよ」

「だけど、そんなのひどいじゃない！」ダイドーは、腹《はら》が立ってきた。「ペンは、トリビュレーションおばさんとは、ぜったいに暮《く》らしたくないって言ってるのに！　母ちゃんになにか吹《ふ》きこまれたせいで、おばさんのことを死ぬほどこわがってるんだよ。それじゃあ、話にもなにもならないよ！　船長さん、あんたの海藻《かいそう》だらけの脳《のう》みそは、そんなこともわからないってわけ？」

「それから、妹はこうも言ってきたのだよ」どうやらキャスケット船長は、ダイドーの言葉が耳に入らないらしい。夢《ゆめ》見るような目で海のかなたをながめながら、こう続けるのだ。「もしも同じくらいの歳《とし》の女の子の友だちがいたら、ペニテンスのためにもいいのに……とな。わたしの農場は、ソウルズ・ヒルというのだが、人里離《はな》れた、さびしいところにあるんだ。そういうわけだから、そなたが引きうけてくれれば、いっさいの問題がかたづくのだよ。もちろん、そんなに長いあいだではなくてもいい。どうかね？　そなたは知恵《ちえ》がまわるから、わたしの娘《むすめ》と善良《ぜんりょう》なおばのあいだになにか起こっても、すぐにまるくおさめてくれると思うのだがな。ペニテンスが落ちついて、気持ちよく暮《く》らせるようになったら、妹のトリビュレーションがイギリスへ帰れる方法を考えてくれるにちがいない。これは忘《わす》れてもらいたくないのだが、そなたを海から救いあげたのは、わたしらなのだぞ、いいね。そなたは、わたしらに恩《おん》を受けているのだぞ」

そう言われては、ぐうの音《ね》も出ない。ダイドーは去っていく船長のうしろすがたをじっとにらみつけた。一時間かそこらたって、そろそろ船長室にもどろうかと思ったとき、さほど遠くないところにスライカープ氏が立っているのに気がついた。妙《みょう》にこそこそと、あたりに目を配っている。いったいなにごとかと、ダイドーはじっと見まもっていた。スライカープ氏は、船端《ふなばた》の手すりに近寄《ちかよ》っていく。それから、ダイドーが物かげにしゃがんでいるのにも気づかずに、オーバーの内ポケットにかくしていた何まいかの便せんを細かくちぎると、海の中に投げすてたのだ。

「どうして、あんなことをするんだろう？」ダイドーは、首をかしげた。「手紙って、そんなにだれかに見られちゃいけないものだっけ？」

そのとき、ダイドーは思い出した。さっき船長がスライカープ氏に、マーサ号に寄《よ》って自分あての手紙をとってきてくれとたのんでいたっけ。けれどもスライカープ氏は手紙を持ってこず、あれはビルガー船長のかんちがいで、だれかほかの人にあてた手紙だったと言ったのだ。それじゃ、スライカープ氏が、ウソをついていたってこと？　その手紙は、やっぱりキャスケット船長にあてたものだったんじゃないの？　もしそうだとしたら……？　けど、どうしてスライカープさんが、その手紙をすてなきゃいけないんだろう?

なぞの答えは見つかりそうもないし、まるっきり見当もつかない。それでもなお、じっと見《み》張《は》っているうちに、またまたスライカープ氏はびっくりするようなことをやり出したのだ。だれにも見られていないことをよくよくたしかめてから、これならだいじょうぶと思ったらしく、オーバーの中からブーツをとり出すと、長い時間をかけて、念入りにみがき出したのだ。

ダイドーの心臓《しんぞう》は、早鐘《はやがね》のように鳴りはじめた。そして、きびしい顔でこっくりとうなずいた。熱帯の月がこうこうとかがやきながら、空にかかっている。その月明かりとで、細かいところにある白目(すずを主成分とする鉛《なまり》との合金)のランプの明かりとで、細かいところまではっきりと、あたりのようすが見えていた。いまスライカープ氏がみがいているブーツは、船乗りがはく作業靴《さぎょうぐつ》ではない。ボタンがついた、深い緑色の旅行用ブーツで、イギリスの女の人たちがはいているものだ。

やがて、ブーツがすっかりきれいになったのに満足したスライカープ氏は、さっきと同じように、こそこそとあたりに目を配りながら、甲板《かんぱん》からおりていった。

ダイドーはそのまま、かなり長いこと甲板《かんぱん》にいた。はじめのうちは、キャスケット船長に自分

の見たことを話そうと、なかば心を決めていた。けれども、やっぱり言わないことにした。ダイドーがあやしいぞと思っているだけで、証拠《しょうこ》はなにひとつないのだから。海にすてられた手紙はスライカープ氏にあてたものではない……そんなふうに、はっきりと言いきれるだろうか？自分に来た手紙をちぎってすてたって、だれにも文句《もんく》は言えない。それだけではなかった。スライカープ氏が、手紙を海にすてるところをダイドーに見られたと知ったら、ブーツをみがいているところも見られたと思うだろう。そして、自分が脂身《あぶらみ》の貯蔵室《ちょぞうしつ》にかくれていた女の共犯者《きょうはんしゃ》だということが、ダイドーにばれてしまったとさとるだろう。あの女がささやいたおそろしい言葉は、いまもダイドーの耳にこびりついていた。「わたしのことはしゃべらないほうが身のためだよ！　さもなきゃ、おまえは二度とロンドン川を見られなくなる。わかったかい？」

「やっぱりだまっていよう」けっきょくダイドーは、そう決心した。「どっちみちキャスケット船長に話したって、頭がいかれたような顔でこっちを見たあげく、ピンクのクジラの話を長々としゃべり出すのがオチだもんね。あの手紙は、船長さんに来たものじゃない。それで、決まり。それに、あたしは、あのスライカープのおっさんと、さわぎを起こしたくない。だから、だまっている。だけど、これからもしっかりと見張《みは》ってなきゃ」

ちょうどそこへ、深夜の当直にあたっていたネイトが甲板《かんぱん》にあがってきて、ダイドーと夜のひとときをすごした。ジェンキンズくんはネイトの肩《かた》にとまって、ひと声おぎょうぎよく鳴いてから、しゃべり出した。

「閣下《かっか》のお風呂《ふろ》は、タペストリー（つづれ織《お》りの壁《かべ》かけ）の間に用意ができております。朝刊《ちょうかん》は、温めてございますよ、サー・ヘンリー様。閣下《かっか》の風呂《ふろ》用のいすを、こっちに持ってこないか。いまいましいハノーバー党《とう》のやつらめ、くたばっちまえ！」

「スライカープさんがいないか、たしかめたほうがいいよ」ダイドーは、にやっと笑いながら言った。

「だいじょうぶだよ。あのおっさん、下で当直をしてるから」と、ネイトは言う。「だから、ジェンキンズのやつにいい空気を吸《す》わせようと思って、甲板《かんぱん》に連れてきたというわけさ」

「どうしてスライカープさんは、ジェンキンズくんがしゃべると、あんなにおこるんだろうね」

ダイドーは、あくびをしながらきいてみた。

「知らないのかい？　じつはスライカープさんも、イギリス人なんだよ。けど、ハノーバー党《とう》なんだ。ほら、イギリスの王様をたおそうとしているやつらの仲間なのさ。だから、こいつが『ハノーバー党《とう》のやつらめ、くたばっちまえ』なんて言うのが、気にくわないんだ。あのおっさん、牢屋《ろうや》に入れられそうになったから、おおいそぎでイギリスから逃《に》げだしたんだって。民兵たちに追いかけられてね。ライジェおじさんからきいた話では、そういうことなんだ。キャスケット船長とも、そんなに長いこと同じ船に乗ってたわけじゃなくって、その前にしばらくナンタケット島に住んでたそうだよ」

「あの人がイギリス人？　スライカープさんが？」

「そのとおりさ。それなら、もうちょっとなかよくしてくれてもいいって、おまえは思うかもしれないけどな。同じ国から来たんだから」

ダイドーがようやく眠《ねむ》りについたのは、それから長いことたった夜明け近くのことだった。けれども、うとうとしたと思うまもなく、ふいに大騒動《おおそうどう》が起こって目がさめてしまった。

船がまるごと、おどろいた馬のようにとびあがった。頭の上からは、大きな、長くあとを引くようなさけび声がきこえてくる。甲板《かんぱん》をバタバタと走りまわる足音に続いて、ガシャン、ガタガタと、帆《ほ》を引きずりだして帆柱《ほばしら》に張《は》る音、いかりを海底からそっくり引きあげる音……。

「どうしたの？　いったいなにが起こったのかしら？」ペニテンスが、ふるえあがってさけぶ。

船がとつぜん動いたときにベッドから放りだされて、床《ゆか》の上で悲鳴をあげているのだ。「ハリケーンなの？」

静かにと、ダイドーは手をあげた。甲板《かんぱん》からきこえてくるさけび声に耳をすましているのだ。

「ちがうね」しばらくしてから、ダイドーはそっけなく言った。「ハリケーンじゃないよ。そんなちっぽけなことで、あんたの父ちゃんはあわてたりしないもの。まあね、このさわぎのおかげで、あたしたちはおおいそぎでうちに帰れるかもしれないよ。あのお嬢《じょう》さんがうまく走ってくれればね。トンブクトゥやらトバゴみたいな、わけのわかんないところに行かなければ」

「なんのこと？　あのお嬢《じょう》さんって、だあれ？」

「ああ、ピンクのクジラだよ。ロージー・リーって名前なんだね。みんながさけんでるの、きこえない？　この船はいま、船長さんの大好きな、スイートピー色のクジラを追いかけてるんだよ」

それからというもの何日も何週間も、それはすさまじい、荒《あ》れた航海が続いた。セアラ・キャスケット号は獲物《えもの》を追いかけて南太平洋航路をつっ走り、ありったけの帆《ほ》を広げて飛ぶように走りつづけたのだ。主檣楼帆《しゅしょうろうはん》も、上檣帆《じょうしょうはん》も、補助横帆《ほじょおうはん》もすべて張《は》ったので、帆柱《ほばしら》やロープがバンジョーのように鳴りひびいた。南の海を走っているときは、真ん中の帆柱《ほばしら》が曲がってしまうこともよくあったので、弓のかわりに使ったらいいのになどとネイトが言いだす始末。ピンクのクジラに近づいたときに、ささえ綱《づな》を弓弦《ゆずる》のかわりにして、もりを放てばいいと言うのだ。

こうなったら、いくらペニテンスを甲板《かんぱん》に連れだそうとしても、むりというものだった。南米大陸の最南端《さいなんたん》にほど近いマゼラン海峡《かいきょう》を通っているさいちゅうに、はげしい偏東風《へんとうふう》とすさまじい豪雨《ごうう》に見舞《みま》われたときには、ダイドーでさえ船長室でインドすごろく（六個の子安貝《こやすがい》をさいころに使うゲーム）をしていたほうがいいと思ったほどだった。

そもそも大騒動《おおそうどう》のはじまりは、船長がガラパゴス島でピンクのクジラをちらっと見たと言いはったことだった。はじめのうちはダイドーも、ほかのみんなと同じに、気のせいに決まっていると思っていた。ところが、セアラ・キャスケット号がホーン岬《みさき》の南にさしかかったある晩《ばん》、はげしい疾風《しっぷう》のあいまに、なんとダイドーもそれを見たのだった。

最初は、沈《しず》んでいく夕日がちらっと見えたのだろうと思った――ただし、夕日なのに東の方角にある。黒くうねる波間に、虹《にじ》のように光ったバラ色のあぶくが、ゆらゆらとゆれている……。そして嵐《あらし》が静まると、あぶくは見えなくなってしまった。けれどもキャスケット船長は、あまりの喜びに、なにかにつかれたように目をぎらぎらかがやかせながら、破《やぶ》れた古い帆《ほ》を、さっと新しい帆《ほ》に張《は》りかえさせた。そして危険《きけん》もかえりみず、帆《ほ》をいっぱいにあげてクジラを追いかけはじめた。嵐《あらし》も、大波も、地震《じしん》も、なんのその。記録破《やぶ》りの速さでホーン岬《みさき》をまわり、ひた走る。船員たちは四時間働き、四時間休むという強行軍で働きつづけたあげく、つかれと寝不足《ねぶそく》とで、げっそりやせおとろえてしまった。船長はといえば、まったく眠《ねむ》っていないらしく、いつも水平線をにらみつけているために、目はすっかり真っ赤になっていた。

ネイトも、ダイドーたちのいる船長室にやってくるひまなどなくなった。ずっと見張《みは》りをしたり、水深をはかったり、破《やぶ》れた帆《ほ》をつくろったりするのに大いそがしだったのだ。時には、帆《ほ》をつくろいながら、ネイトがうたっている声がきこえてきた。それにあわせてジェンキンズくんが(いまでは、スライカープ氏に敬意《けいい》をはらうことをおぼえていて)、おさえた声で合唱《がっしょう》していた。

「ロープおけを　しまえ、尾羽《おばね》を　たため
荒《あ》れた天気だ、はげしい風だ
月に　従《したが》い、前進するぞ――」

「青い　広間に
晩餐《ばんさん》の　用意が　できております
る」

「円材に　油を、ロープを　結べ
細工物は　やめて、手おけを　つかめ
くみ出せ、くみ出せ
船底の　水を
たんまり　給金もらえるぞ――」
「奥方様《おくがたさま》の　馬車が
道を　ふさいでおりまする」

セアラ・キャスケット号が、むちゃくちゃな航海を続けるあいだ、ジェンキンズくんはかなりの時間、ダイドーたちといっしょに船長室ですごしていた。ネイトは、かわいがっている九官鳥が安全な場所にいられるのを喜んでいたし、ダイドーたちも、ジェンキンズくんがとりわけおぎょうぎのいいお客様だったので、大喜びだった。ジェンキンズくんはテーブルホッケーにも加わり（おだやかな天気が、かなり長いこと続いたときだったが）、すこぶるごきげんでクジラの骨《ほね》を細工した小さな円盤《えんばん》を飛ばし、見事にカップの中に入れたりもした。それに、上流社会の暮《く》らしのようすを、重々しい口ぶりで語ってくれるので、ダイドーとペニテンスは何時間もあきずにききいったのだった。

船はブラジルの沖《おき》を通り、トリニダード島をすぎ、藻海《そうかい》とも呼《よ》ばれるサルガッソ海（北大西洋にある海域《かいいき》）をぬけ（しっぽに藻《も》がからまったせいで、ピンクのクジラのスピードがいささか落ちた）、バミューダ、ハタラス岬《みさき》をすぎて、故郷《ふるさと》へ向かった。けれども、運《うん》の悪いことに、ピンクのクジラはいっこうにとまる気がないと見えた。このぶんでは、荷おろしをして給金をはらってもらう前にニューファンドランドを通りすぎちまうぞと、船乗りたちはぶつぶつ言いはじめた。

キャスケット船長の前に乗組員の代表が出てきて、もう食料も水もたりないし、つくろってない帆《ほ》は一まいもありませんと言った。わずかに残っている堅《かた》パンだって、ちょっとのあいだ配給を続けていれば、あっという間になくなってしまうというのだ。船長はなかなか首をたてにふらなかったが、とうとう説《と》きふせられてニューベッドフォードにもどることになった。

こういうわけでダイドーは、セアラ・キャスケット号の甲板《かんぱん》で目をさましてからじつに七か月後に、ようやくかたい地面をふむことになったのだった。

「ニューベッドフォードかあ！」ダイドーには、たいしてありがたくない。「それってどこなのよ、いったい？　キャスケット船長も、船を陸地に着けるっていうなら、ドーバー海峡《かいきょう》をちょこっと横切ってくれればよかったのになあ。あと一、二週間かければ、行けたと思うよ」

ダイドーは、港の向こうの丘《おか》に見える街なみを、じろりとにらみつけた。斜面《しゃめん》の上のほうまで、屋根にふち飾《かざ》りのついた家が立ちならんでいる。

「ま、いいか」港に無数《むすう》の帆柱《ほばしら》が林のように立ちならんでいるのに気づいて、ダイドーは思いなおした。「この港には、船がたくさん着くだろうし。そのうちに、イギリスに連れていってくれる船が見つかるかもしれないものね」

「それより先に、いっしょにうちに来てくれるって約束してくれたでしょ。ね、約束してくれたわよね」ペニテンスが、心配そうな顔で念を押す。

「わかった、わかったよ。忘《わす》れてなんかいないって」ダイドーは、しぶしぶそう言った。「あんたがだいじょうぶだってわかってからイギリスに帰るって、そう言ったつもり――あーあ、たったの二分でいいから、船長さんがあんたのことを考えてくれるようになればいいのにね。たしか、あんたは、『いとこのアン・アラートン』とかが、家に泊《と》めてくれるんじゃないかって言ってたよね」

当のキャスケット船長ときたら、うわの空もいいところで、自分の船を安全に入港させるということにも気を配っていないようだった。しょっちゅうふり返っては目を大洋のかなたに向けているし、頭の中にはピンクのクジラのことしかない。そのクジラときたらずるいのなんの、すきを見てコッド岬《みさき》をまわり、カナダにほど近いメーン湾《わん》のほうに泳いでいってしまっていたのだ。はたしてふたたび、船長はピンクのクジラに追いつくことができるのだろうか?

セアラ・キャスケット号が埠頭《ふとう》に横づけされて、無事に停泊《ていはく》できたころには、日もとっぷりと暮《く》れていた。ペニテンスは、すぐにでも上陸したいとたのんだが、船長はもうひと晩《ばん》だけ船ですごしなさいと言う。こんな夜おそくに、「いとこのアン・アラートン」の家をたずねるのはよろしくないと言うのだ。ダイドーは何時間も眠《ねむ》れないまま、陸のにおいをかぎ、港の音に耳をかたむけていた。男たちのさけび声、水面《みなも》をたたく櫂《かい》の音、カモメの鳴き声、船員たちの酒場からもれてくる音楽……。ダイドーは、丸窓《まるまど》のところにいすを引きずっていった。いすの上にうずくまったまま外をながめているうちに、波止場の明かりがだんだん暗くなって消えていき、倉庫の上に見えていた街も闇《やみ》につつまれていく。

ふしぎなことに、この一年たらずのうちでいちばん自分の家に近いところにいるのに、いままでよりずっとさびしくて、家が恋《こい》しかった。

「ペン！」しばらくしてから、ダイドーは呼《よ》んでみた。「ちょっと、デューティフル・ペン！起きてる？」

答えのかわりに、静かで安らかな寝息《ねいき》が返ってくる。ダイドーはため息をひとつついてから、いすをおりて、ベッドに入ろうと思った。と、そのとき、パシャッという小さな水音がすぐそばからきこえてきた。櫂《かい》をこぐキイキイという音もする。ふりむいて丸窓《まるまど》からのぞくと、ランプの明かりに照らされた、スライカープ氏のキツネそっくりの顔が見えた。ヴェールをかぶった、背《せ》の高い女を助けて、セアラ・キャスケット号の船端《ふなばた》から平底の小舟《こぶね》に乗せてやっている。そのまま静かに櫂《かい》をこいで、スライカープ氏と女は向こう岸にわたっていった。

5

「いとこのアン」には、がまんできない――キャスケット船長、こっそりと船出する――ナンタケット島へ到着《とうちゃく》――キャスケット家の農場

「あたしたち、『いとこのアン・アラートン』とは暮《く》らせないよ」ダイドーは、むっつりした顔で言った。「これ、ぜったいだからね」

こう心に決めたのは、アンの家に着いてから十分もたたないうち。それから十日たっても、ダイドーの心はかわらなかった。

「いとこのアン・アラートン」というのは、背《せ》すじをまっすぐにのばした、きゃしゃなおばあさ

んで、黒い絹《きぬ》のワンピースに白い胸当《むねあ》てをつけ、白い帽子《ぼうし》をかぶっていた。ふたりの女の子のよごれたかっこうを見たアンは、黒い目をぱちくりさせて、いまにも気絶《きぜつ》しそうだった――ペニテンスのドレスのフリルすら、すでに油やタールでかなりよごれていた。ましてダイドーのようすときたら、もう!!

「ドアマットの上に立たないでちょうだい！　きれいに洗《あら》ってあるんですからね」アンは、頭がおかしくなったようにわめきたてる。「キザイア！　キザイア！　古いシーツをすぐに持ってきて、バケツにいっぱいお湯をわかしてちょうだい。まったく、なんてことでしょ！　その子の足を見てごらん！　それに、髪《かみ》の毛《け》ときたら！　タオルを何まいか持ってきなさい。この子たちの着てる服は、ぜんぶ燃《も》やしてしまわなきゃね。獣脂《じゅうし》と灯油も出しておいて。この脂《あぶら》、いったいどうやったらとれるのかしら。硫黄《いおう》とカロメル（塩化水銀。消毒剤《しょうどくざい》に使う）を持ってらっしゃい。この子たちに、たっぷり飲ませなきゃ。船の中で、どこの国のかわからないものを食べてきたんですからね。すっかり終わったら、オルソップさんのところに走っていって、ちょっと来てくださいっていってたのんでくるのよ。なにもかも、すっかり新しいものを仕立ててもらって着せなきゃね。なにがいいかしら――毛皮と、ウール地のフラノやメリノやポプリン、それに薄地《うすじ》のモスリン

（平織《ひらお》りのやわらかい綿織物《めんおりもの》）も。もちろんボンネット（女性や子どもがかぶる帽子《ぼうし》の一種）、それからブーツも。まったくもう、このふたりときたら野育ちもいいところだわ」

「あたし、自分の半ズボンをはいてるほうがいいんだけど」ダイドーは、顔をしかめた。

「おだまりなさい、あなた！　なんてことを言いだすの！　キザイア、バース砥石《といし》（粘土《ねんど》をかためてつくった砥石《といし》）をわたしておくれ。ふたりをよおくこすって、洗《あら》ってやるから」

ダイドーは生まれてからこのかた、そんなことをされたためしがないから、あっけにとられて文句《もんく》も言えなかった。そのあとすぐに、ふたりはベッドに入れられた。寝室《しんしつ》は、ちりひとつない清潔《せいけつ》な部屋《へや》で、窓《まど》には、つやつやした平織《ひらお》り木綿《もめん》の白いカーテンがさがっている。ふち飾《かざ》りのあるベッドカバーもうね織《お》りの白い木綿《もめん》で、床《ゆか》のきっちり真ん中に組みひもで編《あ》んだ敷物《しきもの》が敷《し》かれ、洗面台《せんめんだい》の前にも四角い油布《あぶらぬの》が敷《し》かれていた。

「なんで真っ昼間からベッドに入んなきゃいけないのよ？」ダイドーは、ぶつぶつ文句《もんく》を言った。

「あたしたち、なんにも悪いことしてないんだよ！」

「まあまあ、お願いだから静かにしてちょうだい。ご近所様に見られちゃ困《こま》るでしょ。なにか着られるものが用意できるまではね」

すぐに、仕立て屋のミス・オルソップがかけつけ、「いとこのアン」に手伝ってもらいながら、白いテープでふちどりした茶色のキャラコのドレスの仕立てにとりかかった。それを着てベッドから出たふたりが、ほかの服のすそのまつりぐけを手伝えるようにと、オルソップさんは、おおいそぎでぬいあげた。

「こんな服、がまんできないよ」かちかちにのりをきかせたえりのついたドレスを着せられたダイドーは、何度もそう言っては首をまわし、ぷりぷりしながらぬいものを続けた。そのあいだ、「いとこのアン」のするどい目が、じっとふたりをにらんでいる。裁縫《さいほう》の手を休められるのは、やせて、陰気《いんき》くさいお手伝いさんのキザイアに、ルバーブやセンナやサッサフラスを煎《せん》じたお茶をむりやり飲まされるときだけだった。アンは、ふたりが外国から疫病《えきびょう》を持ってきたと信じこんでいるらしく、町の人たちに伝染《でんせん》しないように、しょっちゅう薬を飲ませなければと思っているのだ。

ふたりの女の子のかわりようには、アンの家をたずねてきたキャスケット船長でさえ、いささかおどろいたようだった。ダイドーは船長に、ふたつのことを解決《かいけつ》してほしいと思っていた。ひとつは、トリビュレーションおばさん以外の人にペニテンスのめんどうをみてもらえないかということ、もうひとつは、ダイドーがイギリスへ帰る船をさがしてもらいたいということだった。けれども、船長がペニテンスをたずねてきたのはそのときだけ。それも短い時間で帰っていってしまい、二度と「いとこのアン」の家に近づかなかった。船を修理したり、食料を積みこんだり、新しく港に入ってきた船の乗組員たちをつかまえて、ピンクのクジラのことをきいたりするのにいそがしかったのだ。そのあいだも子どもたちは、「いとこのアン」にきびしく監督《かんとく》されていた。外に出られるのは一日にたった一回、家の前の道路を行って帰ってくる短い散歩だけだった。

けれども九日目のこと、お手伝いさんのキザイアが教会の集まりに出かけてるすのとき、「いとこのアン」が頭痛《ずつう》がするのでちょっと横になると言いだした。二階の寝室《しんしつ》にいるダイドーたちの足音がうるさすぎるせいだと言う。「いとこのアン」がベッドに入るやいなや、ダイドーは弾丸《だんがん》のように家からとび出した。

「ペン。いっしょに来るのがこわかったら、あんたはこの家にいればいいからね」と、ダイドーは言った。「けど、あたしはあんたの父ちゃんに会って、なにもかもきちんとさせたいの」

ペニテンスは、「いとこのアン」に用事を言いつけられるといけないから、るす番をしていると言う。そこでダイドーは、おおいそぎで丘《おか》をくだって、埠頭《ふとう》にかけつけた。ところが、おどろいたことにセアラ・キャスケット号がつながれているはずの場所は、からっぽになっている！

「ちょっと！」ダイドーは、近くで釣《つ》りをしている男の子に声をかけた。「ここにいた船、どこへ行ったの？」

「けさ早く、出てったよ」

「まさか！　あんた、からかってるんだね！」

男の子は、肩《かた》をすくめた。「じゃあ、どうしたって言うんだよ？　船が歩いて、丘《おか》をのぼってったのか？　船長のおっさん、ずいぶんはりきってたぜ——だれかが船長に、ゲイヘッドの沖《おき》でピンクのクジラを見たって知らせたんだってさ。出航するときに一等航海士がいなかったんだけど、もう待ってはいられないって、いかりをあげて船出したってわけ。いまごろは、グランドバンクスまでの航路の半分くらいは行ってるんじゃないか」

「えーっ、なんでだよお」ダイドーは、うめいた。それから男の子に背《せ》を向けると、つかれきった足どりで急坂をのぼり、「いとこのアン」の家にもどっていった。足が鉛《なまり》のように重い。「あたしたち、見すてられちゃったんだよ！　あのキャスケット船長のやつ、とんでもないペテン師だな。あたしも、だまされないように注意してなきゃいけなかったのに——ペンがさわぐといけないから、こっそり逃《に》げだしたに決まってるよ！　けど、ひとつだけ、わかってることがある――あたし、もうこれ以上は、『いとこのアン』の家には住んでやらないからね」

運《うん》のいいことに、「いとこのアン」も、ダイドーと同じことを考えていた。キャスケット船長がたずねてきたとき、アンは念のために、ふたりがナンタケット島まで行けるだけの船賃《ふなちん》をもらっていた。というわけで、すぐつぎの日にダイドーたちは、新しい服を持たされて、アデレード号という小さな定期船に乗せられた。石炭やまきやスイカを、山ほど積んだ船だ。

船は、強風が巻《ま》きおこったせいでかなりおくれ、ブラント・ポイント岬《みさき》をまわって無事にナンタケット港に着いたときには、すでに日が暮《く》れかけていた。潮風《しおかぜ》に吹《ふ》かれてぬれねずみになったダイドーとペニテンスは、がたがたふるえながら荷物をかかえて、はうように埠頭《ふとう》へおりたった。

「おーい！」定期船の船長が、闇《やみ》に向かって呼《よ》びかけてくれた。「キャスケットさんのところからこの子たちをむかえにきている人はいないかね？」

答えは返ってこない。ふたりがしばらく待っているうちに、ほかの乗客や、荷おろしにきていた男たちも、あらかたいなくなってしまった。

「やれやれ、こんなとこにひと晩《ばん》じゅう立っってても、どうしようもないよ」ダイドーは、歯がガチガチ鳴るのをこらえて、ぎゅっとくいしばりながら言った。「おまけに、もうすぐ雨が降《ふ》りだしそうだし。どうしようか、ペン？　あんたの父ちゃんの農場まで歩いていける？　そこって、ここから遠いの？」

「じゅ、十三キロくらいよ」ペニテンスも、ふるえながら答えた。「荷物があるから、とても歩いてはいけないわ」

「宿屋に泊《と》まったほうがいいんじゃない？」

「あらあ、だめよ！　宿屋なんて、おっかなくて荒《あら》っぽい船乗りたちでいっぱいですもの」

「けど、こんなとこにずーっといるのは、あたしはごめんだね」ダイドーはそう言って、ナンタケットの町に入っていった。ペニテンスは、ぐずぐずしながらあとについてくる。「町をちょっとぶらぶらしてれば、そのうちに、あんたの知ってる人に会うかもしれないよ。それに、トリビュおばさんとかにもね。今日はもう定期船が来ないと思って買いものしてるか、うちにもどるとちゅうかもしれない。ひとつだけ言っときたいんだけど、あたしもう、腹《はら》ペコでがまんできないの」チャウダー屋の店先を通りかかったとき、ダイドーはそうつけ加えた。料理のいいにおいが鼻先にただよってきて、すきっ腹《ぱら》にこたえる。

「まあ、わたしもおんなじよ！」

「お金、持ってる？」

「それがね、ないのよ」ペニテンスは、口ごもった。「『いとこのアン』がくれたのは、定期船のきっぷだけなんですもの」

「そっか」ダイドーは、なにやら考えながら荷物を持ちあげ、重さをたしかめた。ふたりのちょっと先にあるメイン通りとユニオン通りの角に、まだウィンドウにあかあかと明かりが灯《とも》っている店がある。看板《かんばん》には「ブレーシーとスターバックの店＊航海用の衣類《いるい》、ならびに一般《いっぱん》の衣《い》類《るい》をあつかっています」と書いてあった。

「あたし、ここに寄《よ》ってみるよ」

ダイドーは、ペニテンスが心配そうにかん高い声でとめるのもきかずに店に入った。それから、カウンターのうしろにいる男の人に話しかけた。

「ちょっと、おじさん。ここに着たくない服がひと山あるんだけど、買ってくれる？」

すぐに男が、買ってやると返事したのをきいて、ペニテンスはぎょっとした。「いとこのアン」が念入りに仕立てさせてくれた何まいものドレスや、それに似《に》あうように考えてくれたフリルつきの下着類を売るなんて……。

「売ったお金で、なにが買いたいかって？」ダイドーは、続けて言う。「あたしは、いつだって半ズボンをはくのが好きなんだよ」

ダイドーは、赤いフランネルのシャツとデニムのズボンを、一ドル六十二セントで買った。それでもまだ、二ドルあまっている。

「おいで、ペン。なにか食べものを買おうよ。おじさん、それからね」ダイドーは、店のあるじにきいた。「町のどこかに、ペン・キャスケットお嬢《じょう》さんをむかえに来た人がいなかった？」

「それって、キャスケット農場へ帰るっていう嬢《じょう》ちゃんのことかい？」あるじはきき返した。

「ああ、それなら知ってるよ。今週は毎日キャスケット農場から、荷車をひいた、じいさんラバが来てるんだ。まだ、そこらにつながれてるんじゃないかな。あと一時間で宿屋のハナゴンドウ亭《てい》に郵便物《ゆうびんぶつ》が配達される。それまではラバを農場にもどらせるわけにはいかんって、ハナゴンドウ亭《てい》のハッセーさんが言ってるんだ。それじゃあ、あんたがキャスケットの嬢《じょう》ちゃんかい？　ほおお、ずいぶん大きくなったね！」

あるじとおしゃべりをしているひまはなかった。

「ハナゴンドウ亭《てい》って、どっちなの？」ダイドーは、きいた。「おいで、ペン。早くったら！」

ふたりは、すべったり転んだりしながら、丸石敷《じ》きの道路を走った。牧草地から町にもどってきたヒツジの群《む》れをびっくりさせてから、やっと看板《かんばん》のさがった建物にたどり着いた。いきおいよく潮《しお》を吹《ふ》いているハナゴンドウを描《えが》いた看板《かんばん》が、風にぶらぶらゆれている。看板《かんばん》の下に、荷馬車をひいたラバがつながれていた。雨にびっしょりぬれたラバは、なんともみすぼらしかった。前脚《まえあし》のあいだに首をつっこんで、せいいっぱい頭をぬらすまいとしているようだ。

「これって、あんたの父ちゃんの荷馬車なの？」ダイドーは、きいてみた。

「あのね——ほんとのこと言うと、はっきりおぼえてないのよ」と、ペニテンスはうち明けた。「うちを出てから、ずいぶん長いことたってるんですもの。ラバが一頭いたのはたしかよ——マンゴーって名前だったと思うわ——でも、わたし、そのラバがこわかったから、見かけがどんなだったのかなんて、おぼえていないの」

「ちょっとお」ダイドーは、ラバの前のほうにまわって声をかけた。「もしもーし！　おーい！あんたは、マンゴーって名前なの？」

ラバはなにも答えずに、脚《あし》のあいだから白いふちどりのある目をじろりと向け、ダイドーをばかにしたように、にらんだだけだった。

「あたし、中に入ってきいてくる」と、ダイドーは言った。

「まさか。宿屋に入ったりしちゃだめでしょう！」ペニテンスが、なげく。「こわい人たちがいるかもしれないのよ。そんなの、レディーのすることじゃないわ」

「もう、レディーのすることじゃないなんて、よく言うよ！」じれったくなったダイドーは、がみがみと言いかえした。「あんたは、これ以上びしょぬれになったり腹《はら》ペコになったりしてもいいんだね。けど、あたしは、ごめんだよ！」

ダイドーは、胸《むね》をはって宿屋に入っていった。それから、外にいるラバと荷馬車が、たしかにキャスケット船長の農場のものだとたしかめると、こう言った。

「さてと、あのラバが今週、毎日ここに来て、あたしたちを待っててくれたんなら、あと二十分だけ待ってもらったってだいじょうぶだね」

ダイドーが深皿に入ったハマグリのチャウダーを三つ注文したので、ペニテンスはますますふるえあがった。ところが、チャウダーが運ばれてきてみると、なんともあつあつで、おいしそうなこと。やわらかそうな、小さなハマグリのむき身も、どっさり入っている。さすがのペニテンスも気をもむのをやめて、食べてみると言った。

「三皿目のチャウダーは、だれが食べるの？」ペニテンスが、ダイドーにきいた。

「だれって、かわいそうなマンゴーじいさんだよ、決まってるじゃない」ダイドーは、とがめるように言う。「雨の中を十三キロも歩いていくんだから、なにかおなかに入れとかなきゃ」

「マンゴーは、気に入るかしら？」ペニテンスは、自信がなさそうな声で言う。

「食べさせてみればわかるんじゃない？　もし食べなきゃ、あんたがおかわりすればいいよ」

けれどもラバは、チャウダーがおおいに気に入ったらしく、鼻をフンフン鳴らしながら平らげると、見ちがえるほど元気いっぱいになった。お皿を宿屋に返してから、ダイドーはペニテンスを助けて荷馬車に乗せてやり、座席《ざせき》の下にどっさりあったヒツジの毛皮でくるんでやった。それから、マンゴーの首の綱《つな》をほどき、手綱《たづな》をぴしゃりと当てる。荷馬車が動きだした。

「最高！」ダイドーは声をあげた。ぼんやりと明かりが灯《とも》った街なかを、荷馬車はガタゴトと進んでいく。「いい感じだね？　あたし、馬車に乗るのだあいすき――雨が降《ふ》ってなくて、こんなに風が吹《ふ》いてなきゃ、もっといいのにな。それはそうと、ペン。農場へ行く道は、わかってるの？」

「マンゴーが知ってるはずよ」ペニテンスは、消えいりそうな声で言う——とっくに座席《ざせき》からおりて床《ゆか》にしゃがみこみ、荷馬車から落ちないように必死にしがみついているのだ。「お母様がいつも市場にひとりで行かせてたから。農場でとれた卵《たまご》やなにかを荷馬車に乗せて。マンゴーの好きなほうに行かせれば、うちに帰る道を見つけると思うわ」

ほどなく荷馬車は小さな町を出て、吹《ふ》きっさらしの丘《おか》の上にある砂《すな》まじりの田舎《いなか》道をたどりはじめた。風と雨が吹《ふ》きつけるわ、暗いわで、見えるものといえば道ばたにうずくまるようにはえている何本かの木だけ。右手のはるか遠くからゴウゴウという音がたえまなくきこえ、行く手からは、さらに大きな、とどろくような音が、こちらはとぎれとぎれにきこえてくる。

「いったいなんなの、あのさわぎは?」ダイドーは、きいてみた。

「波の音よ」

「けど、あたしたちはいま、海のほうから来たんだよ」

「ナンタケットは島なのよ。忘《わす》れないで」ペニテンスは、悲しそうにため息をついた。「いまきこえてるのは、南と東の海岸にくだける波の音なの。ああ、わたし、あんな音、だいきらいよ!」

「もう、ペンったら。元気出しなよ!」ダイドーは、はげましした。「ねえ、歌なんかうたっちゃどう？　あたしたちが元気になる歌。ネイトがつくったやつは？」
ダイドーはしゃがれ声で、でも、なかなかじょうずにうたい出した。

「おお、荒《あ》れる　大海
とどろく　波よ
だけど、めざすぞ
ナンタケット島を
美しい島　ナンタケット！
ブドウの実は　赤く色づき
サンカティの岬《みさき》に
夜ごと　明かりが　きらめく」

ダイドーの歌でますます元気になったのか、ラバのマンゴーはかけ足になり、荷馬車は雨風《あめかぜ》をついていきおいよく進んでいった。

「ちょっと」やがて、ダイドーが言った。「ペン、ここに門があるよ。ひゃあ、こんなへんてこな門、見たことある？　ここが、あんたの父ちゃんの農場なの？」
「そうみたいね」ペニテンスは、行く手の暗がりをすかし見しながら、そっとため息をついた。「そうそう、お父様がこの門をつけたのよ。門柱はマッコウクジラのあごの骨《ほね》でできてるの。ああ、寒いし、びしょぬれだし、なんてみじめなんでしょう」
「めそめそしないの。あと十分

たったら、しんちゅうのあんかであっためたベッドの中に入れてもらえるんだから。それはそうと、あそこに納屋《なや》があるね。マンゴーは、あの納屋《なや》が自分の家だって思ってるみたいだよ」
ダイドーの言うとおり。巨大《きょだい》なニワトリの叉骨《さこつ》のような逆《ぎゃく》V字《じ》型《がた》の門を通りぬけると、マンゴーはお客を乗せていることなどすっかり忘《わす》れて、納屋《なや》の中にとことこと入っていった。ペニテンスは、ダイドーじれったがっていたが、ダイドーは家に行く前にマンゴーの馬具を

はずして、わら束で体をこすってやると言いはった。

「だってさ、トリビュおばさんとやらが、雨の中を納屋《なや》まで来てマンゴーの世話なんかするのはいやだって言うかもしれないじゃない。さあ、終わったよ。じゃ、行こうか。荷物を忘《わす》れないで」

丘《おか》の斜面《しゃめん》がちょっとくぼんで、まばらに木がはえているところに、農場の建物が何棟《なんとう》も立っているのが見えていた。どの建物にも明かりがついていないので、どれが人の住んでいる家かさっぱりわからない。

そのうちにやっと、家らしい建物のドアを見つけた。すると、ふいにペニテンスが幼《おさな》いころのことを思い出して、つま先立ちになると、くぎにかけてある鍵《かぎ》をとった。

「ああ、よかった」家の中に入ったダイドーが声をあげた。「これでやっとびしょぬれにならなくてすむよ。ろうそくがどこにあるか知ってる、ペン？」

「い、いいえ、おぼえてないわ」ペニテンスは、悲しそうに言う。「まあ、ずいぶん真っ暗で寒いのねえ！」

運《うん》よく、あたりをさぐっているうちにダイドーの手が一本のろうそくに当たって、ろうそくがたおれた。元どおりにろうそくを立てて火を灯《とも》してみると、ふたりのいるのは広々とした昔ふうの台所だった。明かりがついていてあたたかだったら、さぞかし気持ちのいい場所だったことだろう。火の燃《も》えていない、ずんぐりとした丸型の大きな黒いストーブが、無愛想《ぶあいそう》に立っている。明るい色の布《ぬの》ひもを三つ編《あ》みにしてかがりあわせた、楕円形《だえんけい》の敷物《しきもの》も敷《し》いてあった。食器だなには、お皿が何まいも飾《かざ》ってある。壁《かべ》ぎわには、おそろしく大きな箱型の振《ふ》り子《こ》時計がすえつけてあり、チクタクと時を刻《きざ》んでいた。清潔《せいけつ》で、きちんと整とんされた台所だったが、静かで、がらんとしていて、ひどく寒かった。

「まあ」ペニテンスが、ささやいた。「これから、どうしたらいいの？」

「どうしたらって？　決まってるじゃない。ベッドに入るの。朝になったら、なにもかもだいじょうぶになってるよ」ダイドーは、しっかりとした声で言ってやった。「階段《かいだん》は、どこにあるの？」

ペニテンスがドアをあけると、幅《はば》のせまい、急な階段《かいだん》があらわれた。ダイドーは先に立って、ろうそくを手に階段《かいだん》をのぼっていく。

「ちょっと」ダイドーは、ペニテンスが追いついてくるのを待って言った。「廊下《ろうか》のつきあたりにあるドアの下から、明かりがもれてるよ。トリビュおばさんの寝室《しんしつ》だね、きっと。あの部屋《へや》に行って、あたしたちが来たって知らせたほうがいいよ」

「で、で、でも……」ペニテンスは、ふるえる声で言いかえす。「もしトリビュレーションおば様じゃなかったら？」

ペニテンスは、ダイドーの腕《うで》をぎゅっとにぎった。

「あんた、ばかじゃないの！ ほかにだれがいるって言うのよ？ さあ、おいで！」

ダイドーは勇ましく廊下《ろうか》を進んでいって、ドアをノックした。

「キャスケットさん？」中に、声をかける。「あたしたちですよ――ペニテンスとダイドーが、いま着きました」

ドアの向こうから、声がした。

「それも、こんなにおそい時間に着くとはね！ マットで足をふいてから、中へお入り」

ダイドーですら、その声をきいてちょっとおびえてしまった。やさしさなどみじんもない、低い、ざらざらするような声だったのだ。なにやら不気味な、それでいて妙《みょう》にききおぼえのあるような声だ。手がちょっとふるえて、熱いろうがろうそくからこぼれ、火が消えてしまった。それからダイドーは、しゃんと気持ちを立てなおしてドアを押しあけ、中に入った。

ベッドわきのテーブルに、一本だけろうそくが立っている。そのぼんやりとした明かりで、ベッドの中にいる女が見えた。枕《まくら》をたくさん積みあげて寄《よ》りかかり、じっとふたりをにらんでいる。

6

トリビュレーションおばさん――ブタとヒツジ――屋根裏部屋《やねうらべや》に、緑色のブーツが――トリビュレーションおばさんは、おなかがすいている――ペニテンス、知らない男に出あう

「もう一本ろうそくをつけるんだよ」ベッドの中の女が、命令した。「それから、よおくおまえの顔を見せなさい。ははあん」女は、ダイドーに言う。「おまえは、わたしのほうの家族には似《に》てないね。さだめし、あのあわれな、体の弱いセアラに似《に》たんだろうよ」

「ちがうったら、奥《おく》さん」ダイドーは、あわてて言った。「あそこにいるのがペン。あたしは、ダイドー・トワイトですよ」

女は、ふたりをじろじろとながめまわしていたが、ダイドーたちは、おばさんがどんなようすなのか、あまりよくわからなかった。なにしろ、かけぶとんをあごのところまでひっぱりあげているうえに、ナイトキャップの幅広《はばひろ》いフリルのかげになって、顔がよく見えないのだ。鼻先にくっつくほどしゃくれた、くるみ割《わ》り人形のような気味の悪いあごと、細い鼻すじだけがやっと見える。その鼻すじが船の舵《かじ》にそっくりなので、ダイドーは、ひょっとして左右にギコギコ動くのではと思ってしまった。目は、色のついたメガネにかくれていて見えない。ダイドーは、赤ずきんの話に出てくるオオカミを思い出してにんまりしてしまい、大きな声でこう言いたくなるのを、必死にこらえた。——まあ、トリビュおばさんったら、なあんて大きな目をしているんでしょう！

「おまえはまた顔色が悪くて、骨《ほね》と皮ばかりにやせてるじゃないか」トリビュレーションおばさんは、ペニテンスを見て言った。「背《せ》がのびてるのに、体重がふえなかったんだね？　とにかくふたりとも、せっせと働くのには、なれてるんだろうね。それなら、けっこう。これからは、のんびり、ぶらぶらできると思ったら大まちがいだよ」ここでおばさんは念を押すように、ゴムの石づきのついたステッキでドンッと床《ゆか》をついた。「家の中の仕事もあれば、農場の作業もある。

言っとくけど、わたしは手伝ってやれないよ。ここに着いてからというもの、ずっと体のぐあいが悪くて、横になっていなきゃいけないからね。この島のじとじとした空気のせいで、骨《ほね》という骨《ほね》がぎりぎりいたむんだよ。さあ、おまえたちも早く寝《ね》なさい」

「どこで寝《ね》るんですか、トリビュおばさん？」ダイドーは、たずねた。

「この廊下《ろうか》をずっと行った、つきあたりの部屋《へや》だよ。シーツと毛布《もうふ》は、杉材の木箱に入ってる。いままでは、パードンさんのおかみさんが家畜《かちく》の世話をしにきてくれてたけど、これからはふたりでやるんだよ。四時に起きてニワトリとブタにえさをやり、ラバの手入れをする。それから、ストーブに火をつける――地下室にたきつけがなかったら、外へ行って小枝を切ってくるんだ。泥炭《でいたん》は、泥炭《でいたん》小屋にあるからね――それから、七時にポットに入れたコーヒーと、おかゆを深皿に入れて、わたしに持ってくるんだよ。さあさあ、なにをぐずぐずしてるんだい」

言いつけられる仕事があまりにも多いものだから、ふたりはぼおっとしてしまい、文句《もんく》を言うこともできずにおばさんの部屋《へや》を出た。割《わ》りあてられた寝室《しんしつ》は、「いとこのアン」の家の寝室《しんしつ》そっくりに、がらんとして清潔《せいけつ》だったが、洗面台《せんめんだい》はないし、四角い油布《あぶらぬの》も敷《し》いてない。組みひもを編《あ》んだ楕円形《だえんけい》の敷物《しきもの》もなかった。ぶるぶるふるえながら、ふたりはあくびまじりに杉材の箱からキルトのかけぶとんとシーツをひっぱり出してベッドをととのえ、ふとんにもぐりこむと、すこしでもあたたかくなるように抱《だ》きあって寝《ね》た。

「あたし、くったくたにくたびれたから、何日だって眠《ねむ》れると思うな」ダイドーは、眠《ねむ》そうな声でつぶやいた。「朝の四時になんか、起きられるかどうか」

ペニテンスはすでに眠《ねむ》っていたが、ダイドーは横になったまま、どうしてトリビュレーションおばさんの声にききおぼえがあるような気がしたのだろうと考えていた。それから、ぐっすり眠《ねむ》ってしまった。

四時に起きられるかどうかなど、心配する必要はなかった。農場にいる三羽のオンドリが、東の空が白む前から元気いっぱい時を告げはじめたせいで、ふたりはとび起きた。あたたかい服にいそいで着がえて——ダイドーが着たのは、町で買ったデニムのズボンと、赤いシャツ——ふたりは暗い階段《かいだん》を手さぐりしながらおりた。

まず、だるまストーブを燃《も》やし、外の井戸《いど》からポンプでくみあげた水をバケツに入れ、ふたりでよろよろしながら運びこんでから、動物たちにえさをやった。そのあとでおかゆを煮《に》ていると、頭の上からドスンドスンという音がきこえた。トリビュレーションおばさんが、目をさましたのだ。なにか用があるのかと二階へあがったペニテンスは、こんな言葉をあびせられた。

「わたしの朝食はどこだい？　十分もおくれてるじゃないか」

「ご、ごめんなさい。トリビュレーションおば様」

「ごめんなさいだって！　あやまってすむものかね。コーヒーポットは、あつあつのを持ってくるのを忘《わす》れないこと。それから、コーヒーかすは、卵《たまご》のからできれいに洗《あら》うこと。それから、わたしに朝食を持ってきて、お皿とふきんをきれいに洗《あら》ったら、台所の床《ゆか》をみがいて客間のそうじをすること。それがすんだら、パンを焼くんだよ。そのあいだ、もうひとりの子には、ジャガイモの畑を耕すように言っておくれ」

「はあ？」言いつけられた仕事をペニテンスからきいて、ダイドーはあきれてしまった。「木を切りたおしてこいって、言われなかった？　それとか、レンガを積みあげて、新しい納屋《なや》をつくれとかさ？　どっちにしろ、仕事にとりかかる前に、あたしたちも腹《はら》ごしらえをしなきゃね。さあ、ペン。あたしがトリビュおばさんの食事を持ってってあげるよ。卵《たまご》を焼いといてあげたから、すわって食べてなよ。あんたったら、チーズをしぼるふきんみたいに、ぺっらぺらだもんね。おなかの皮と背中《せなか》の皮がくっついてるんじゃないの」

トリビュレーションおばさんは、たいしてうれしそうな顔もせずに朝食を受けとった。

「今度ここに来るときは、顔を洗《あら》っておいで」おばさんは、とげとげしい声で言う。「それに、ナプキンはどこ？　ピンクの皿を使わなきゃいけなかったんだよ。これは、台所用の皿じゃないか」

「ちょっとおばさん、お礼くらい、言ったらどうなの！」ついにがまんできなくなったダイドーは、大声でどなってやった。「なべのまま持ってこなかったのを、ありがたいと思いなよ！　やれやれ、あんたがあたしのおばさんじゃなくって、ほっとしたよ」

ダイドーは部屋《へや》からとび出すと、ドアをバタンとしめた。

ペニテンスが家の中の仕事を手ぎわよくかたづけるのには、ダイドーもびっくりしたり、ほっとしたりした。お皿を洗《あら》ったり、パンを焼いたり、料理したり、食器をみがいたりするのを、お母さんにきちんと教えてもらっていたのだった。

「ほんとに、よかったよ」と、ダイドーも、みとめないわけにはいかなかった。「だって、あたしは家の仕事をするのがだいきらいだったたから、いまだに、どれがワッフル焼き器で、どれがフライパンかわかんないもん。あたしにパンを焼かせたら、おんぼろ靴《ぐつ》くらいかたくなっちゃうと思うな。どうしてそんなにパン生地《きじ》がふんわりふくらむのか、感心しちゃうよ、ペン。あたしにも教えてくれなくっちゃ。だってさ、家の仕事って、自分たちのためにやるんなら、そんなにつらいことじゃないって思うよ。それどころか、けっこう楽しいんじゃないかな。あーあ、あのおばさんが、どこから来たのかわかんないけど、さっさとそこへ帰っちまえばいいのに」

「ねえ、ダイドー」と、ペニテンスも自分の胸《むね》のうちを話しはじめた――ふたりは、トリビュレーションおばさんに話がきこえる心配のない、家から離《はな》れたところにいた。おそろしく広いジャガイモ畑を、なかよく耕しているところだったのだ。「わたし、あの人がおそろしくてたまらないの！　あんなに目をぎらぎらさせて――メガネでかくしているけど、ぜったいにそうだわよね！　それに、おこったり、しかったりする声といったらもう。わたし、ぜったいにあの人となかよくなんて暮《く》らせないわ」

「ちょっと待ちなよ、ペン」ダイドーは、ペニテンスをさとした。「思い出してごらんよ。あんた、勇気を出すことをおぼえたんだよね？　毎朝、起きたときに二十回言ってごらん。『わたしは、トリビュおば様なんかこわくない』って。いまから始めるといいよ」

「わたしは、トリビュおば様なんかこわくない」ペニテンスは、すなおに従《したが》った。でも、すぐに言いだした。「だめだめ。効《き》き目《め》がないわ。やっぱり、おば様のことが、こわくてたまらないもの！」

「それじゃあ、なんとかして、こわいって気持ちが起きないようにしなきゃ」ダイドーは、きっぱりと言った。「あたしを見ててごらんよ。あたしがどうやって意地悪ばあさんに立ちむかうか」

ペニテンスは、ごくりとつばを飲みこんでうなずいたが、まだ心配そうだった。

「ペン、おばさんに会って、昔のことを思い出した？」と、ダイドーはきいた。「あんたが小さかったころも、あんなふうだったの？」

「いまとおんなじようにこわかったわ」ペニテンスは、答えた。「でも、ほんとうはよくおぼえてないの。お母様が、おば様のことをこわーいドラゴンだって言ったのは、おぼえてる。でも、わたしが思ってたより、お年寄《としよ》りに見えるわね。それに、前よりずっとおこりっぽくなってるわ！」

ダイドーは、ペニテンスの言ったことを考えてみた。ほんとのこと言って、あの女がトリビュレーションおばさんだっていう証拠《しょうこ》は、なにひとつないんだよね。とにかく、あたしがイギリスへもどれるかどうか、あやしくなっちゃったな。ペンを、がみがみばあさんのところへ残したまま帰っちゃうなんて、できっこないもの。

お昼になって家にもどったとき、ふたたびダイドーはそう思った。二階からは、ドンドンと床《ゆか》をたたく音が嵐《あらし》のように降《ふ》ってくる。ペニテンスが用向きをききに二階にかけあがったが、体をふるわせて泣きながらもどってきた。おばさんの物言いが、とてもきつかったとか――ショウガ入りのケーキとリンゴを煮《に》たのを持ってきなさい。もたもたしなさんな。昼まで、なにをしてたんだい？　言ってごらん。ぐずぐず遊びながら、花でもつんでいたんだろう！

ペニテンスは、泣きながら言った――ああ、トリビュレーションおば様、どうかおこらないで。おこらないでくださいな。わたしたち、ほんとに、ほんとに遊んでなんかいなかったんです。ジャガイモ畑を、半分以上は耕したんですから。

そんなやりとりをペニテンスからきいて、ダイドーは言った。

「もう、鬼《おに》ばばのやつめ。けど、あんたがショウガ入りのケーキを焼いたこと、どうして知ってるんだろ？　きっと猟犬《りょうけん》みたいな鼻を持ってるんだね。リンゴなら、地下室にあったよ、ペン。ストーブのたきつけをとりにいったときに、見つけたんだ。それに、ハムやら、タマネギやら、糖蜜《とうみつ》やら、豆もどっさり。だから、あたしたち、飢《う》え死《じ》にする心配はないよ。二階のいやらしいばあさんもね」

　ペニテンスがいそいでリンゴをとりにいっているあいだに、ダイドーはストーブにまきをくべながら、ぶつぶつとひとりごとを言った。「ばか言うんじゃないよ！　ベッドから起きられないくらいの病気だったら、どうしてナイトキャップのリボンが台所の床《ゆか》に落ちてるの？　ばあさんのやつ、こそこそ、うろうろ歩きまわって、あたしたちのことさぐってたんだな。あたしたちが家のことをちゃんとやってるか、見にきたんだよ。にっくたらしい、ウソつきばばあめ！」

　リンゴが煮《に》あがると、ダイドーはお皿にたっぷり盛《も》って、トリビュレーションおばさんのところに持っていった。お皿の横に、ナイトキャップのリボンをわざと目につくように飾《かざ》っておいた。

「これって、おばさんのだよね」ダイドーは、むじゃきな顔で言った。「いったい、どうして台所の床《ゆか》に落ちてたんだろう。だって、おばさんは下におりてこられないんでしょ？」

　トリビュレーションおばさんは、ダイドーの言葉を悪くとって、かんかんにおこり出した。

「なんて、なまいきな子だ！　わたしにそんな口をきくとしょうちしないからね。さあ、あやまるんだよ！」

「どうしてあやまらなきゃいけないわけ？」ダイドーの言うことのほうが、もっともだった。

「おばさんだって、そんなに礼儀正《れいぎ》しいとは思えないけどな」

「もっとぎょうぎよくしないと、屋根裏部屋《やねうらべや》に閉《と》じこめるよ」

「わあい！　うれしいな！」と、ダイドーは言った。「あたし、畑を耕してつかれちゃったから、ちょうど昼寝《ひるね》をしたいと思ってたところなんだ」

「いますぐにってわけじゃない」トリビュレーションおばさんは、子どもたちにさせる仕事がほかにもあったのを、ふいに思い出したようだ。「おまえとペニテンスとで、ヒツジを高いほうの牧場に追っていくんだよ。それから、ヒツジの数を数えるのを、ぜったい忘《わす》れるんじゃないよ！　皿洗《さらあら》いがすんだら、すぐにやるんだ。それから、ストーブの火をおこすのも忘《わす》れないように。それから、ニワトリとブタにえさをやるのも」

「それで終わり？」と、ダイドーはきいた。「それから、それからって、ほかに考えてることはないの？　ほんとだね？　じゃあ、おやすみ、おばさん」

「ねえねえ、ペン。どうやったら、ヒツジの数なんか数えられると思う？」ダイドーは、ペニテンスにきいてみた。ふたりはヒツジが草を食《は》んでいる牧場に向かって、砂《すな》まじりの小道を歩いているところだった。

「あそこのさくのところに門があるのよ」と、ペニテンスは言う。「あなたがヒツジのうしろにまわって追いだしてくれたら、門のところで、わたしが出てくるヒツジを数えるわ」

「わあ、かしこいんだね、ペン。あんたの肩《かた》の上には、けっこうりこうな頭がのっかってるんだ。おどおどしたり、そわそわしたりしなければ、その頭、すっごくかしこく働いてくれると思うな」

そう言うとダイドーはさくをこえて、荒《あ》れはてた牧場を走っていった。牧場といっても草は生えておらず、低くもつれあったやぶやしげみばかりが続いている。門のところに待ちかまえていたペニテンスは、自分にどっと向かってくるヒツジの群《む》れにひるみそうになるのをこらえながら、せいいっぱい勇気を出して数を数えはじめた。

「二百二十三びきよ」ペニテンスは言った。ヒツジの群《む》れは、そろって門を通りぬけると、高いほうの牧場に向かっている。「この数で、合ってるのかしら?」

「もし合ってなかったら、ぜったいトリビュおばさんがすぐに言うから。ひゃあ、ここは風がびゅうびゅう吹《ふ》きあげてくるし、ずいぶん遠くまで見えるんだね!」

「ナンタケット島が、すっかり見えるのよ」ペニテンスは、起伏《きふく》のある、しげみの多い荒野《こうや》から海岸線まで見わたしながら、かぼそい声で言った。南の海岸に目をやると、帯《おび》のように続く霧《きり》をとおして、白いキノコのような波しぶきがむくむくと立っているのが見えた。

「東にある白い塔《とう》はなあに?」

「サンカティ岬《みさき》の灯台よ。ここから灯台のあいだには、森があってね」ペニテンスは、ちょっとばかり得意そうに続ける。「でも、その森は、町やここからは見えないのよ。だから、『かくれ森』って言われてるの。ちょっとめずらしいでしょう?」

「へんてこだよね」ダイドーは、うなずいた。「けど、ペンの父ちゃんの家も、へんてこだよ。どうして、屋根の上に見晴らし台がついてるわけ? それに、見晴らし台が柱の上にのっかってるのは、どうしてなの?」

「柱のことは、わからないわ。見晴らし台のほうは、お父様の船が見えるかどうか、お母様が海をながめてたしかめるためにあるのよ。『後家さんの見晴らし台』とか『るす番してるおかみさんの見晴らし台』とも言われているの。あらあ、ダイドー。あの男の人、うちをたずねてきたんじゃないかしら? もう帰ったほうがいいみたい」

「丘《おか》の下まで、競走《きょうそう》だよ」ダイドーが言うと、びっくりしたことにペニテンスはうなずいた。

そのままスカートのすそをつまみあげて、砂《すな》まじりの道をまっすぐにかけおりていく。

けれども、ふたりが息を切らして、笑い声をあげながら家に着いてみると、男のすがたはどこにも見えなかった。ふっと消えてしまったのだ。ふたりで台所にかけこんでから、ダイドーがトリビュレーションおばさんの部屋《へや》に行ってみた。

「だれか、この家に来なかった？」ノックをして部屋《へや》に入りながら、ダイドーはきいてみた。すると、ベッドからなにかがさっととびおりたような気配がして、トリビュレーションおばさんが、あわてて枕《まくら》の上に体をまるめた。おばさんのほおは、真っ赤にそまっている。

「いいと言うまで、部屋《へや》に入るんじゃない。おまえって子は、もう！」おばさんは、しゃがれ声で言った。

「ごめんなさい。もちろん、いつもそうするつもりだけどね！　でも、あたしたち、おばさんがお客さんをむかえに下まで行かなきゃいけないんじゃないかって、心配になって来たんだよ」

「下になんか、行くもんかね！　さっさと仕事におもどり！」

「なにさ。そんなにがみがみ言わなくたって、いいじゃない。いま、出ていこうとしてるところなんだから」ダイドーは、すっかり気を悪くした。けれども、外の廊下《ろうか》で、ちょっと足をとめた。

トリビュレーションおばさんの部屋《へや》のすぐ横にあるドアをあけると、どこかにあがる階段《かいだん》がついていたのを思い出したのだ。もしかして、あの変わった見晴らし台に行く階段《かいだん》かも。ちょっとあがってみようかな。あんまり時間もかからないだろうし……。そう思ったダイドーは、ドアをあけようとした。だが、おかしなことに鍵《かぎ》がかかっている。前は、たしかにあいていたはずなのに。

「おまえ、どうしてそこでうろうろしてるんだい？」部屋《へや》の中から、トリビュレーションおばさんのおこった声がした。

ダイドーは肩《かた》をすくめてから、階段《かいだん》をかけおりた。

「ねえ、ペン。トリビュレーションおばさんの部屋《へや》の横にあるドアをあけると、階段《かいだん》があるよね。あれをのぼると屋根に出るの？」ダイドーは、ペニテンスにきいてみた。

「そうよ。それから、屋根裏部屋《やねうらべや》にも行けるの」

「あのドアの鍵《かぎ》は、どこにあるの？」

「たいていは、ドアにかけてあるんだけど」ペニテンスは、ちょっと目をまるくした。「でも、予備《よび》の鍵《かぎ》もあるわ。小さかったころ、わたしがあの中に入ったら、ドアがしまっちゃったことがあるから。ああ、あのときは、ほんとうにこわかったわ。お母様も、こわがってた！」

「それじゃ、予備《よび》の鍵《かぎ》はどこ？」

「食器だなのうしろのくぎにかけてあるわ。どうして？」

「いつか、あの階段《かいだん》をのぼってみたいなって思っただけ」ダイドーは、落ちついてそう答えた。

トリビュレーションおばさんがなにをたくらんでいるか知りたい……などとは、言わないでおいた。ダイドーたちが外へ出ているすきに、おばさんが屋根裏部屋《やねうらべや》に通じるドアに鍵《かぎ》をかけて、その鍵《かぎ》をかくしたに決まっている。いったい、どうしてそんなことをしたのだろう？

「あたしたち、これからなにをするの、ペン？」ダイドーは、きいてみた。

「好きなことをしてもいいんじゃないかしら」ペニテンスは、自信がなさそうだ。「わたしは、ちょっと勉強をしたいわ。それから日記を書いたり、ししゅうもしたい」

「そうはいかないみたいだよ。上のばあさんが、また床《ゆか》をドンドンやってるもの」

トリビュレーションおばさんはペニテンスに、もっとショウガ入りケーキと煮《に》たリンゴをもっと持ってくるようにと、頭ごなしに命令した。

「ヒツジは何びきいたんだね？」と、おばさんはきく。

「二百二十三びきいたわ、トリビュレーションおば様」ペニテンスは、ふるえ声で答えた。

「一ぴきたりないじゃないか！　見つけなきゃいけないよ、おまえ」

「は、は、はい、おば様！」

「それじゃ、さっさとさがしにいくんだよ」

じっとがまんしていたペニテンスだが、階段《かいだん》をおりるとわっと泣きくずれてしまった。

「ああ、もうくたくただわ！　それに、外は、もうすぐ真っ暗よ。どうしても今夜じゅうにさがさなきゃいけないのかしら、ダイドー？　ぜったいに見つからないわ。それに、もう一歩も歩けないもの」

「歩かなくてもいいよ」ダイドーは、きっぱりと言った。「あんなばあさん、どうにでもなれっていうんだよ。何キロ四方もある荒《あ》れ野《の》で、それもあたりが真っ暗なのに、どうやってヒツジを見つけられると思ってるんだろう。頭がおかしいんじゃないの。朝まで放っといたって、だいじょうぶ。夜が明けたら、ふたりでさがそうよ。ペン、早くベッドに入って。あたしはストーブの火をかきたてて、裏口《うらぐち》に鍵《かぎ》をかけとくから」

ダイドーが足音をしのばせてベッドに行ったときには、もうペニテンスはうつらうつらしていた。ダイドーはキルトの上がけを持ちあげて、となりにもぐりこんだ。

「裏口《うらぐち》と玄関《げんかん》の鍵《かぎ》、持ってきたよ」ペニテンスにささやいてから、ダイドーは鍵《かぎ》を枕《まくら》の下にかくした。「まさかのときのためにね。おやすみ、ペン。あんたの父ちゃんに手紙を書いて、こういうことをぜんぶ知らせなきゃね」

「おやすみ、ダイドー。ええ、お父様に手紙を書くわ」

ひと晩《ばん》の半分くらい眠《ねむ》ったかなというころ、ダイドーは目をさまして、聞き耳を立てた。この家はずいぶんキイキイ音を立てる家だなと、ダイドーは思った。松材の板が、それぞれちがう声を持っているようで、風が吹《ふ》くときなど、まるで船に乗っているみたいだ。けれども、その晩《ばん》はぴたりと風がやんでいるのに、どこかの板がギイッと鳴った。どろぼうだろうか？　枕《まくら》の下に手を入れたダイドーは、鍵《かぎ》がふたつあるのでほっとした。ペニテンスは、すやすやと眠《ねむ》っている。ギイッという音は、それっきりきこえてこない。しばらくして、ダイドーもまた眠《ねむ》りに落ちて、トリビュレーションおばさんの夢《ゆめ》を見た。ダイドーはおばさんにイギリス行きの船賃《ふなちん》を貸《か》してくれとたのみ、ペニテンスは行かないでと泣いている。トリビュレーションおばさんは答えずに赤いとさかをふりたて、黒い、小さな目をぱちくりさせて声をあげる。「コッ、コッ、こんな子に、船賃《ふなちん》なんかやるもんか！　やるもんか！　起きろ、ねぼすけ！　コッ、コッ、コッケコッコー！」

「起きてよ、ペン。もう朝だよ」

「えーっ、まさかあ！」ペニテンスが、泣き声をあげる。「わたし、まだ何時間でも眠《ねむ》れるわ」

「だいじょうぶ。ストーブだけは、ゆうべ火をかきたてといたから、今朝は火をおこさなくてもいいし。あたしがベーコンを焼いて、コーヒーをいれといてあげるよ」

ふたりは、あたたかい台所で服を着た。ダイドーがペニテンスの長い髪《かみ》をとかしてやっていると、「おかしいわね」とペニテンスが言った。「あの窓《まど》の鍵《かぎ》、ちゃんとかけといたと思うんだけど。ほら、しめてあるだけで、鍵《かぎ》がかかってないわ」

ブタの世話をしに外へ出ていく前に、ダイドーはなにも言わずに顔をしかめて、その窓《まど》を調べてみた。けれどもペニテンスには、こう言っただけだった。

「だけど、運がよかったじゃない。鍵《かぎ》をかけてないのに気がついて、だれかが入ってきたりしなくって」

朝ごはんをすませたあと、ダイドーは屋根裏部屋《やねうらべや》に通じるドアの予備《よび》の鍵《かぎ》を見つけ、足音を立てずに二階にかけあがった。鍵穴《かぎあな》に鍵《かぎ》をさす――ぴたりとあって、ドアがあいた。ぬき足さし足

で階段《かいだん》をのぼりきった先にあったのは、おそろしく広い部屋《へや》だった。天井《てんじょう》がななめになってい
て、低いところに明かりとりの窓《まど》がついている。家の奥行《おくゆ》きと同じだけの広さがあって、さまざ
まな種類のがらくたが置いてあった――古いトランク、古靴《ふるぐつ》、あき箱、麻布《あさぬの》の袋《ふくろ》、小麦粉を入れ
る袋《ふくろ》、ガラスの箱に入った二羽の鳥のはく製《せい》、つま先の短いスケート用の木靴《きぐつ》、古い鳥撃《う》ち銃《じゅう》ほ
か、いろいろ。ダイドーは、するどい目であたりを見まわした。なにをさがしているのか自分で
もわからなかったが、すぐにあるものを見つけることができた。床《ゆか》に砂《すな》だらけの足あとが、かす
かについていたのだ。

これって、そんなに前についたものじゃないよね、とダイドーはひとりごとを言った。もし古いものなら、とっくにかわいて、吹《ふ》きとばされていたもの。

頭の上には、はねあげ戸があって、船で使うはしごがそこに立てかけられている。屋根に出られるようになっているのだ。ダイドーが、はねあげ戸から「後家さんの見晴らし台」に出ると、ペニテンスが物干《ものほ》し綱《づな》に洗濯物《せんたくもの》を干《ほ》しているのが見えた。屋根にのぼってるのをばあさんに見つかる前に、仕事にもどったほうがいいな、とダイドーは思った。はねあげ戸をしめて、足音を立てずにはしごをおりる。下までおりたところで、ダイドーは、ちょっと足をとめた。最初にざっ

と見まわしたときに気がつかなかったものが、目を引いたのだ。衣裳箱《いしょうばこ》のうしろに女ものの服がひとそろい、おおいそぎでかくしたようにまるめてつっこんである。ボンネット、手袋《てぶくろ》、黒い絹《きぬ》のドレス、グレーのあや織《お》りウールのマント。いちばん上に、深い緑色のブーツが置いてあった。

ダイドーは、しのび足で衣裳箱《いしょうばこ》のところまで行くと、ブーツを調べてみた。白いよごれがついている。

これって、塩水のよごれだな、とダイドーはつぶやいた。このブーツは、そんなに長くここに置いてあったわけじゃない。

いそいでここから出たほうがよさそうだな……。

もう一度、さっと屋根裏部屋《やねうらべや》を見わたしてから、ダイドーはすばやく階段《かいだん》をおりてドアをそっとしめ、鍵《かぎ》をかけた。できるだけおおいそぎでやったつもりだったが、どうやらおそかったようだ。早くもトリビュレーションおばさんの部屋《へや》から、ペニテンスのおびえきった泣き声がきこえてくる。

「ダイドーに、もう寝《ね》なさいって言われたんですもの！」ペニテンスは、なみだながらにうったえたえている。「もう真っ暗だから、ヒツジなんか見つかるはずないってダイドーが言うから。それに、トリビュレーションおば様。わたしたち、ほんとにくたくただったのよ。ダ、ダイドーが言ったの。夜中にヒツジをさがすなんて、ば、ばかみたいだって……」

「あの子が、ほんとにそんなことを言ったんだね？ きついお仕置きをしてやらなきゃ。さあ、さっさと行くんだよ。ヒツジが見つかるまで、帰ってくるんじゃない！ これからは、わたしの言うことを、ちゃんときくんだよ。わかったね？」

トリビュレーションおばさんは、床《ゆか》をステッキでドンッとついた。

ダイドーは、顔をしかめて部屋《へや》の中に入った。

「ちょっと、おまえ！」トリビュレーションおばさんは、がみがみどなりちらす。「ペニテンスに言いつけた仕事を、おまえがやらなくていいって言ったんだって？」

「ああ、そうだよ」ダイドーは、うなずいた。「あんまり、ばかみたいだからね。それからね、おばさん。そんなふうにペンをどなりつけるもんじゃないよ。さもないとペンは、ヒ、ヒーストリーとかいうものになっちゃうよ。それからね、ペン」ダイドーは、腹《はら》を立てるというよりも悲しくて、ペニテンスにこう言った。「なんでもほかの人のせいにしちゃいけないって、あんたに言わなかったっけ？　もっとしっかりしなきゃだめじゃない！」

ペニテンスは、みじめな顔でダイドーをちらっと見た。

「だけどね、ペン。おばさんのことは、大事にしてあげなくっちゃいけないよ」そう言うとダイドーは、とつぜんおばさんに天使のような笑顔を向けた。「ペン、おばさんがあんたにどなったりするときはね、リューマチがすっごくいたいときなの。おぼえとかなきゃね」

この態度《たいど》をどう受けとったらいいのかと、トリビュレーションおばさんがとまどっているのがはっきりとわかった。

「ペニテンス！」おばさんは、きつい声で言った。「早く出ておいき！」

ペニテンスは一瞬《いっしゅん》ためらったが、すぐに部屋《へや》を走りでた。

「それから、おまえだけど」トリビュレーションおばさんは、続けて言う。「昼ごはんは、なしだからね。さっさと出ていって、ジャガイモ畑をすっかり耕してしまうんだよ。それからトウモロコシ畑も。終わるまで、帰ってきちゃだめだよ」

「おばさんのジャガイモ畑なんか、どうでもいいよ」ダイドーは、落ちついて言いかえした。

「あたしは、ペンがヒツジをさがすのを手伝うから。それからね、あたしが昼ごはんぬきだったら、おばさんも食べられないの。だれも、昼ごはんをこの部屋《へや》に持ってこないんだからね」

こんなすてぜりふを言ってから、ダイドーは階段《かいだん》をかけおりて台所に行った。ペンはもう、ヒツジをさがしに出かけていた。ふたりで何時間もさがしたが、ヒツジは見つからない。荒《あ》れた牧場で草を食《は》んでいるヒツジはどっさりいたが、どこまで行っても、キャスケット船長のしるしである、赤いCという字がついたヒツジはいなかった。けれども、ふたりがポルピスまであと半分の距離《きょり》というところまで行って、太陽が空高くまでのぼったとき、ダイドーがとつぜん声をあげた。

「ちょっと見て、ペン！　あのヒツジ、ぜったい赤いしるしがついてるよ。ほら、やぶのところにいるやつ。早く、追いかけなきゃ。けど、うーっ、寒い。どうしてこんなに急に寒くなるんだろ！」

ヒツジをさがしまわっているあいだに、真っ白な海霧《かいむ》が島にはいのぼってきていたのだが、ふたりは気がつかなかったのだ。ようやく見つけた迷子《まいご》ヒツジを追いかけていこうと思ったとたん、ふたりはすっぽりと霧《きり》につつまれてしまった。

「ちょっとお、ペン。どこにいるのお？」ダイドーは、心配になって呼《よ》んでみた。

「ここよ！　わたしは、ここにいるわ！」

「ひゃあ、おかゆの中を歩いてるみたいだよ！　あんたの声、いったいどっちからきこえてくるの？　あたしがつかまえるまで、そこにじっと立ってるんだよ」ダイドーは、手さぐりで進んだ。けれども、ダイドーがつかまえる前に、ペニテンスのうれしそうな声がきこえた。

「あっ、見えたわ！　ヒツジが見えたわよ！　わたし、ぜったいにつかまえられると思う！」

足音が走って去っていったかと思うと、がっかりした声がきこえた。

「ああ、だめだったわ！」

つかまえられなかったんだと、ダイドーは思った。と、つぎの瞬間《しゅんかん》、露《つゆ》でぐっしょりとぬれたヒツジがすぐ横を走っていったので、もうすこしでダイドーはしりもちをつくところだった。つかまえる前に、ヒツジは霧《きり》の中に消えていった。

こんちくしょう！　ダイドーは胸《むね》の中でののしった。これで両方とも見失っちゃったよ。ペンと、それからヒツジも。どっちを追いかけたほうがいいだろう？　もちろん、ペンだよね。ヒツジは、自分で自分のめんどうくらいみられるもの。

「ペニテ――ンス！」ダイドーは、声をはりあげた。「デュ――ティ――フル！　ペ――ニテ――ンス！　どこにいるのお！」

答えは返ってこない――遠くから、メエエという悲しそうな声がきこえてくるだけ。毛糸玉《けいとだま》め、あんたのことなんか呼《よ》んでないよ……腹《はら》を立てたダイドーは、胸《むね》の中で言いかえした。それから、煙《けむり》のような白い霧《きり》の中を歩きだした。ぬれて、からみあったしげみにつまずいたり、とげのある低木《ていぼく》や、地をはうようにしげったヒイラギにひっかかったり、穴《あな》に落ちて、そこからはいあがったり。

やっとのことで、丘《おか》の上にあがっていく道にぶつかった。もう日は暮《く》れかけている。すっかり元気がなくなり、くたびれはてたダイドーは、なによりペニテンスのことを心配しながら坂道をのぼっていった。ひょっとして、だれかの家か農場にぶつかるかも、とダイドーは考えた。そしたら、そのだれかが手を貸《か》してくれて、いっしょにペニテンスをさがしてくれるかもしれないな。このままじゃ、あのちびのペニテンスは、かわいそうに、ひと晩《ばん》じゅう外にいるはめになる。そしたら、あの子は、死ぬまでゆうれいやおばけになやまされることになるだろうな……。

いそぎ足になったが、道はどんどん急坂になっていく。と、ふいに見おぼえのある農家の庭に出た。えーっ！　やんなっちゃう。ダイドーは、腹《はら》が立った。けっきょくキャスケット船長の家にもどってしまったのだ。これじゃ、なんにもならないよ。トリビュおばさんが、さがすのを手伝ってくれるはずはないし。このまま引きかえして、さがしにいかなくちゃ。

がっかりしながら、暗くなった道を引きかえそうとしたとき、納屋《なや》の戸口に手さげランプの明かりが見えた。

「ダイドー！」ペニテンスが夢中《むちゅう》で呼《よ》んでいる。「ダイドーなの？」

「ペン！」ダイドーも大喜びでさけんだ。「それじゃ、もどってきてたんだね！」

「そうよ。それから、びっくりしないでね。わたし、ヒツジを見つけたんだから！　運《うん》がよかったでしょ？　それからね、ダイドー。わたし、とってもふしぎな冒険《ぼうけん》をしたの。あのね――」

「ヒツジを見つけたんだって？　自分ひとりで、ここまで連れて帰ったの？」ダイドーは、目をまるくした。「そんなこと、あんたにできると思わなかったよ、ペン！　いったい、どうやってヒツジを見つけたの？　いま、そいつはどこにいるの？」

「納屋《なや》よ。わたしが連れてもどったの」と、ペニテンスは言う。

「えーっ、びっくり！　いったいどうやって？」

「あのね」ペニテンスは、なんだかはずかしそうに言った。「わたし、ダイドーだったらどうするかなって思ったのよ。それで、わたし、綱《つな》を持ってなかったから、ストッキングをぬいで結びあわせたの。家までの道を見つけたのはヒツジよ。わたしじゃなくって。でも、ダイドーはどこに行ったのかしらって、もう心配で。あなたの顔を見て、ほんとにほっとしたわ」

「じゃあ、まだ日が残ってるうちに、夕方の外仕事をすませちゃったほうがいいね」と、ダイドーは言った。「あんたの冒険《ぼうけん》のことは、家に入って、晩《ばん》ごはんをつくってるときにきくから」

ふたりはおおいそぎで、夕方の外仕事をすませた。ダイドーもペニテンスも、つかれて、びしょぬれで、おなかがすいていた――でもね……とダイドーは、にんまりしながら思った。トリビュレーションおばさんのほうが、どんなにおなかをすかせていることか。

「ニワトリの世話はすんだ？　よかった。これで、ぜんぶ終わったね」裏口《うらぐち》でペニテンスと顔を合わせたとき、ダイドーはそう言った。

「あらあ、ダイドー」ペニテンスが、おびえた声でささやく。「台所に明かりがついているわ。あれって、もしかして――」

「しーっ！」ダイドーは、くちびるに人さし指を当てて、台所のドアをそっとあけた。

台所は明るくて、あたたかかったけれど、いつもの楽しげな空気はなくなっていた。きちんと着がえたトリビュレーションおばさんが、ストーブのそばのゆりいすにすわっていたからだ。おばさんは、ベッドの中にいるときと同じように、おそろしい。色つきのメガネはかけていないが、その下にかくされていた灰色《はいいろ》の瞳《ひとみ》は冷たく、思いやりのかけらもなかった。おばさんは、茶色と白のギンガムチェックのドレスを着て、茶色のショールをかけていた。ドレスの上につけた三角形の白い肩《かた》かけは、ピンクッション一個分くらいの髪《かみ》の毛《け》をつめた茶色いブローチでとめてある。白髪《しらが》まじりの髪《かみ》は、頭のうしろでぎゅっとひっつめて小さなまげにしてあった。おばさんは、見るからにおなかがすいているようだ。

「トリビュレーションおば様。わたしたち、ヒツジを見つけたんですよ！」戸口でちょっと立ちどまってから、ペニテンスが、得意そうに言った。

「そりゃあそうだろうよ！　こんなに時間がかかったんだからね。家畜《かちく》にえさはやったのかい？それじゃ、いそいでわたしの夕飯をつくるんだよ」

「ペンは、最初に服を着がえなきゃだめ」ダイドーが、きっぱりと言った。「ドレスはびしょぬれだし、ストッキングもはいてないからね」

「それじゃ、いそいで着がえるんだね。それから、どうして食料部屋《しょくりょうべや》と地下室の鍵《かぎ》がかかってるの？　鍵《かぎ》はどこへやったんだい？」

「あーら、おばさん。鍵《かぎ》がいるんだったの？」ダイドーは、そしらぬ顔でそう言って、半ズボンのポケットから鍵《かぎ》を出した。「けさ、台所の窓《まど》が開いてたから鍵《かぎ》をかけといたんだよ。どろぼうやら動物やらが入りこんで、食べものをぬすんだり、おばさんをおどろかしたりしたら、たいへんだもんね、トリビュおばさん！　もちろん、おばさんがなにかをとりに下におりてくるなんて、思ってもみなかったよ。すっごく病気が重いと思ってたからね」

気味の悪いほど静かに夕食をすませ、食器を洗《あら》ってしまうと、子どもたちはさっさとベッドに引きあげた。笑いたいのをずっとがまんしていたダイドーは、もうすこしで吹《ふ》きだすところだった。

「さあ、ペン。あんたの冒険《ぼうけん》っていうの、きかせてよ」キルトの上がけにもぐりこみ、ろうそくの火を吹《ふ》きけしたあとで、ダイドーが言った。

「とってもふしぎなことがあったのよ！　わたしたちが離《はな》ればなれになってしまったあと、あなたが立っていたなって思うほうに走っていったの。でも、わたし、迷子《まいご》になったみたいで、どんどん遠くへ、遠くへ走っているうちに、とつぜん高い木に囲まれているのに気がついたのよ」

「高い木に？　だって、ここは何キロも先まで、しげみとか低い木しかないじゃない」

「わたしは、ほら、あの『かくれ森』に入ってしまったってわけ」ペニテンスは、説明した。「霧《きり》がかかっている森って、とーってもふしぎな感じだった！　わたし、あなたの名前を呼《よ》んだのよ。それまでも、ずっと呼《よ》んでたけれどね。そしたら、おなかにひびくようなこだまが返ってきたから、それはもうおそろしくて、名前を呼《よ》ぶのをやめちゃったの。それから、森の中でどうしてよいやらわからなくなってしまって、いま来た道を引きかえそうと歩いたんだけど、きっとまちがった方向へ行ってしまったのね。すると、とつぜん壁《かべ》というかなんというか、とってもへんてこなものがあらわれて、一歩も先へ行けなくなったの」

「さくみたいなもの?」

「ううん、さくじゃないわ。へいでもないし……わたしの頭くらいの高さで、とっても分厚《ぶあつ》くてまるくって、鉄パイプのすごーく太いのみたい……そうだわ。木の幹《みき》ぐらいある、とっても大きな鉄パイプよ」

「へんなの」と、ダイドーは言った。「それで、そのパイプって、なんかの上にのってたの?」

「対《つい》になった車輪の上にのってたのよ――それが何対《なんつい》も何対《なんつい》もあって、パイプをずーっとささえてるの――ほんとに長いパイプでね、どっちの端《はし》っこも見えないのよ」

「きっと、水を引くためにだれかがつけたんだね」と、ダイドーは言ってみた。

「だけど、『かくれ森』の近くには、農場なんてひとつもないのよ! それに、話はこれだけじゃないの」

「えーっ? じゃあ、早く話してよ、ペン。目を開いてようと思っても、まぶたが閉《と》じてきちゃうんだからさ」

「わたしね、そのパイプをつたっていけば、森から出られるんじゃないかって思ったの。でもね、そんなに遠くまで行かないうちに、男の人にぶつかっちゃって」

「どんな男の人？　その人、なにをしてたの？」

「それがね、ダイドー。とってもへんてこな人！　その人、パイプをハンマーでたたいてたの。わたしがぶつかったとき、それはびっくりしてね——わたしだって、もうすこしでキャアッって言うところだったけど、その人のほうが、もっとおびえてしまって！　わたし、迷子《まいご》になったんですけどソウルズ・ヒルへは、どっちへ行けばいいんですかってきいたの。そしたら、その人は『ちっちゃく、しゃべるね』って、くちびるに人さし指を当てて、あたりを見まわしてから、ソウルズ・ヒルの方向を指さして、森のはずれまで連れてってくれたのよ。そのあとで、なにかささやいたんだけど、わたしになにをたのんでるのか、ずーっとわかんなくって——だって、きいたこともないような、外国のなまりでしゃべるんですもの！　それでもやっと、その人がブーツをほしがってるんだってわかったわ——自分のはいてる、うすっぺらい、外国製《せい》みたいなブーツを指さしたから。それがもう、びしょぬれで穴《あな》があいていて、泥《どろ》だらけなのよ。だから、わたし、お父様が船ではいてるブーツの古いのがあると思うから、見つけてくるって約束したの。それから、ほしいのはそれだけですかってきいたわ。そしたら、その人が言ったの——たしか、こう言ったと思うんだけどね――なにかあまいものが、とっても食べたいんだけど、ケーキか、お砂《さ》糖《とう》か、ジャムを持ってきてくれるかな？　ここは寒くて、じめじめしているから、体のためにほしいんだ……って。毎晩《まいばん》、七時から九時のあいだ、その道の分かれ道のところで待ってるからって」

「その人って、物乞《ものご》いなの？」

「ちがう。ぜったいにそうじゃないわ！　だって、ブーツ代のお金をくれたのよ――イギリスの金貨《きんか》を三まい」

「イギリスの金貨《きんか》？　どうしてイギリスのだってわかったの？」

「だって王様の顔がついてて、『英国王　カロルス二世』って字が彫《ほ》ってあったもの」

「ひゃあ、びっくり！」ダイドーは、声をあげた。「古いギニー金貨《きんか》だ！　まだけっこう使われてるんだよ。あたしの父ちゃんも、オーボエを吹《ふ》いたお礼に、よくもらってきてたっけ。ペン、その人、イギリス人だと思う？」

「ぜったいにアメリカ人じゃないわね。でも、あなたの話し方ともちがうの――とってもへんてこな言葉だった。それに、とっても悲しそうで、おサルみたいな顔をしてるの。耳が大きくて、頭はほとんどはげてたわ。その人、自分を見たってだれにも言わないでくれってたのんでから、ブーツを持ってきたら、来たって合図に、ゴイサギみたいな声で鳴いてくれって言うの。それから、もうすぐヨーロッパに帰れるから、すごくうれしいとも言ってたわ」

「えっ、ほんとに？」ダイドーは、ますますその人のことが知りたくなった。

その人が、ほんとにもうすぐヨーロッパに帰れるっていうのなら、とダイドーは思った。その人となかよくなったら、それからペンがここで落ちついて暮《く》らせるようにしてあげたら、そのあとで、あたしもイギリスに……でもいったい、その人ってだれなんだろう？

「明日、その人にあげるブーツをさがさなきゃね、ペン」と、ダイドーは言った。「あんたがもう一度行くのがこわかったら、あたしが持ってってあげるよ。ブーツなら、屋根裏部屋《やねうらべや》にどっさりあるものね」

それに、屋根裏部屋《やねうらべや》にあるはずがない、塩水でよごれた、深い緑色のブーツも……と、眠《ねむ》りに落ちるちょっと前にダイドーは思い出した。トリビュレーションおばさんと、セアラ・キャスケット号に乗っていた、ヴェールをかぶった密航者《みっこうしゃ》……。このふたりが同じ人だってことはあるんだろうか？

7

トリビュレーションおばさん、ベッドから出る——ふたたび、屋根裏部屋《やねうらべや》へ——ダイドー、井戸《いど》に落ちる？——キャスケット船長、家へもどる——『かくれ森』へ——悪者たち——大砲《たいほう》

どうやらトリビュレーションおばさんは、子どもたちを見張《みは》るには、起きているほうが都合《つごう》がよいと心を決めたらしい。あくる日も、それから先もずっと、七時になるとかならず階下におりて、ふたりのやっている仕事をすぐそばで見張《みは》るようになった。じつのところ、ダイドーが言うように、おばさんの体のぐあいが悪かったなんて、とても信じられなかった。それはもう活発に

動きまわって、ふたりのやっていることにいちいち目を光らせ、休むことなく働きつづけさせようとするのだから。

「あたしたちのことを、なんだと思ってるんだろうね？　奴隷《どれい》かなんかのつもりでいるのかな？」ダイドーは、ぶつぶつ文句《もんく》を言った。

おばさんが階下にいるとなると、前のようにごまかしはきかなくなった。おばさんは体も大きく、力も強い。ダイドーより、おそろしいほど大きかった。ダイドーは、ひきしまって健康そのものだったが、なにしろ歳《とし》のわりには小柄《こがら》だったのだ。指ぬきをはめたおばさんの手で何度もなぐられたり、大きな振《ふ》り子《こ》時計の中に閉《と》じこめられたり、食事をぬきにされたり、クジラのあご骨《ほね》の上に二時間も正座《せいざ》させられたりしたあとで、やっとダイドーはさとった。こうなったら、よっぽどうまく立ちまわって知恵《ちえ》を働かせなきゃ、たまったものじゃない。

「ペン、おばさんにどうやって立ちむかうか、あんたに教えてあげるって言ったよね。けど、それだけじゃなくって、おばさんをぐうの音《ね》も出ないほど、みじめな気持ちにさせる方法も考えたほうがいいんじゃないかな。自分のいやらしい根性を情《なさ》けなく思って、もう二度とあんたをひどい目にあわせたりしないって反省させるようにしむけるんだよ」

ある朝、トウモロコシ畑を耕しながら、ダイドーはペニテンスにそう言った。

「そんなこと、ほんとにできると思う？」ペニテンスは、ため息をつく。

「船長さんにあてた手紙は、もう書いたの？」

「ええ、シュミーズのポケットに入れて持ってるわ」

「それじゃ問題は、どうやって町まで行ってポストに入れるかだね。ラバのマンゴーじいさんにわたして、郵便局《ゆうびんきょく》へ行ってくれってたのむわけにもいかないし」

ナンタケットの町に市が立つ日は、何度もやってきては去っていったけれど、畑の作物を持って市に行き、なにか買いものをしてきたいとふたりが言っても、トリビュレーションおばさんはがんとして受けつけなかった。いつものようにマンゴーが買いもののリストを持たされて町に出かけていき、大通りの店の主人が調べて荷馬車に積んでくれたものを運んでもどってくるのだった。

「あんたのサル顔の友だちにブーツをわたすことができたら、その手紙をポストに入れてくれるかも」ダイドーは、すこし考えてから言いだした。「やっかいなのは、どうやってトリビュおばさんを家からおびき出すかってことだよね。そしたら、そのあいだにあたしが屋根裏部屋《やねうらべや》へあがって、ブーツを持ちだしてこられるんだけど。おばさんは、ぜったい家から出ないからね。せいぜい裏口《うらぐち》からちょっと出るくらいだもの」

「わたし、ヒツジが一ぴき病気になったって言おうかしら。それで、牧場まで来てくださいってたのむのよ」

「ヒツジのことなんか、気にかけないと思うな」あの女は、あたしたちより農場のことを知らないんじゃないかと、ダイドーはひそかにうたがいはじめていたのだ。「そうだ、いいこと思いついたよ、ペン。あんたは、あたしが井戸《いど》に落ちたんじゃないかって心配するふりをしてよ。おばさんは、そんなこと、いやがるはずだからね。だって井戸《いど》の水が飲めなくなるし、働き手がひとりいなくなるじゃない？　きっと、おばさんは外に出て、あんたを手伝わせて井戸《いど》にロープをたらし、あたしを助けようとするよ。そのすきに、あたしは家の裏《うら》にまわって、ヤナギの木にのぼり、あたしたちの部屋《へや》の窓《まど》から中に入るの」

「だけど、おば様にウソだってばれたら、どうするのよ？」ペニテンスは、おびえた声できく。

「わたしのかんちがいでしたって、言えばいいよ。あたし、赤いシャツを井戸《いど》に落としとくからね。そうすれば、ほんとに落っこちたみたいに見えるから」ダイドーは、そう言ってからつけ加えた。「トリビュおばさんを井戸《いど》に落っことせないのが、ほんとにくやしいけどね」

計画を実行するために、その日の夕方、ダイドーは自分の赤いシャツを、チーズしぼりの布《ぬの》を束ねた中にかくして外に持ちだした。井戸《いど》の中に細いひもを輪にしてシャツをつりさげると、十メートルほど下で、なにやらつき出たものにひっかかってくれた。その日の天気も、ふたりの味方をしてくれた。また霧《きり》が立ちこめだしていたし、いいぐあいに日が暮《く》れかかっていたのだ。ダイドーは、ニワトリ小屋にいたペニテンスを手招《てまね》きして呼《よ》んでから、ささやいた。

「さあ、思いっきりキャアッってさけぶんだよ！」

「そんな」ペニテンスは、しりごみする。「わたし、できそうもないわ！」

「ペン。もし野牛がまっしぐらにおそいかかってきたら、悲鳴をあげるよね！　そのつもりでさ、ほらっ！」

ペンは、かぼそい声をあげる。

「もっと大きく！」ダイドーは、しかった。「じゃあ、あたしがやるよ！」そう言うなり、ダイドーはおそろしい悲鳴をあげて、すばやく家の角をまわって身をかくした。すぐに裏口《うらぐち》のドアが開いて、トリビュレーションおばさんの声がした。

「いったい、どうしたんだね？」

「あ、あの、ト、トリビュレーションおば様」ペニテンスは、つっかえながら言った。「ダ、ダイドーが、井戸《いど》に落ちたみたいなの」

「やれやれ！　あれじゃ、とてもドルーリー・レーン劇場《げきじょう》の舞台《ぶたい》には立てないな」ダイドーは、するするとヤナギの木にのぼりながらつぶやいた。「あんな、おっかなびっくりの、へたっぴいな台詞《せりふ》、きいたことないもんね」

自分たちの寝室《しんしつ》の窓《まど》から中にもぐりこむと、ダイドーはポケットから屋根裏部屋《やねうらべや》の予備《よび》の鍵《かぎ》をひっぱり出した。

すばやく屋根裏部屋《やねうらべや》に通じる階段《かいだん》をかけあがったダイドーは、いちばん大きくて、いちばんぼろでなさそうな船乗り用のブーツをつかんだ。それから、ふと思いついて、衣裳箱《いしょうばこ》のうしろにまるめてあった服のところに、しのび足で近づいた。ボンネットをひっぱり出して、中をのぞいてみる。ロンドンの仕立て屋のラベルが貼《は》ってあり、持ち主の名前が書いてあった。「レティシア・M・スライカープ」。マントにも、同じ名前が入っている。ほかの服まで調べるひまはない。ダイドーはふたたびおおいそぎで、音を立てないように注意しながら階段《かいだん》をおり、ドアに鍵《かぎ》をかけた。窓《まど》から外に出てヤナギの木をすべりおりるまで、なんと心臓《しんぞう》が六回打つまでのあいだにやってのけたのだ。井戸《いど》の方角からは、まだ人の声や、バシャバシャと水のはねる音がきこえる。ダイドーはブーツをシダのしげみにかくしてから、のんきな顔で家の角を曲がり、声をかけた。

「おーい、どうしたの？　井戸《いど》の中に、なにか落としちゃったの？」

ちょうどいいときに、ダイドーは出ていった。なぜならトリビュレーションおばさんが、ペニテンスの体にぐるぐるロープを巻《ま》きおわっていたところだったのだ。ペニテンスの顔は真っ青で、木の葉のようにがたがたふるえていた。おばさんはペニテンスを井戸《いど》の中につりおろして、ダイドーを助けてこさせるつもりだったらしい。

「なんてにくたらしい子なんだろ！　いったいどこに行ってたんだい？」

トリビュレーションおばさんは大声をあげてダイドーに走りよるなり、いきなり両方の耳をなぐりつけた。

「果樹園《かじゅえん》に行ってたんだよ。チーズしぼりの布《ぬの》を干《ほ》しにね。えーっ、なになに？　いったいどうしたのよ？」

「わたしたちがさけんでた声が、きこえなかったのかい？　ペニテンスがね、おまえが井戸《いど》に落ちたって思いこんだんだよ」

「やーだ、ほんとに？」ダイドーは、吹《ふ》きだした。「あんたにもあきれたね、ペン！　あたしのシャツを見たんでしょ。あれはね、干《ほ》してるときに風に飛ばされちゃったの。あーあ、ケッサクだね！」

それから、ダイドーはうたい出した。

「あらら、ケッサク
ダイドーちゃんが
井戸《いど》に　ボチャンと　落っこちた
だれが　助けてくれるかな？
トリビュおばさんに　決まってる！」

トリビュレーションおばさんは、かんかんにおこり出してどなりつけた。

「おまえたち、わたしをからかうつもりだったんだね？　ああ、なんて悪ずれしたちびなんだろ。

今週はもう、パンと水だけで、ほかにはなんにも食べさせないからね！」

おばさんは近くにいたペニテンスにいきなりとびかかり、いやっというほどゆすったので、しまいにペニテンスは泣きだした。

「みんな、ダイドーが考えたことなのよ、トリビュレーションおば様！　わたしのせいじゃないわ！　お、お願いだから、やめて！　ダイドーが、思いついたことなんだから！」

「やれやれ」ダイドーは、ひとりごとを言った。「またまた、始まっちゃったよ。あーあ、困《こま》ったことになっちゃった」

けれども、間一髪《かんいっぱつ》じゃまが入ってくれた。

あたりには、すでに夕闇《ゆうやみ》が立ちこめて、ほんの数メートル先しか見えなくなっていた。それでも音だけは、はっきりともやの中を伝わってくる。ふいに三人は小道を歩いてくる足音と人の声に気がついたのだ。

「だれかが、こっちに来るわ！」ペニテンスが声をあげる。

トリビュレーションおばさんは、はっと人声のほうにふり返ると、低い声でふたりを追いたてた。

「ふたりとも中に入るんだよ！　さあ、早く！」

おどろいたふたりは言われたとおりに家に入りかけたが、奥行《おくゆ》きのあるポーチのところで足をとめた。いったいだれがやってきたのか、知りたくてたまらなかったのだ。ふたりが農場にたどり着いてから、たずねてきた人などひとりもいない。トリビュレーションおばさんが、だれかを呼《よ》んだのだろうか？

だれかの声が——少年の声だ——こう言った。

「さあ、着きましたよ。ここが、キャスケットさんの家ですよね？」それから、少年はトリビュレーションおばさんに気がついたらしい。「こんばんは、奥《おく》さん。あの、キャスケットさんですよね？」

「ああ、そうだよ」おばさんは、つっけんどんに答える。「宿なしや物乞《ものご》いに敷地《しきち》に入ってもらいたくないんでね。ふたりとも、さっさと出ておいき！」

「けど、奥《おく》さん——」少年が文句《もんく》を言いかけると、別の男の声がきこえた。ゆっくりと、いぶかしげに話すその声をきいて、ペニテンスは息を飲んだ。男は、こう言ったのだ。

「おお、ここはソウルズ・ヒルじゃないかね？　うちに帰ってきたのだな！　わたしはいったい、どうやってここに来られたのだろうな?」

「出ておいき!」トリビュレーションおばさんは、くり返す。

「けど、奥《おく》さん! あなたのお兄さんですよ! キャスケット船長だって、わからないんですか?」少年がどなり返すのと同時に、ペニテンスが大声をあげた。「お父様! お父様、帰っていらしたのね!」ダイドーもさけんだ。「ネイト! ネイト・パードンだね! いったいどうしてここに来たの?」

ふたりは大喜びで走りよったが、キャスケット船長が目に入ると、はっと足をとめた。船長はやせほそり、なんだかぼおっとしていて、ふたりが最後に見たときよりずいぶん年をとってしまったようだ。たった二、三週間のうちに、かなり白髪《しらが》もふえている。けれども、ペニテンスのすがたを見ると、船長は夢《ゆめ》見るようにほほえみかけ、こう言うのだった。

「おお、娘《むすめ》ではないか。元気でいてくれて、ほっとしたよ」

「ネイト。いったいなにが起こったの?」ダイドーは声をひそめて、早口できいた。「まさか、船が——セアラ・キャスケット号が——?」

「それが、おれにもわからないんだ」ネイトも小声で答える。「さあ、話より先に、船長を中に入れてあげないか？　船長は、まだちょっと、正気をとりもどしていないんだよ」

「あったかくて、かわいたところに入りましょうよ、お父様」ペニテンスは船長をかばうように声をかけると、手をとって家の中に入れた。船長は、まだとまどったようにあたりを見まわしている。

「つまり、そなたはもう自分の家で暮《く》らしているということなのだな、ペニテンス？　それをきいて、わたしもほっとしたよ。だが、この子はだれだね？」

船長はダイドーを指さした。

「まあ、ダイドー・トワイトよ、お父様。おぼえていないの？」

「まあな」船長は、ひたいをなでる。「わたしは、つかれておるんだよ。さっぱりわけがわからんのだ。それなら、だれがそなたの世話をしてくれているんだね？」

「お父様、トリビュレーションおば様のことを、忘《わす》れてしまったの？　ほら、そこに！　おば様がわたしたちを、そのう――お世話してくれてるのよ」

「おお、そうか、妹のトリビュレーションだな。来てくれると言っておった」

船長は、ぶつぶつと言っている。

そのとき、ダイドーたちが話しているあいだうしろのほうにいたトリビュレーションおばさんが、つと前へ進みでた。船長のもう片方《かたほう》の腕《うで》をぎゅっとつかむなり、おばさんは言った。

「まあ、兄さん！　こんなに早くお帰りになるとは、思ってもみなかったわ！　もやのせいで、よく見えなかったし、何千キロも遠くの海にいらっしゃるとばかり思っていたものだから、うっかり宿なしとまちがえるところでしたよ！　びっくりしたわ、まったく！　兄さんの船、どうなったんですか？　まさか難破《なんぱ》したんじゃないでしょうね？」

兄さんに会ったというのに、ちっともうれしそうじゃないなと、ダイドーは思った。おばさん、あわててるんだよ、ぜったい……。

船長はあいかわらず、いぶかしげな顔でおばさんをじっと見ると、ぶつぶつと言いだした。

「これは、ほんとうに妹のトリビュレーションなのだろうか？」

「もちろんですよ、兄さん！　ほかのだれだって言うの？」おばさんは、いらいらとそう言いながら、船長をひっぱっていく。

「そなたは、年をとったな――おどろくほど、年をとってしまった」船長は、ゆりいすに腰《こし》をおろすと首を横にふった。

「だんだん若《わか》くなる者なんて、いるはずないじゃないですか！」おばさんは、かみつくように言う。

「船長は、まだ頭がはっきりしていないんですよ」ネイトが、声をひそめてわけを話した。「たいへんな目にあったので、すっかり正気を失ってしまっていて」

「いったいなにが起こったの？」ペニテンスが、心配そうにきいた。

「あのピンクのクジラのせいなんだよ」

ネイトは、船長をちらっと見て言った。船長は、うつらうつらと夢《ゆめ》の世界に入っているのだろうか、ゆりいすを前へうしろへゆすっている。いすのきしるなつかしい音と、まわりにある見なれた品々のおかげで、心がなぐさめられているようだった。

「ニューベッドフォードを出て十日たったとき、おれたちは、ピンクのクジラを見たのさ」ネイトは、話を続けた。「それからもう、ロージーときたら、おれたちをあちこちにひっぱりまわしやがってさ！ ぐるぐる、ぐるぐる、最初は北に行ったと思ったら、今度は南に。しまいには、なんと出航したときよりもっとナンタケット島のすぐ近くまでもどってるじゃないか。それから、とうとう、あいつにぐんぐん近づくことができたのさ。いままでにないくらい、すぐそばまで。それまでは、ピンクのクジラなんかいるはずないって思ってた船乗りたちがずいぶんいたけど、たしかにそこにいるんだよ。船のすぐ近くに、とてつもなくでっかい、イチゴアイスみたいにね。そしたら、キャスケット船長が言うんだよ。『わたしのほかは、だれもあいつを追いかけてはいかん』ってね。それで、ボートにもり打ちをひとりも乗せようとしないんだ。けっきょく捕鯨《ほげい》ボートが、たった一そうだけ船からおろされた。船長は、おれにこぎ手のひとりになってもいいと言った。おれは、細かいところまで見ることができる目を持ってるし、言葉の才能《さいのう》もあるから、目にした光景を記録することができるだろうってね」

「それで？　それからどうなったの？　なにが起こったの？」

「ピンクのクジラが、とってもふしぎなことをしはじめたのさ」と、ネイトは話を続ける。「おれは、クジラがあんなことをするの、いままで見たことがないよ。だって、ピンクのやつときたら、キャスケット船長のすがたを見るなり、ひれで水面《みなも》をたたいたり、しっぽを動かしたり、鳴き声をあげたりするんだぜ。おまけに、水からぴょーんと高くとびあがると、今度はヒューッと声をあげてもぐり、またうかんでくる。それも、おれたちのすぐ前にあらわれて、頭をこっちに向けて、船長に笑いかけてるような顔をするんだよ。それから、尾びれで水面《みなも》をたたくんだ。まるで——まるでね、子犬がしっぽをふってるみたいに。それから、ごろごろ転がるわ、向きをかえるわ、子馬みたいに頭をぴょこぴょこさせるわ……なんて言うか、頭のおかしくなったイルカみたいなことをするんだぜ。だんだんに落ちついてくると、今度はボートの下を行ったり来たりしながら、まるい背中《せなか》を竜骨《りゅうこつ》（船底の中心を、船首《せんしゅ》から船尾《せんび》まで貫《つらぬ》く部材）にこすりつける。そのせいで、おれたちのボートは、まっぷたつに割《わ》れちまったんだ」

「あれは、自分の力がどんなに強いか知らなかったのだな」キャスケット船長が、ひとりごとのようにつぶやいた。「悪気はなかったのだ。遊んでいるだけだったのだよ」

「それから、どうなったの？」ダイドーは、目をまるくしてたずねた。

「いっしょにボートをこいでた仲間がどうなったかは、わからない」ネイトは言った。「みんな、かなり遠くまで放りだされちまったからね。セアラ・キャスケット号に助けあげられてるといいんだが。おれは、キャスケット船長のすぐそばを泳いでたんだけど、とつぜん下から火山が噴火《ふんか》したみたいに、ふたりとも持ちあげられてさ。なんとロージーのやつが、おれたちを背中《せなか》に乗っけてくれてるじゃないか！　それから、おまえたちはぜったい信じてくれないと思うけど、ロージーがすごい速さで泳ぎはじめて、まっしぐらにサンカティの浅瀬《あさせ》まで連れていくと、おれたちをおろしてくれたんだ。そのあとロージーは海にもぐって、それっきり見えなくなった。そこで船長とおれは、浜辺《はまべ》をバシャバシャ歩いて、ここまでたどり着いたってわけさ――あの、奥《おく》さん。船長を寝《ね》かせてあげたほうがいいと思いますよ」

ペニテンスは、ネイトの話がこわすぎて想像《そうぞう》もしたくないと思ったのか、さっきからせっせとオーブンでレンガを熱くして、船長のベッドに入れる用意をしたり、しまってあったパジャマを暖炉《だんろ》の火で温めたりしていた。

「ああ、お父様」ペニテンスは、船長のそばで立ちどまって声をかけた。「お父様の命が助かって、ほんとにうれしくて、ありがたいわ」

船長は、ぼんやりとした顔でペニテンスの頭をなでた。「そなた、わたしの娘《むすめ》かね？　いったい、船の上でなにをしておる？　たしか、ニューベッドフォードに残してきたはずだが」

「もう、ぜったいにベッドに寝《ね》かせるべきだね」トリビュレーションおばさんが、きつい調子で言う。

「おれは、うちに帰りますよ、奥《おく》さん。船長が無事に落ちつかれたのを見とどけたからね」と、ネイトが言った。「おれの家族は、ポルピスに住んでるんです」

「でも、その前に、なにかおなかに入れてかなきゃ――熱い飲みものはどう！」

ダイドーが、ネイトにすすめた。「ペンのつくったハーブのお茶と、カボチャのパイがいいよ――とってもおいしいの。それに、船がどうなったかは、話してくれてないよね――セアラ・キャスケット号のみんなは、ふたりが海に投げだされてから、ピンクのやつに救われたのを見てたの？」

「たぶん、見てないだろうな」と、ネイトは言う。「けっこう霧《きり》が深かったからね。ボートのほかの連中は助けたかもしれないけど、船長とおれは、おぼれて死んじまったと思ったんじゃないか」

「けど、死ななかったんだもんね。それがなによりだよ」と、ダイドーは言った。「あっ、ネイト。あんたの九官鳥！　ジェンキンズくんが、かわいそう！　あんたといっしょに、ボートに乗ってたの？」

「いやいや、乗ってなかったんだよ、ちびちゃん。あいつなら、だいじょうぶ」ネイトは、笑いながら言った。「セアラ・キャスケット号が、ここにもどってくるまで、ライジェおじさんが世話をしててくれるさ」

トリビュレーションおばさんは、船長をせきたてて二階に連れていき、そのあいだにペニテンスが船長の飲むポセット（ミルク酒）を温めた。

「ああ、ダイドー！」ペニテンスは、ダイドーにささやいた。「お父様が帰ってきて、ほんとにうれしいわ！　トリビュレーションおば様だって、わたしたちに、そんなに――そんなにひどいことはできないもの。お父様がここにいるあいだはね」

ダイドーは、そうだねというようにうなずいた。けれどもダイドーは、ペニテンスほど、すべてがうまくいくようになったとは思っていなかった。はじめのうちは、ダイドーもちょっとだけ期待をしていた。もしトリビュレーションおばさんがにせものなら、キャッスケット船長が妹ではないと言いさえすれば、すぐにばれてしまうだろうと思っていたのだ。けれども、船長の頭の中はあまりにもぼんやりとしていて、たよりになりそうもない。それに、船長がずっとそんな調子だと、トリビュレーションおばさんが前と同じようにきびしく、意地の悪い仕打ちをしても、助け船を出してくれそうもない。だいたい、ダイドーをぜったいにイギリスに帰してくれるという約束は、どうなってしまうのだろう？　まあ、どちらにしても、こんなありさまでは、ペニテンスをひとり残して、イギリスに帰ることなどできない。ダイドーは、すっかり落ちこんでしまった。いったい、いつになったらイギリスに帰れるのだろう？　その機会は、どんどん遠くなっていく。

ネイトは、口もとをぬぐって立ちあがった。「パイを、ごちそうさま。ほんとにうまかったよ。さあ、もう帰らなきゃ」

「あの、ネイトさん」ペニテンスが、ネイトの目をまっすぐに見て言った。「お父様を無事にうちまで連れてきてくださって、ほんとに、ほんとにありがとうございます！」

ペニテンスが思いきってネイトに話しかけたのは、これが初めてだった。ダイドーは、よくやったねと、ペニテンスにうなずいてみせた。ネイトも、ペニテンスを見おろして、にっこりと笑った。

「どういたしまして、嬢《じょう》ちゃん」ネイトは、ちょっとはずかしそうだ。「船長さんが、早くよくなるといいね」

「あたし、外まで送ってくよ」と、ダイドーは言った。「ニワトリ小屋の戸をしめるの、忘《わす》れてたから」それから、ペニテンスにささやいた。「外へ出たついでに、『あんたの友だち』に、ブーツをとどけてくるよ。もし、あいつにあたしの居場所《いばしょ》をきかれたら、黒い雌《めす》ブタが逃《に》げだしたからさがしにいったって言っといて。とにかく、あんたの手紙をどうやってポストに入れるか、もう心配しなくてよくなったね」

「そうだわね！」ペニテンスは、手紙のことを思い出しながら言った。「ねえ、ダイドー。あのかわいそうな男の人に、このサッサフラスのキャンディも持っていって！」

「あたし、とちゅうまでいっしょに歩いてくよ」ネイトといっしょに外に出てから、ダイドーはわけを話した。「森に行く用事があるの。よかった。雲の向こうに月が出てるみたいだね」

ふたりの前に、砂《すな》まじりの小道が白く続いている。

「森だって？」ネイトは、目をまるくした。「ずいぶんへんてこな場所に用事があるんだね」

「そうなんだよ、ネイト！」ダイドーは、大声をあげた。「なにもかも、変なことばっかり！あんたに会えて、すっごくうれしい。ほんとだよ。だって、ここでは、なんだかあやしいことが起こってると思うんだよね」

「あやしいことって、どんなことだよ？」

「あのね」と、ダイドーは言った。「どうしてこんなにひどいことになってるのか、よくわかんないから、なにからなにまでぜんぶ、あんたに話すほうがいいと思うんだけど」

ダイドーは、なにひとつはぶかずに、すっかりネイトに話してきかせた。セアラ・キャスケット号に乗っていたヴェールの女のこと、その女のブーツをみがいていたこと、破《やぶ》かれた手紙のこと、ニューベッドフォードの港で、スライカープ氏が、スライカープ氏と女が夜中に小舟《こぶね》で陸へわたったこと、この農場にたずねてきた妙《みょう》な客と、その客がふいに消えてしまったこと、屋根裏部《やねうらべ》屋《や》に残っていた足あと、夜中の物音と開いていた窓《まど》、緑色のブーツと「レティシア・M・スライカープ」という名前が入ったボンネットとマント……。

「いま言ったことをぜんぶきいて、ネイトはどう思った?」ダイドーは、きいてみた。

「どうやら、あのスライカープのおっさんが一まいかんでるみたいだな。そう思わないか?」と、ネイトは言う。「今度の航海では船に乗ってこなかったから、きっと陸の上のどっかにいるにちがいないよ」

「うん、それはわかってる。この農場の近くとかにいるのかな? だけど、あの女がトリビュレーションおばさんじゃないとしたら、いったいだれなの? それに、ほんもののトリビュレーションおばさんは、どこにいるのかな? あっ、もしかしてネイト、あいつらに殺されちゃったかも?」

「おいおい、落ちつけったら」ネイトは言った。「ひとつずつ、考えていこうぜ。おまえ、トリビュおばさんがナンタケット島に来るっていう手紙を、ガラパゴス島で船長が受けとったって言ったよな。もしかしたら、そのあとで、やっぱり行けなくなったって書いた手紙を送ってきたかもしれないぞ。それをスライカープのおっさんが読んで、破《やぶ》いちまったのかも」

「そうだね。だけど、なんでそんなことするんだろう？」

「わかんないのかよ、ばかだな。そしたら、密航《みっこう》していた女をトリビュおばさんのかわりに仕立てて、ナンタケット島に送りこめるじゃないか。きっと、あの女は、スライカープのおかみさんか姉さんだよ」

「二通目の手紙は、ぬれたから封《ふう》があいちゃったってビルガー船長が言ってたな。いま思い出したよ」と、ダイドーは言った。「あれがその手紙だったんだね。ひゃあ、ネイトって、頭がいい！　あの女がレティシア・M・スライカープで、キツネ顔のおっさんは、この近所にひそんでるんだ。それで、あたしたちが家にいないすきをねらって、あの女に会いにきたんだね」ダイドーは、くすくす笑った。「あの晩《ばん》、あたしが裏口《うらぐち》と玄関《げんかん》のドアに鍵《かぎ》をかけてから、その鍵《かぎ》を枕《まくら》の下にかくして寝《ね》たんで、スライカープさんは家に閉《と》じこめられちゃった。だから、台所の窓《まど》から逃《に》げだしたんだ。それまでずっと、家にいたにちがいないね。あのばあさんが、船長さんが家にもどってきたときに、あんなにきげんが悪かったのだって、あたりまえだよ！　はじめのうち、船長のことを宿なしだとかんちがいしちゃってさ！　だって、前に一度も会ったことがないんだもんね。きっとスライカープさんは、あたしたちがまだニューベッドフォードの『いとこのアン』のところにいるあいだに、あの女をここに連れてきたんだな。だけど、なんのために、家にあの女を置いておくのかなあ？　しまいには、だれかに見やぶられちゃうのに」

「たしかに、そこのところがなぞだな」と、ネイトも言う。「だけど、ちょっと待てよ！　スライカープのおっさんは、おおいそぎでイギリスを離《はな》れて外国に逃《に》げださなきゃいけなかったんだぜ。王様を亡《な》き者にする陰謀《いんぼう》をくわだてたというんで、民兵に追われてたからね。もしかして、あの女も同じかもしれないな。やっぱり、あわててイギリスを逃《に》げださなきゃいけなくなった。それで、スライカープのおっさんはこの航海がいいチャンスだと思って、セアラ・キャスケット号に乗せることにしたんだよ。セアラ・キャスケット号は、何日間もイギリスの沖《おき》をうろうろしたんだ。どうしてあのおっさんが、あんなに夢中《むちゅう》になってピンクのクジラを追って、イギリスの沖《おき》のほうへ行こうとしてたか、おれにはわけがわからなかったけど、それは、あのレティシア・スライカープという女が船に乗せてもらいたがってたからなんだな」

「なるほどね！　そうに決まってる！　だけど、あたしたちは、これからどうすればいいの？」

「そうだなあ」と、ネイトは言った。「いちばんいいのは、ほんもののトリビュレーションおばさんをさがし出すことじゃないかな。それはそうと、おまえがどうして森に行くのか、まだきいてないぞ」

「それはね、いまのとぜんぜん別の話。ペンがね、森で、へんてこな小さい男の人に出あったんだって。その人、でっかい鉄のパイプのそばで野宿していて、ペンにブーツとあまいものを持ってきてくれってたのんだんだよ。それで、イギリスのギニー金貨《きんか》を三まいくれて、もうすぐヨーロッパに帰るんだって言ったんだってさ。あたし、その人のこと、すっごく知りたかったんだ。だって、その人が乗っていく船に、ひょっとしてあたしも乗せてもらえるか、森に行ってきいてみたかったんだもの。でもね、こんなことになったら、そういうわけにもいかなくなったね。トリビュおばさんのことがかたづくまで、あたしだけイギリスに帰るなんてこと、できっこないもの」

ダイドーは、大きなため息をついた。

「おれが思うにはね」と、ネイトは言う。「その男だけど、スライカープのおっさんと、なにかつながりがあるんじゃないか。でなきゃ、どうしてナンタケット島の真ん中で野宿なんかしてるんだい？」

「そうかもね。ペンが言うには、その人、なにかにすっごくおびえてるんだって。ペンに小さな声で話せって言ったり、自分に会いにくるときはゴイサギみたいに鳴いて合図しろって言ったり……」ダイドーは、くすくす笑いだした。ペンがゴイサギの鳴きまねをしているところが目にうかんだのだ。「もしかして、その人、スライカープさんのことをこわがってるのかもしれないね」

「さあ、どういうことか、さっぱりわかんないな」ネイトは言った。「おまえがブーツをわたすときだけど、おれがいっしょにいるほうがよくないか？　なんか、けっこうあぶない話だぜ」

「そうして、お願い」と、ダイドーはすぐに言った。「あんたなら、その人がどういう男かわかるかも。だけど、かくれてたほうがいいと思うよ。ふたりいるって知ったら、逃《に》げだすかもしれないもの」

「どこでそいつと会うんだい？」

「この小道が、分かれ道になってるところだよ」

「ここから、たったの八百メートルくらいだな」ネイトは、声をひそめた。「おまえは、この道をまっすぐ行け。おれは、やぶにかくれてついていくから」

ダイドーは、うなずいた。ネイトがやぶにかくれると、ダイドーは足早に、できるだけ音を立てないように注意しながら、砂《すな》まじりの小道を進んでいった。

月に雲がかかっていたが、分かれ道になっているところは、はっきりとわかった。ダイドーは、野生のスモモの木の下にしゃがんで、両手をメガホンのように口もとに当ててから、小さな声で「クオッ、クオッ」と言った。すると、たちまち「クオッ、クオッ」と答えが返ってきて、だれかがしげみの中からあらわれた。はっきりとは見えなかったけれど、たしかにペンが言っていたとおり、頭のはげた、小さな男だ。

「ちっちゃな、親切娘《むすめ》さんでしゅか?」男は、ささやいた。「ブーチュ、持ってきたか?」

「うん」ダイドーも、ささやき返す。「持ってきたよ」

「でも、同じ娘《むすめ》、ちがうよ!」おびえて、警戒《けいかい》しているような声だ。

「おじさん、あたしは、あの子の友だちなのよ」ダイドーは、男を安心させようと思ってそう言った。「あの子は父ちゃんの看病《かんびょう》をするんで、来られなくなっちゃったの。ごめんね、もっと早く来てあげられなくって――ブーツを持ちだすのがむずかしかったんだ。はい、キャンディだよ」

「ああ、しゅばらしい、奇跡《きせき》だね！　いっつも食べるのは、魚、魚、魚！　あんたは、天から来たお使いでしゅよ」男の人は、声をひそめて言う。しゃがれ声のうえに、男の言葉には「シュッシュッ」という音がまじるので、ダイドーにはなかなかききとれなかった。男の人は、もうヤマモモのしげみの上に腰《こし》をおろして、満足そうな声をあげながら、ブーツをひっぱりあげていた。

「しゅごい！　しゅばらしい！　足に、ぴったり！　ありがとございましゅーっ」

そう言うなり、いきなりダイドーの手にキスをしまくるので、ダイドーは、あっけにとられてしまった。古いほうのブーツをしげみの中にすててから、男はまた声をひそめて言った。「ちょっとだけ！　待っててね――いま、持ってきてあげる」男は、またしげみの中に入っていくと、すぐにもどってきて、なにやらとげとげした、もぞもぞ動くものをダイドーの腕《うで》に押しつけた。それから、またもやダイドーの手にキスをしようとしたが、考えなおしたのか、さしせまった口調《くちょう》でこう言うのだ。「毎晩《まいばん》、持ってきてあげるよ。ホーメンスをね。娘《むすめ》さんに。だから、カーケン持ってきてくれるか？」

「カーケンって?」

「パン・カーケンや、アップル・カーケンや、シュガー・カーケンや」

「ケーキのことだね」ダイドーにも察しがついた。「できたら、持ってきてあげるよ」小声で言う。

「助かるよ。いい子だね! しゅてきなブーチュも! うれしいキャンディも! じゃ、おやしゅみ」

引きとめるすきもあたえず、男はしげみの中に消えた。なにかにおびえているようだ。

「ちょっと!」ダイドーは、せいいっぱい大きな声でささやいた。「おじさん! もどってきてよ!」

でも、男は行ってしまっていた。

しばらくしてから、ネイトが低木《ていぼく》のしげみの中から、音を立てずにむっくりと起きあがった。ダイドーの足もとにあるそのしげみで、ネイトは横になっていたのだ。

「ねえ」ダイドーは、声をひそめてネイトに言った。「あのおじさんのこと、どう思った? 話をきいてて、わかったことある? それから、さっきもらったこれだけど、いったいなんなの?」

「ロブスターだよ」ネイトが、もぞもぞ動いている代物《しろもの》を見て言った。「二ひきとも、かなりでっかいな。それにしても、あのおやじ、妙《みょう》なやつだと思わないか?」

「ひとつだけ、はっきりわかったことがあるんだ――ダイドーは、しょんぼりと肩《かた》を落とした――あの人は、イギリス人じゃない。ペンの言ったとおりだったよ。あんなぎくしゃくした言葉を話すなんて、どこの人なんだろうね」

「あの男が、ナンタケット島でいったいなにをしているのか、つきとめたいな」ネイトが、つぶやいた。「ぜったい、いいことなんかやってるはずないもの。森の中へそっと入っていって、さぐってみようか」

「うん、そうだね、ネイト。やろう、やろう!」

「おまえはだめだって、ちびちゃん。頭を使って、うまくさぐらなきゃいけないんだから。おれひとりでたくさんだよ」

「あたしだって、あんたとおんなじぐらい音を立てずに動きまわれるもんね!」ダイドーは、むっとした。それからふたりは、ささやき声で言いあった。ダイドーがあまりしつこく言うので、しまいにはネイトも根負《こんま》けしてしまった。

ふたりは、せいいっぱい注意しながら、森へしのびよった。そのうちに、小道はどんどん下り坂になり、やがて木がびっしりはえているところに入っていた。いままでよりさらに暗くなったので、一歩ずつ、ゆっくりゆっくり進まなければならない。

と、ダイドーの二、三歩先を歩いていたネイトが、ふいに息を殺したようなうめき声をあげた。

「どうしたの？」ダイドーは、そばに近寄《ちかよ》ってきいた。

「この、くそいまいましいものに、鼻をぶつけるところだったよ。これが例のパイプだな」ネイトは、つぶやく。「このパイプにそって進んだほうがいいぞ」

ふたりは直角に向きをかえた。やはりネイトを先頭に、ゆっくりと、注意をしながら、パイプにそって進んでいく。やがて、ネイトが足をとめた。行く手にか

すかな明かりが見え、人の声がきこえてくる。ダイドーはネイトのすぐうしろまで行って、そっと横からのぞいてみようとした。あわてて押さえようとしたネイトの手を、さっきからダイドーがかかえていたロブスターがはさみではさんだ。ネイトは、おさえた声でしかりつけた。

「気をつけろよ、ばかもん！」

「ごめん！」

小さな丸太小屋が、ぼんやりと見えている。小屋の前にたき火が燃《も》え、三、四人の男たちが、なにやら声をひそめて話していた。

「教授《きょうじゅ》のじいさんは、どこへ行っちまったんだね？」男のひとりが言う。

「ああ。じいさんは、夜になると、ひとりぼっちで森の中をうろつきまわるのが好きなんだとさ。黒い頭のゴイサギとかなんとか、ばかみたいなもんをさがしまわってるんだよ。だいじょうぶだ。じいさんのことなんぞ気にするなって。そんなに遠くまで行きはしねえよ」

「それでも、このあたりにいてもらわないと、困《こま》るじゃないか」

ダイドーは、はっとした。いまのは、スライカープさんの声だ。ダイドーは、ネイトのすねをそっと足でけった。ネイトも、うなずいている。

「ダーク・ダイヤモンド号は、いつ着くんだね？」もうひとりの声が、たずねた。

「もうすぐだよ」

「そいつは、ありがてえな。うまいタバコを吸《す》いたいもんだよ。泥炭《でいたん》をタバコがわりに吸《す》ったり、貝ばかり食ったりするのは、もうあきあきだぜ。ダーク・ダイヤモンド号は、火薬と弾丸《だんがん》をおろしたらおれたちを待って、乗せてってくれるのかよ？」

「教授《きょうじゅ》がどうやるかにかかってるな。船が着く前に、仕事を終わらせてくれれば、ありがたい。ドカンとやってから、すぐに逃《に》げだせるからな」

「あんたの姉さんは、どうするんだい？」

「連れてくさ、もちろんだよ」

「けど、あっちじゃ『おたずね者』なんだろ？」

「そんなこと言えば、おれたちだってみんな、おたずね者じゃないかね？」スライカープ氏は、いらいらしているような口ぶりだ。「だが、いいかね？　おれたちがイギリスへ帰るころにゃ、なにもかもすっかりかわっちまってるんだぞ」

「ああ、そうとも。かわっちまってるだろうな。もちろん。おれは、忘《わす》れてたのさ。けど、ほんとうにかわったかどうか、どうやったらわかるんだい？　もし、ブレドノー教授《きょうじゅ》のじいさんが、しくじっちまったら？　船でイギリスにもどったはいいが、タイバーン刑場《けいじょう》の首つりなわに頭をつっこまれて一巻《いっかん》の終わりなんてごめんだぞ！」

「おれたちは、ハノーバーに最初に行くんだよ、ばか者めが！　そのころには、イギリスがどうなってるか知らせがとどいてらあ」

「ああ、そうなったら、いちばんありがてえな」別の男が、ゆううつそうに言った。「ああ、おれはもう、イギリス名物のバブル・アンド・スキーク（キャベツとジャガイモと肉のいためもの）を食いたくて、食いたくて」

「バブル・アンド・スキークだと！　イギリスにもどったら、ガチョウの丸焼きとシャンパンが待ってるさ、このあほうが！」

「さてと、教授《きょうじゅ》をさがしにいってくるか」スライカープ氏が不安げに言って、立ちあがった。

ちょうどそのとき、ゴソゴソがますますはげしくなっていたロブスターのうちの一ぴきが、とつぜんダイドーの腕《うで》から逃《に》げだして、しげみの中に落ちた。ダイドーが、あわててつかまえる。

「しーっ！　なんの音だ？」スライカープ氏が、するどい目でふりむく。

「教授《きょうじゅ》だよ、だんな。ほら、あっちからやってくるじゃねえか」

まさにその瞬間《しゅんかん》、運《うん》のいいことにダイドーがブーツをあげた男が――ブレドノー教授《きょうじゅ》にちがいない――丸太小屋のまわりのあき地に入ってきた。

「やあ、教授《きょうじゅ》さん。なにか夜の鳥のいいのでも見つかったかね?」

「おれたちだってみんな、言ってみりゃあ夜の鳥みてえなもんさね」男たちのひとりがそう言って、あくびをする。「おれはもう寝《ね》るぞ」

ダイドーが、またネイトのすねをけった。それから、そろそろとあとずさりする。またロブスターがさわいだら、一大事だ。ネイトはすぐにダイドーについていかず、すこし時間を置いたが、やがて森の出口のところでダイドーと落ちあった。

「ほかにもっと話がきけた?」ダイドーは、小声でたずねた。

「いんや。男たちが教授《きょうじゅ》に、どこでブーツを手に入れたかきいてたよ。教授《きょうじゅ》は、沼地《ぬまち》で見つけたんだって言ってた」

「あの男たち、教授《きょうじゅ》の言うことを信じたかなあ。ずいぶんあやしい男たちだよね? ブタ箱に入ってるような連中に決まってるよ」

「あいつらがなにをたくらんでるのか、まだわからないなあ」足音を立てずに、いそいで小道へもどりながらネイトが言った。「ハノーバー党《とう》の連中らしいのはたしかだけど、いったいナンタケット島でなにをやろうとしてるんだろう？　ここには、おまえたちの国みたいに、王様なんてしゃれた者はいないしね。おれたちは、ただの大統領《だいとうりょう》でじゅうぶん満足してるんだから」

「ほんとにへんだよね」ダイドーも、うなずく。「けど、こうしたらどうかなあ。あたし、あのちっちゃな教授《きょうじゅ》さんにケーキを持っていくって約束したんだよ――意地悪ばばあの目をぬすんで、森に来られたらね――そのときに、教授《きょうじゅ》からもうすこし話をきいてみるよ。あの人がしゃべってることが、あたしにわかれば……ってことだけどね」

「おれ、島にもどってきてよかったよ」と、ネイトが言った。「あんな下劣《げれつ》な、くずみたいなやつらが、おれたちの島でいい気になってると思うと、へどが出そうだ。それにどんなに悪いことをたくらんでいても、いつかはきっと見つかるさ」

「あたしも、そう思う」ダイドーは言った。「あのトリビュレーションおばさんが仲間だとしたら、なおさらだよ。あたし、うさんくさい女だなって、ずっと思ってたんだ。これから、どうしたらいいと思う、ネイト？」

「考えてみるよ。あとから、おまえにも知らせる。とにかく、しばらくは家にいるつもりなんだ。おれがヒツジの世話をしたり、ほかの外仕事をやったりしたら、母ちゃん喜ぶだろうからな。セアラ・キャスケット号がもどってくるまで、ほかの船には乗らないよ。キャスケット船長といっしょに航海するほうがいいんだ。船長のぐあいがよくなったらね。おれ、船長のやり方になれてるから」

「ぐあいがよくなったら……か」ダイドーは、首をかしげた。「もし船長がよくならなかったら、あたしは死ぬまでここにいなきゃいけなくなるんだよ」

「けど、ナンタケット島よりひどい場所は、どっさりあるんだぜ。ずっといなきゃいけないんだったら、ここなんかましなほうさ」

すでに森からずっと離《はな》れたところまでもどってきていたので、ネイトは大きな声でうたい出した。

「おいら、子ヒツジを飼《か》いたいな
ヒツジ飼《か》いに　なって

牧場や　森を
一日じゅう　歩きたいな
おいら、ナンタケット島で
死ぬまで　暮《く》らしたいな
ヒツジたちを　追って
草を食うのを　ながめながら」

「あの悪者たち、いったいなにをしようとしてるんだろう」ダイドーは、考えこんだ。

「まあな、なんであれ悪いことに決まってるさ。ひとつだけ教えてやろうか？」

「なあに？」

「ペンが見つけたパイプだけど、あれはパイプなんかじゃなくって、大砲《たいほう》――それも、おれがいままでに見たなかで、いちばん長い大砲《たいほう》だぞ！」

「ひゃあっ！」と、ダイドーは声をあげた。「だから、船が火薬と弾丸《だんがん》を乗せてくるって言ってたんだね。だけど、大砲《たいほう》でだれを撃《う》とうとしてるんだろう？　だれだと思う？」

「わかんないなあ。だけど、撃《う》とうとしているのがだれであっても、ぜったいにやめさせなきゃ」

8

キャスケット船長の病気——ダイドー、医者に会う——教授《きょうじゅ》、沼《ぬま》に落ちる——いまわしい悪だくみ——トリビュレーションおばさん、ぬすみぎきをする

キャスケット農場までもどってみると、まだ明かりが灯《とも》っているので、ダイドーはびっくりもしたし、不安にもなった。もう、ベッドに入る時間は、とっくにすぎているのでは？　ダイドーが逃《に》げた雌《めす》ブタをさがしにいったというペニテンスの話を、トリビュレーションおばさんがウソだと見やぶって、とっちめてやろうと待ちかまえているのだろうか？　問いつめられる原因になってもいけないと用心して、ダイドーは二ひきのロブスターをやぶの中にかくした。

けれども、台所に入っていくとすぐに、いつもよりおそくまで起きているのは自分のせいではないとわかった。ストーブはいきおいよく燃《も》え、大きくて真っ黒なやかんが、シュウシュウ湯気を吹《ふ》いている。ペニテンスは、心配で顔をくもらせながらしっぷを温め、こわい顔をしたトリビュレーションおばさんが、火のそばで、毛布《もうふ》や、ナイトキャップや、胸当《むねあ》ての湿気《しっけ》をかわかしている。

「ああ、ダイドー！」ペニテンスが、大声で言った。「お父様のぐあいが、とっても悪いの。熱があるのよ！ いたみどめをぬったり、強心剤《きょうしんざい》やリューマチのお薬を飲ませたり、いろいろやっても、ちっともよくならないの。ひっきりなしに寝返《ねがえ》りを打ったり、おふとんをけとばしたりして。どうやら、船に乗ってると思ってるみたいなのよ」

「おまえ、雌《めす》ブタは見つけたのかい？」トリビュレーションおばさんが、がみがみとダイドーにきいた。

「納屋《なや》にいるよ」ダイドーは答えてから、ペニテンスにきいた。「お医者さんに来てもらったほうがいいと思わない？」

「ええ、そう思うわ！ 呼《よ》びにいってくれる、ダイドー？」

「どこの医者も、こんな時間に呼《よ》びだされたら、迷惑《めいわく》なんじゃないのかい」トリビュレーションおばさんは、ふきげんな声で言う。「さあ、おまえは、これをあったためといたから、お父さんのところに持っておいき。わたしは、ベッドに行かせてもらうよ。こんなにぐあいが悪いのに、せいいっぱいのことをしてやったんだからね」

「あの人、にくたらしいったらないわね」トリビュレーションおばさんが台所を出ていってしまうと、ペニテンスはダイドーにささやいた。「かわいそうなお父様のことなんか、これっぽっちも考えていないんだから。『こんなにぐあいが悪いのに』なんて言ってたけど、わたし、あの人がぐあいが悪かったなんて信じられないわ」ペニテンスは、もっと薬がないかと、必死に戸だなの中をさがしている。「このつぼの中に入ってるのは、なにかしら？　ラベルが読める、ダイドー？　お母様の、ちっちゃな字で書いてあるのよ。わたし、ぜんぜん読めないわ」ペニテンスは、いらいらしながら、なみだをぬぐう。「ああ、ダイドー。お父様が死んでしまったら、どうしましょう？」

「そんなばかなことは、考えちゃだめ」ダイドーは、きっぱりと言った。「これは、コケモモの実をジンに漬《つ》けたものだよ。強いビールみたいなにおいがする。父ちゃんに飲ませてみたらどう、ペン。好きかもしれないじゃない」

ふたりは、温めた着がえとしっぷをかかえて、いそいで二階にあがった。コケモモ入りのお酒のつぼと、船長の足を温める、熱湯を入れた湯たんぽも持っていった。

船長にふとんをしっかりかけたり、しっぷを貼《は》ったりするのは、とてもやっかいな仕事だった。なにしろペニテンスが言っていたように、ひっきりなしに寝返《ねがえ》りを打ってあばれまわったり、わめきちらしたりしているのだ。「タウノー！　タウノー！　帆《ほ》を上から下へ！　進路をふさがれた。船をとめろ！　それを、あいつにやれ。ほら、頭からもぐった。噴水孔《ふんすいこう》が下に……さがれ、船体に穴《あな》があいたぞ！」

船長がベッドの上ではねあがると、しっぷが部屋《へや》のすみに飛んでいった。

「あんなしゃくにさわるしっぷなんか、ほっとこうよ」ダイドーが、とうとう腹《はら》を立てて言った。

「どうせ、もう冷たくなってるし、ほこりだらけだもの。ほら、ちょっと船長さんの両手を押さえてて。そのあいだに、あたしがコケモモのお酒を飲ませるから。しっかりにぎっててよ！」

ペニテンスは、船長の手を思いっきりぎゅっと押さえた。「お父様！　わたしのこと、わかる？」ペニテンスは、なみだながらにたずねる。「わたし、ペニテンスよ！」

「ほうら、あいつが潮《しお》を吹《ふ》いたぞ！」キャスケット船長は、わめいた。けれども、続けてなにかさけぼうと口を開いたままでいるすきに、ダイドーがすばやくコケモモのお酒をスプーンに一ぱい流しこんだ。船長は、すぐに口を閉《と》じた。ごっくりと飲みこんでいる。と、たちまちびっくりしたような顔になった。

「早く！　もう一ぱい飲ませてみて！」ペニテンスがささやく。

ダイドーがもう一度スプーンを口もとに持っていくと、船長はいかにもほしそうに口をぱっくり開いた。おかげで、つぼに残っていたお酒をぜんぶじょうずに飲ませることができた。船長は、ぶつぶつひとりごとを言っている。「まことに、くだものにとってはすばらしい夏であったな！　すばらしいぞ！　わたしらは、みんな――」

船長は、まぶたをぴくぴくと動かして目を閉《と》じ、ぱたっと枕《まくら》に頭をのせると、ぐっすりと眠《ねむ》りこんでしまった。

「まったくたいへんなさわぎだったね」と、ダイドーは言った。「さあ、ふとんをちゃんとかけて、あったかくしてあげようよ。ペン、夜が明けたらすぐに、お医者さんを呼《よ》びにいってあげるからね。お医者さんの名前、知ってる？」

「知らないわ。でも、ナンタケットの町の人なら、だれでも教えてくれるはずよ」

ふたりは、湯たんぽをいくつかふとんに押しこみ、かけぶとんも何まいかかけてあげた。ペニテンスはベッドのすぐ横にすわり、心配そうな顔で船長の手をにぎっている。父親が家にもどってきて、看病《かんびょう》をしなければいけないのがわかってから、ペニテンスはびっくりするほどかわった。とるにたらないことでくよくよするのをやめて、自信をもってきぱきと働いている。とはいえ、こういうときに森の中で悪事をたくらんでいる連中のことまでペニテンスに話して、心配させたりしたらよくないと、ダイドーは思っていた。ただでさえ、キャスケット船長の病気のことで、胸《むね》をいためているのだから。

夜明けまでたったの一時間しかなかったので、眠《ねむ》ってもむだだとダイドーは思った。眠《ねむ》るかわりに家畜《かちく》にえさをやり、ラバのマンゴーに馬具をつけて、荷馬車につないだ。

「じゃあ、出かけるよ、ペン」ダイドーは、階段《かいだん》の下から声をひそめて言った。「できるだけ早く帰ってくるから」

荷馬車にとび乗ると、ダイドーは手綱《たづな》を引き、マンゴーをナンタケットの町に向かって速足でかけさせた。とにかく、ちょっとだけでもトリビュおばさんから逃《に》げだしていられるっていうのは、うれしいもんだね、とダイドーは思った。あたしのるすのあいだに、かわいそうなペンがあんまりこきつかわれないといいけど。あんなにおそくまで起きていたんだもの、しばらくは眠《ねむ》るんじゃないかな。

すばらしい天気だったので、ダイドーは気分がうきうきしてきた。夜明けの赤い光が高台の牧草地にあふれるほどさしこみ、はるかな水平線は紅色《べにいろ》にそまっている。ピンククジラのロージーちゃんも、あんなふうにかがやいて見えるんだろうな、とダイドーはひとりごとを言った。そのときになって初めて、ネイトにきいたふしぎな話を思い出した。ピンクのクジラは、船長に会ったのを喜んでいるみたいだったと、ネイトは言っていた。すっごくおかしな話だったな。クジラのロージーが、どこかで船長のことを好きになって、おぼえていたみたい。でも、どうして？

船長はそんなにハンサムでもないのに、なんでわざわざあらわれて、船長を大歓迎《だいかんげい》したりしたんだろう？

ここのところ何日か運動不足をかこっていたマンゴーは、けっこうな速さでつっ走ったので、荷馬車がゆるやかな坂道をおりてナンタケットの町に入ったのは、まだ朝も早いうちのことだった。丸石を敷《し》いた道には、ほとんど人影《ひとかげ》がない。ダイドーは、右に曲がって波止場に向かい、クジラ通りのつなぎくいにマンゴーをつないでおいてから、道をたずねながら歩きだした。

「メイヒュー先生のことかね？」波止場にいた漁師《りょうし》が、きき返した。「先生なら、オレンジ通りに住んでるぜ。ここから、たったの二、三分のところだ」

メイヒュー医師《いし》は、美しい白い家に住んでいた。クエーカーふうと呼《よ》ばれている建て方の家で、どの階にも扇形《おうぎがた》の明かりとり窓《まど》がひとつと、ふつうの窓《まど》が三つある。ダイドーはドアをドンドンたたいて、顔を出した家政婦《かせいふ》に、メイヒュー先生におおいそぎで来てもらいたいと言った。

「先生は、朝ごはんをひと口召《め》しあがったばかりなのよ。十分だけ待ってもらえる？」

「ああ、いいですよ。そのあいだに、キャスケット船長が死んじゃうこともないだろうから」ダイドーは、うなずいた。ダイドーだって、朝ごはんが食べたくてしかたなかったから、さっき来た道をもどりながら、パン屋をさがした。そのとき、ふいにとなりの通りから、ききおぼえのある歌声がきこえてきたので、ダイドーはびっくりした。

「年がめぐって、春が来ると
どんどん、血が　こくなってくる
そんなときは　なんてったって
サッサフラスの　キャンディだ！
おいらの　キャンディ　買わないかい？
とっても　あまくて　すてきだよ
ライムのピクルスも、ゼリー入りドーナッツも、
さあさあ、早く　食べにおいで！」

「ネイト！」ダイドーは大声をあげて、となりの大通りにかけていった。案《あん》の定《じょう》ネイトが、小さなポニーがひく馬車においしそうなものを山と積んだおぼんをたくさん乗せて、ゆっくりとやっ

てくる。きっとネイトのお母さんがつくったものだろう。
「やあ、ちびちゃん！」ネイトは、ダイドーを見て声をかけた。それからまた、大きく息を吸《す》いこんで、お客を呼《よ》ぶ。

「タマリンド（熱帯産マメ科の高木《こうぼく》。実を清涼《せいりょう》飲料などに使う）の　ピクルスも
いろいろあるから　食べてごらん！
おいらの　バナナのピクルスも
さあさあ、おいでよ、つまんでごらん！
甘草《かんぞう》の根も、ためしてごらん
ひとなめ　一ドルの　値《ね》うちは　あるよ！」

おかみさんたちが、おおぜい戸口にあらわれ、ネイトのところにやってきて、品物を買っていく。ドーナツやビスケットやワッフルもあった。

「おいらの
キャンディ
レモンの
ヒメコウジの
サッサフラスの
ハッカの
棒《ぼう》キャンディ
どれも　とびきり上等だ、
一本たったの一ペンス！」

子どもたちが、あざやかな色をした棒《ぼう》キャンディを買いに走ってくる。ネイトは、なおも声をはりあげた。

「ポップコーンに　ピーナッツ

ペカンの実に　軽焼きパン
ヒメコウジのウエハース、糖蜜《とうみつ》入りクッキー
穴《あな》あきクッキー、ショウガ入りクッキー
ねじり菓子《がし》に　マシュマロに　パイ
ためしに　クッキー　かじってごらん
ほうら　さくさく　ぱりっぱり！」

ダイドーも、マフィンのような軽焼きパンをいくつか買って食べてみると、なんともおいしかった。

「ねえ、ネイト。あたしたちがどうすればいいか、考えてくれた？」お客の列がちょっととぎれたすきに、ダイドーはきいてみた。

「そうだな」と、ネイトは言って、あたりを見まわした。「考えてみたよ。まず、ナンタケット島の町長に知らせなきゃな。自分の治《おさ》めてる島で、ハノーバー党《とう》のイギリス人がなにかたくらんでるときいたら、町長だっていい気分はしないと思うよ」

「そうするのがかしこいかもしれないね。町長さんって、なんて名前の人？　それで、どこに住んでるの？」

「メイヒュー先生っていうんだ。オレンジ通りに住んでる」

「えーっ！」ダイドーは、思わず大声をあげた。「あたし、これからその先生のうちに行くところなんだよ。さっきも行って、キャスケット船長がひどい熱を出して、頭がおかしくなってるから診察《しんさつ》しにきてくださいっていってたのんできたの。ほんとに、よかったよ！　先生といっしょに農場へもどるとちゅうで、話がぜんぶできるからね。じゃあ、またあとでね、ネイト！」

医師《いし》のメイヒュー先生は、上品な老紳士《ろうしんし》で、髪《かみ》の毛《け》は真っ白、赤ら顔のまわりをぐるりとふちどってはえているひげもまた真っ白だった。そのせいで先生の顔は、フランスギクの花のように見えた。ペニー貨《か》くらいの大きな金ボタンがついた緑色のオーバーから、雪のように真っ白な、フリルのついたシャツがのぞいている。

「やあ！」先生は、ダイドーを見るなり声をかけた。「初めて見る顔だな。おまえさんがこの世に出てくるのを助けたおぼえはないぞ！　キャスケット農場に住んでるんだって？」

「そうなの」ダイドーは、うなずいた。「あたし、ペン・キャスケットって子が、トリビュレーションおばさんとなかよくやっていけるまで、農場に泊《と》まることにしてるんです」

「トリビュレーション・キャスケットのことかね？　あの人がこの島に帰ってきてるのか？　十五歳《さい》くらいの若《わか》いころに会ったきりだな。そのあとトリビュレーションは、ヴァインラピッズにいるおばあちゃんと暮《く》らすと言って、ナンタケット島を出ていったんだよ」

「そっか」ダイドーは、がっかりした。「それじゃ、ずいぶんかわっちゃったって、先生は思うだろうな」

「元気な娘《むすめ》だったよ」メイヒュー先生は、昔を思い出しながら言った。「よく歌をうたったり、ダンスをしたり、馬に乗ったりしてたっけ」

「ひゃあ、先生」と、ダイドーは声をあげた。「いまは、ぜんぜんそんな人じゃないよ。メイヒュー先生、ちょっときいてもらってもいいですか？」

「ああ、もちろんだとも！　どんなことかね？」

「ええと、あのう、こういうことなんだけどね、先生。このナンタケット島に、ハノーバー党《とう》の連中がおおぜいいて、その人たちが悪いことをたくらんでいるんですよ。トリビュレーション・キャスケットさんもその一味じゃないかって、あたしたちはにらんでるんだけど……」

「ハノーバー党《とう》だと？」メイヒュー先生は、とまどった顔をしている。

「そうなんです、先生。イギリスのハノーバー党《とう》のやつらなの。みんなで、イギリスの王様をやっつける悪だくみをしてるんだよ」

メイヒュー先生は、いかにもおかしそうに大声で笑いだした。「いやはや、おちびさん。おまえさんはまた、とほうもないことを空想するもんだね！」

「ほんとですよ」ダイドーは、むっとした。「先生をからかってるわけじゃないの！」

「だがな、おちびさんや。もしおまえさんの言ってることがほんとうだとしても、アメリカのこの島にいて、どうやってイギリスの王様をやっつけたりできるのかね？　どう考えたって、わたしには空想としか思えんよ」

「だって、大砲《たいほう》を持ってるんだもの」ダイドーは、がんばった。「みんな、『かくれ森』の中で暮《く》らしてるんだよ。トリビュレーション・キャスケットだけは、別だけど。で、その大砲《たいほう》ってのが、長さが一・五キロくらいもある、とてつもなく大きなやつなの」

「ああ、それはちがうよ、おまえさん。森の中にいる男たちのことはきいたことがある。あの人たちは科学者だよ。それに、おまえさんの言うのは大砲《たいほう》じゃなくて望遠鏡《ぼうえんきょう》だ。まあ、見まちががえるのも当然だがね。島にいる鳥の生態《せいたい》を研究している鳥類学者たちだよ。だれかが言ってたが、黒い頭をしたゴイサギを見つけたいって話だ。みーんな、イギリスからやってきた鳥類学者だよ」

「チョールイ学者だなんて、とーんでもない」ダイドーは、言いかえした。「チョーワルイやつらが、なにかをたくらんで、この島に来たんだよ。ゆうべ森の中で、やつらがなにか悪いことを相談してるのを、あたしたちきいちゃったんだもの。それから、自分たちのダーク・ダイヤモンド号って船で、イギリスに帰るって言ってたよ」

「それは、けっこうじゃないか」メイヒュー先生は、ダイドーをなだめるように言った。「鳥類が好きなやつらでも、チョー悪い連中でも、とにかく島を出てってくれるのはありがたい話だ。わたしたちは、外国人であるイギリス人の一味のことで頭をなやますことはない。もし、そいつらが昼のあいだ鳥の観察をしたあと、夜になってすこしばかりなにかをたくらんで話しあってるとしてもね。おちびさんや、このアメリカは自由の国なんだ。それに、このナンタケット島では、自分たちのことはすべて自分たちで、なんとかやっていっている。王様だとかなんとか、そういう気どりまくった、ばかばかしいことは、わたしたちには関係ないんだよ。アメリカの大統領《だいとうりょう》ですら、わたしたちにあれこれ口を出して、なやませることはしない。自分は自分、人は人っていうのが、わたしたちの考え方なのさ。それに、トリビュレーション・キャスケットがそういう連中とかかわりをもっているというのは、ずいぶん妙《みょう》な話にきこえるがね」

「そうかもしれないけど」ダイドーは、だんだん腹《はら》が立ってきた。「だけど、ぜんぶほんとうのことなんだって。あのね、いま農場にいる女は、トリビュレーションさんじゃないの。トリビュレーションおばさんのふりをしてるだけなんだから」

「いったい、どこのだれがトリビュレーションのふりをしたいと思うんだね？　おまえさんは、おとぎ話を読みすぎてるんだ。そうに決まってるよ！　さてと、キャスケット船長はどんなぐあいなのか、きかせてくれないか？」

この話をお医者さんに納得《なっとく》してもらうには、ネイトの手を借りたほうがいいと、ダイドーは思った。そこで、ハノーバー党員《とういん》のことを話すのをあきらめて、キャスケット船長のようすと、奇妙《きみょう》な、熱にうかされたうわごとのことを話した。メイヒュー先生は、ピンクのクジラの話をきくと目をかがやかせた。

「ほほう、それで？　いやあ、なんともおもしろい話だなあ。だいいち、どうしてピンクのクジラがいたらいけないんだね？　広い海には、ピンクの魚がどっさりいる。ピンクの真珠《しんじゅ》も、ピンクの貝も、ピンクの海藻《かいそう》も――ピンクのクジラだって、いたっていいじゃないか？」

「だけど、どうしてピンクのクジラは、船長さんに会うと、そんなふうにはしゃぐんだろう？」

「ああ、それはすぐに説明できるさ。船長が子どもだったときに、ちっちゃなピンクの子クジラを助けて、海にもどしてやったことがあったが、きっとそのクジラなんだろうよ。前に船長が話してくれたよ。浜《はま》にうちあげられていたのを見つけたから、引きずってって、海に帰してやったんだそうな。それに、もちろんおまえさんも知ってるだろうが、クジラというのは、あたたかい血が流れていてあたたかい心を持った、とても長生きの動物だ――百年以上も生きるってきいたことがある――親切な船長をおぼえているっていうのも、自然なことかもしれんな。クジラは、イルカに近い動物なんだよ。イルカは、人間と心を通わせることができるからな」

「ああ、そうか」と、ダイドーは言った。「船長さんの幼《おさな》なじみってわけなんだね？　だけど船長さんが、ピンクのクジラをベッドのそばにすわらせて、手をにぎらせてくれなんて言ったらどうしよう。あたしたちが農場に着くころには、ちょっとでもよくなってるといいけど」

けれども、ソウルズ・ヒルのキャスケット農場に着いてみると、船長はたいしてよくなってはいなかった。あいかわらず熱が高く、あばれまわり、ベッドの中を転げまわっては、目に見えないクジラたちに目に見えないもりを投げつづけているのだ。

「ケシのシロップを飲ませなきゃいかんな」と、メイヒュー先生は言う。「そしたら、しばらくは眠《ねむ》ってくれるだろうよ」

先生は、キャスケット船長にシロップをひとさじ飲ませた。たちまち船長は、切りたおされた大木のようにドシンと横になると、大いびきをかきはじめた。

「これでたっぷり二、三時間は、体を休めることができるだろう」メイヒュー先生は、満足そうに言う。「わたしの処方《しょほう》するシロップは、おそろしく効《き》き目《め》が強いからな。はい、これを」先生はペニテンスのほうに向きなおった。「シロップのびんをおまえさんにあずけておくよ。ただし、これ以上は飲ませちゃいかん。わたしの往診《おうしん》がおくれて、お父さんのぐあいが悪くなったときは別だけどな。さてと、おまえさんのラバを借りて、シアスコンセットまで乗ってってもいいかね？　もうひとり、往診《おうしん》しなきゃならん患者《かんじゃ》が、シアスコンセットにいるんだ。それで、明日はわたしがラバに乗ってここに来れば、またナンタケットの町までむかえに来てもらわんでもすむだろう？」

そのとき、トリビュレーションおばさんが部屋《へや》に入ってきた。

「やあ、トリビュレーション」と、先生は声をかけた。「すっかり見ちがえてしまったよ。だが、おたがいに年をとったものだな。わたしに川につき落とされて、かんかんにおこったときのこと、おぼえてるかね？」

「はい、おぼえてますよ」おばさんは、冷たい口調《くちょう》で言った。「それに、自慢《じまん》になさることでもないと思いますが。紳士《しんし》らしくないふるまいですからね！」

これをきいたメイヒュー先生は、ゆかいそうに大声で笑ってから、ペニテンスのほおをちょっとつねって出ていった。玄関《げんかん》のドアがしまるとすぐに、トリビュレーションおばさんは、昼寝《ひるね》をすると言って自分の部屋《へや》に行ってしまった。

ペニテンスとダイドーは、その日の午後ずっとキャスケット船長のベッドのそばにいたが、船長は身動きもせずに、ぐっすりと眠《ねむ》りつづけていた。そのあいだにダイドーはペニテンスに、森の中で起こったおよそのできごとと、ネイトと自分がどう思うにいたったかを話してきかせた。けれども、トリビュレーションおばさんのことは、言わないでおいた。おばさんだと名のっている女の正体が、じつはイギリス人の前科者かもしれないなどと明かすのは、いくらペニテンスがこのごろ勇敢《ゆうかん》になったとはいえ、ちょっとばかり刺激《しげき》が強すぎるというものだ。

ようやく夕闇《ゆうやみ》がせまってきたころ、ダイドーはペニテンスに言った。

「船長さんが静かにしてるあいだに、家の仕事をすませちゃったほうがいいね」

ペニテンスも、ちょっとのあいだ父親をひとりにしておいてもだいじょうぶだろうと、うなずいた。

ふたりでブタにえさをやっているとき、ペニテンスは牧場の下のほうからなにやら物音がするのに気づいた。

「ダイドー、早く来て！」さくの向こうをのぞいてみたペニテンスは、大声をあげた。「あそこよ！　だれかが沼地《ぬまち》にはまってるわ！」

丘《おか》のふもとにツルコケモモのはえている小さな沼地《ぬまち》があったが、手入れをしないでほったらかしにされているので、低木《ていぼく》のしげみや、曲がりくねった木々にすっぽりとおおわれていた。助けを呼《よ》ぶ声が、すでにふたりの耳にはっきりときこえてくる。沼地《ぬまち》には、ツルコケモモの実で紅色《べにいろ》にそまった小島が点々とあり、そのあいだに人影《ひとかげ》が見えた。手をばたばたさせて、もがいているようだ。

「あたし、行ってみる」ダイドーは、長い柄《え》のついた木の熊手《くまで》をつかんだ。「ペン、あんたはここにいたほうがいいよ。船長さんが目をさますかもしれないからね」

ダイドーは一気に丘《おか》をかけおりながら、大声で人影《ひとかげ》に呼《よ》びかけた。「待ってて！　すぐに行くからね！」

沼地《ぬまち》のふちまでたどり着いてみると、もがいているのは、あの小さなブレドノー教授《きょうじゅ》だった。ひざまで泥《どろ》に埋《う》まってしまっていて、どうにも動けなくなっているのだ。おそろしさのあまり目をむき、耳を鳥の羽根のようにつっ立てている。

「もう、まぬけったらありゃしないね」と、ダイドーは言った。「なんでそんなとこに漬《つ》かってるわけ？」

「鳥を見たと思ったんでしゅ。ゴイシャギを」ブレドノー教授《きょうじゅ》は、はずかしそうにわけを話す。

ダイドーは、沼地《ぬまち》のふちからのぼってもだいじょうぶそうな小島にそろそろとはうように乗りうつると、教授《きょうじゅ》のほうに熊手《くまで》をのばした。教授《きょうじゅ》は、なんとか熊手《くまで》をつかむことができた。

「うまい、うまい！　熊手《くまで》の歯のあいだをにぎって！」ダイドーは、こんなふうにと、教授《きょうじゅ》に教えてあげた。「さあ、あたしがひっぱるから『よいしょ』って声をかけたら、ぐいっと泥《どろ》から身をのり出すんだよ。ウシガエルみたいにね。用意はいい？　よいしょっ！」

　ダイドーは、細っこい体の筋肉《きんにく》がぷつっと切れそうになるまで、力いっぱいひっぱった。教授《きょうじゅ》は、やっとやっと二十センチくらい泥《どろ》の中から出たが、またひざをついてたおれてしまう。

「そのまま続けて。やめちゃだめだよ。しずまないで！」ダイドーはさけびながら、また力いっぱいひっぱる。「よいしょ、もうすこし。さあ、が

んばって。あたしまで引きずりこまないでよ！」

ダイドーは、ゆっくりゆっくり教授《きょうじゅ》を泥《どろ》の中からひっぱり出した。

「あのブーツをなくしたなんて言ったら、ただじゃすまないからね」ダイドーは、続けて言う。「あれを見つけて持ってくるの、たいへんだったんだから」

教授《きょうじゅ》は泥《どろ》まみれだったので、はたしてブーツをはいているかどうかもわからなかった。

「泥《どろ》んこ、落としゃなきゃ！」教授《きょうじゅ》は自分のすがたを悲しそうに見てから、ダイドーにていねいにお礼を言った。「ほんとにあぶないところ。命の恩人《おんじん》でしゅ！」

「うん、そう言ってくれてありがとう。でも、また手にキスしたりしないでよ」ダイドーは、おおあわてでとびのいた。

「こっちに来て、井戸《いど》の水で泥《どろ》を洗《あら》ったほうがいいよ。トリ

ビュおばさんが、まだ眠《ねむ》っているといいけど」ダイドーが手招《てまね》きすると、ブレドノー教授《きょうじゅ》は泥《どろ》水《みず》をぼたぼたとたらし、ひと足ごとに靴《くつ》から水をじゅくじゅく出しながら、おとなしくついてきた。

「まあ、たいへん！」ペニテンスは、教授《きょうじゅ》を見たとたんに大声をあげた。「わたし、お湯をわかすわ」

「井戸《いど》の水で流すほうが先だよ」ダイドーは、顔をしかめて言った。「このまま台所に入られたら、あたしたちが床《ゆか》をふいてまわらなきゃいけなくなるじゃない。ペン、それよりハーブのお茶をいれてあげてよ」

あわれなすがたの小さな教授《きょうじゅ》は、井戸《いど》の水を頭からざあざあかけられても、されるがままになっていた。「ありがと！　ありがとございましゅ！」あわれな声でくり返している。

「あたしもいっしょに沼《ぬま》にはまっちゃうかと思ったよ。さあ、もうすっかりきれいになったから、台所に入ってもいいよ。音は立てないでね」ダイドーは、裏口《うらぐち》のドアを手で示《しめ》した。ペニテンスは、キャスケット船長の古い服を用意して待っていた。教授《きょうじゅ》にはずいぶん大きすぎたので、あちこちをまくりあげて、ひもでくくらなければならなかった。

ブレドノー教授《きょうじゅ》は、おおげさに喜びながらハーブのお茶を飲んだ。どうやら、自分の生まれた国以外では、ハーブのお茶など飲めないと思っていたらしい。

「ハーブのお茶、飲めるとは！　しゅばらしい！　ありがとございましゅ！」

「どういたしまして」ダイドーは、言ってあげた。「ショウガ入りのケーキも食べたら。それからね、教授《きょうじゅ》。仲間の人たちとのあいだで、やっかいなことになったら悪いけど、あたしたち、森の中にある、あの大砲《たいほう》のことを教えてもらいたいと思ってるの」

「タイホー？」

「大きな鉄砲《てっぽう》だよ。でっかいピストルみたいな。バン、バンッ！」

「ああ、王様バーンね！　もうすぐ、ロンドン吹《ふ》っとぶね」

「なんだって？」

「ずーんと飛ぶよ、ドカーンと、ここの上を――」

教授《きょうじゅ》は部屋《へや》の中を見まわすと、食器だなのひとつに、銀色に光る、古い地球儀《ちきゅうぎ》が置いてあるのを見つけた。指先で地球儀《ちきゅうぎ》の上をたどりながら、教授《きょうじゅ》はナンタケット島からノヴァスコシアの上を通って北大西洋を横切り、ロンドンまで行く道すじを示《しめ》す。

「宮殿《きゅうでん》、ドカーンと撃《う》つね――シント・ジムズ宮殿《きゅうでん》ね」

「大西洋の向こうを、大砲《たいほう》で撃《う》つって言うの？　それで、セントジェームズ宮殿《きゅうでん》を吹《ふ》きとばす……教授《きょうじゅ》はそう言ってるのかな、ペン？」

「その通りでしゅよ！」教授《きょうじゅ》は、おおはしゃぎで言う。「しゅごいだろ？　それもぜーんぶ、このドクトル・アクセルトリ・ブレドノーが考えたことよ。わたしが、ぜーんぶ計算したんだよ」

「だけど教授《きょうじゅ》、ロンドンを吹《ふ》きとばすなんて！」

「ロンドン？　ちがうね。撃《う》つの、シント・ジムズひとつだけ」

「王様の宮殿《きゅうでん》だけ、吹《ふ》っとばすってことだね」ダイドーが言うと、教授《きょうじゅ》は、うなずいた。「ひゃあ、ねらいはぴったり宮殿《きゅうでん》ってわけか。だけどね、教授《きょうじゅ》。はっきり言って、お年寄《としよ》りの王様を吹《ふ》っとばすなんて、かわいそうじゃない。ぜったいにやっちゃだめだよ。そうだよね、ペン？王様が教授《きょうじゅ》に、どんな悪いことをしたって言うの？」

「そうよ、ほんとだわ。それってすごくいけないことよ」ペニテンスも言う。

けれども、それを教授《きょうじゅ》にわからせるのは、なかなかむずかしいようだ。

「頭いいね、そうだろ？」と、教授《きょうじゅ》はまだ言っている。「しゅごーい大砲撃《だいほうげき》ね！」教授《きょうじゅ》は、大西洋をまっすぐに横断して、セントジェームズ宮殿《きゅうでん》を撃《う》つ大砲《たいほう》をつくった自分の腕《うで》が自慢《じまん》なのだ。それで、うちょうてんになっているから、悪いことだなどとは思いもつかないらしい。

「早くドカーンとやりたくて、うずうずしてるんだ」ダイドーは、腹《はら》を立てて言った。

「しゅごーいドカーンになるよ！」教授《きょうじゅ》は、うんうんとうなずく。「それだけじゃなくって、ここ、押してくよ——ほうらね——」教授《きょうじゅ》は、地球儀《ちきゅうぎ》のナンタケット島を指さすと、そこからニュージャージーの海岸まで、指先でまっすぐたどってみせた。いったい教授《きょうじゅ》がなにを言おうとしているのか、ダイドーとペニテンスにはすぐにわからなかった。

「教授《きょうじゅ》の言いたいことって」と、しばらくしてダイドーが言いだした。「なんて言うんだろ、ほら——大砲《たいほう》を撃《う》ったときの反動？——そのせいで、ナンタケット島が動いて、アトランティックシティまで行っちゃうってことかな？」

「そのとおり！」教授《きょうじゅ》は、勝ちほこったように大声で言った。「しゅごいだろう！」

「ほんと、すごすぎるよ！　早く町長のメイヒュー先生に言わなきゃ！　先生は、放っておこうなんて言ってたけど、これをきいたら考えをかえるかも。あの先生、『よその国は、よその国。ナンタケット島は、ナンタケット島』なんて思ってるらしいけどさ」ダイドーは思わずプーッと吹《ふ》きだして、笑ってしまった。それから、すぐにまじめな顔になった。ペニテンスのほうは、すっかり真っ青になっている。

「ナンタケット島を、本土まで動かすですって？　でも、そんなことしたら、島の家がぜんぶたおれてしまうわ！」

「それだけじゃ、とてもすまないね」と、ダイドーは言った。「大波が押しよせるってことも、考えてごらんよ。ねえ、教授《きょうじゅ》。大砲《たいほう》はいつ撃《う》つの？　いつなのよ？　ドカーンは？」ダイドーは、時計とカレンダーを指さしてきいた。

教授《きょうじゅ》は、ややこしい説明を始めた。ダイドーとペニテンスは、教授《きょうじゅ》の言っていることが、十のうちのひとつくらいしかわからない。たぶん、最後になにか計算しなければいけないと言っているらしい。それから「船、来るの、待ってるね」と、言いつづけている。

「ああ、わかったよ」ダイドーが、しばらくしてから言った。「ダーク・ダイヤモンド号を待ってるんだな。その船が、大砲《たいほう》の弾丸《だんがん》を運んでくるんだよ」

「うんうん、そうそう！」教授《きょうじゅ》は、指を折って数える。「二、三の日ね」

「三日あとにってこと？　それじゃ、あんまり時間がないよ。メイヒュー先生がまた往診《おうしん》してくれるって言ってたけど、よかったね。それで、教授《きょうじゅ》はその船に乗って、国へ帰るんだよね？」

「船、ここで待ってる」教授《きょうじゅ》は、地球儀《ちきゅうぎ》を指さしながら、説明した。ダーク・ダイヤモンド号は、大砲《たいほう》の弾丸《だんがん》をおろしたあと、おおいそぎでコッド岬《みさき》の反対側にまわるというのだ。ナンタケット島の位置が砲撃《ほうげき》の反動でふいにかわったら、津波《つなみ》が起きるかもしれないので、それをさけるためだという。そして、すべて落ちついたらもどってきて、教授《きょうじゅ》を乗せてヨーロッパにもどるというのだ。

「教授《きょうじゅ》は運《うん》がいいよねえ！」ダイドーは、うらやましくなった。

「いっしょに来るか？　それなら、そうしてあげるよ」

ペニテンスは、不安な顔でダイドーのほうを見たが、なにも言わない。

「うーん、そうだねえ」と、ダイドーは言った。「ありがとう、教授《きょうじゅ》。だけど、ペンがだいじょうぶになるまで、あたしは島を出られないの。どっちにしても、スライカープのおっさんといっしょに船に乗るのは、ごめんだし」それに、トリビュおばさんともね、とダイドーはおなかの中で続けた。「でも、教授《きょうじゅ》。そう言ってくれて、ほんとにありがとう」

教授《きょうじゅ》は、礼儀《れいぎ》正しく別れのあいさつをして、明日になったらかわいた服をとりにくるからと言った。それから、ダイドーたちにギニー金貨《きんか》を手にいっぱいにぎってさし出したが、ふたりは首を横にふった。

「かわいそうなお年寄《としよ》りの王様を吹《ふ》っとばすためにもらったお金だったら、あたしたち、もらうわけにはいかないよ」と、ダイドーが言うと、教授《きょうじゅ》はわけがわからないまま、にっこりと笑った。それからまた、ダイドーの手にキスをして「しゅばらしい子どもたちね」と言ってから、いそいで丘《おか》をおりていった。

「びっくり！」あとに残ったふたりは、目をまるくして顔を見あわせた。

「あたし、ほんとにあやしい連中だって言ったよね」しばらくして、ダイドーが言った。「だけど、こんなにひどいとは思わなかったよ。セントジェームズ宮殿《きゅうでん》を吹《ふ》っとばすなんて！」

「それに、ナンタケット島を動かすなんて！　わたしたちに断りもなく、そんなことやろうとするなんてね！」

そのとき、だれかがドアを軽くノックした。ふたりは、悪さを見つけられたようにとびあがったが、ネイトがたずねてきただけだった。

「だれか、いるかい？」ネイトは、戸口から首をつっこんで、台所をぐるりと見まわした。「ふたりとも、よくきけよ！　すっごいニュースだぞ！　いったいなにがあらわれたと思う？」

「セアラ・キャスケット号？」

もしかして、ほんもののトリビュレーションおばさんかも、とダイドーは思ったが、口には出さなかった。

「いいや、ちがう。なんと、あのピンクのやつだよ！」

「ピンクのクジラってこと？」

「どこに？」

「スクアムヘッドの沖《おき》だよ。はっきり見えてるんだ。もぐったり、遊びまわったり、まるでイルカみたいに、いろんなことをやってるよ。ポルピスの人たちは、お昼からずっと見物してるんだ。町長のメイヒュー先生が、だれも、ぜったいにクジラを傷《きず》つけてはいけないって、きびしく命令してる。キャスケット船長は、目をさましてるかい？」

「見てくるわ」ペニテンスが言って、階段《かいだん》をかけあがった。

「船長は、ぜったいにそいつを見なくっちゃ」と、ダイドーは言った。「外に出られるくらいよくなったら、すぐにね。ピンクのクジラを見たら、船長がどんなに喜ぶか」

ペニテンスのあとから、ふたりは足音をしのばせて階段《かいだん》をのぼっていった。

「お父様」ペニテンスが、やさしく声をかけているのがきこえる。「お父様、すこしはよくなった？」

「そなた、わたしの娘《むすめ》かね？　おや、わたしはどこにいるのだろう？」

「うちよ。自分のベッドの中よ、お父様」

「おお、そうか。わたしは、ふしぎな夢《ゆめ》を見ておったよ」船長は、ため息をつく。ペニテンスは、ぎょっとした。船長の目になみだがあふれ、静かにほおをつたっていくのだ。「やっと、あれに追いついた夢《ゆめ》を見ておった」悲しそうに、船長は続けた。「すると、あれはわたしを見て、とても喜んだのだよ」

「あれって、どなたのこと、お父様？」

「ピンクのクジラだよ。だが、ただの夢《ゆめ》だった」

「ちがうの、お父様。夢《ゆめ》なんかじゃないわ！　ほんとうなのよ！　いま、スクアムヘッドの沖《おき》で、お父様に会いたくて待っているところよ。だから、お父様も早く病気をなおさなきゃね」ペニテンスは、心からうれしそうに言った。けれども、船長からは、がっかりするような答えしか返ってこなかった。

「娘《むすめ》や、そなたが、一所けんめいにやってくれてるのは、わかっている。だが、ウソはいけないな。ピンクのクジラなど、いるはずがない。わたしは長いこと、自分で自分をだましてきたのだよ」

「だけど、お父様。ほかの人たちも、ピンクのクジラを見たの。みんなが、そう言ってるのよ！」

「みんな、わたしをからかっているだけだ」

「だけど、お父様。ほんとにいま、スクアムヘッドの沖《おき》にいるのよ。ほんとうにいるんだから！」

また船長は、なみだをふたつぶうかべたが、腹立《はらだ》たしげにそれをぬぐうなり、肩《かた》をすぼめて壁《かべ》のほうを向いてしまった。ペニテンスがなにを言っても、こう答えるだけだ。

「そなたの言うことは、信じられん」

かわいそうにペニテンスは、いまにも泣きだしそうな顔でダイドーたちのところにもどった。

「気にしなくていいよ」と、ダイドーはなぐさめた。「明日、メイヒュー先生が話してくれたら、船長さんも信じるから。さあ、おいしいオートミールか、スープでもつくってあげたらどう。力がつくようにね。外の仕事は、ネイトに手伝ってもらって、あたしがやるよ」

家畜《かちく》にえさをやっているあいだに、ダイドーは手短に、あのおそろしい計画をネイトに話した。ジェームズ三世が宮殿《きゅうでん》にいるあいだに大砲《たいほう》で吹《ふ》きとばすという悪だくみと、そのせいでナンタケット島がひどいことになるということも教えた。

ネイトは、あまりのことにびっくりして、ヒューッと口笛を吹《ふ》いた。「ナンタケット島を本土のほうにまで動かすっていうのかよ。王様を別の王様にとりかえるために？　そんなことして、なんの意味があるんだい？　どうしていまの王様じゃいけないんだよ？」

「あたしだって、わかんないよ」と、ダイドーは答えた。「あたしは、一度だってジェームズ三世の悪口をきいたことないけどね。でも、ハノーバー党《とう》のやつらは、ジョージとかいう人を王様にしたいんだよ」

「おれには、なんともあほらしいことにきこえるけどね」ネイトは、言う。

「まあ、どっちにしろ、あたしたちの思ってたとおりの悪いやつらだよ」

「メイヒュー先生には、話したのかい？」

「だめ」ダイドーは、むっつりと答えた。「あたしの言うことなんか、きこうとしないんだもん。

女の子は、おとぎ話みたいなウソをつくって思ってるみたい。明日、あんたが先生に話してよ、ネイト。ナンタケット島がアトランティックシティにくっついちゃうってきいたら、先生だってだまっていられないはずだよ。トリビュレーションおばさんがにせものだって、先生が気がついてくれたらよかったのにな。でも、あの女が先生をうまくまるめこんじゃったからね。むかし、先生に川に落とされたのを、おぼえてるようなふりなんかしちゃってさ。メイヒュー先生、ころっとだまされちゃったよ」

「おばさんが、じつはスライカープっていう女だってこと、ペンは知ってるのかい？」

「知らないよ」と、ダイドーは答えた。「あたし、話してないもん。ペンって子は、知ってるのに知らないふりをするのなんか、できっこないからね。ぜんぶ、ばらしちゃうのに決まってるよ」

「そっか。そんならおれは、明日の朝いちばんで、メイヒュー先生が着く前にここに来るよ。じゃあ、おやすみ！」ネイトは、庭につないであったポニーにとび乗ると、腹《はら》をちょっとけとばして、ゆっくりとかけさせていく。

「おやすみ！」と、ダイドーも言った。それから、夕食用に卵《たまご》をかごに入れて持ってこようと、納屋《なや》にもどった——と、ダイドーは、おそろしさに立ちすくんだ。トリビュレーションおばさんがいるではないか。灯油ランプのうしろの、かげになったところに立っているのだ。ランプの明かりに下から照らされたその顔は、なんとも不気味で背《せ》すじがこおるほどだ。

「あっ!」と声をあげてから、ダイドーはつっかえながら、言いわけを始めた。「あ、あたし、気がつかなかったよ――あ、あの、お、おばさん、眠《ねむ》ってると思ってたから」

「たしかに、眠《ねむ》ってたよ」トリビュレーションおばさんは、おどすように言う。「でも、おまえも見てわかるように、いまは目をさましてる。それに、おまえたちの、なんともおもしろい話も、きかせてもらったよ!」

ダイドーは、どうしたらいいのかわからないまま、おばさんをじっと見つめていた――いったい、おばさんはどこまで話をきいたのだろう? 大声をあげて、ネイトにあぶないと言ってあげる時間はあるのだろうか――すると、トリビュレーションおばさんは、さっとうしろを向いて声をかけた。

「エッボ、この娘《むすめ》をかたづけておしまい。やりそこねるんじゃないよ――永久《えいきゅう》にだまらせてしまうんだ!」

とたんに、分厚《ぶあつ》い黒い袋《ふくろ》をかぶせられて、ダイドーは息が苦しくなった。

9

ダイドー、誘拐《ゆうかい》される――キャスケット船長、散歩に出る――ペニテンス、メイヒュー先生に会う――ピンクのクジラ、幼《おさな》なじみと再会する――浜辺《はまべ》の朝ごはん

ダイドーは袋《ふくろ》の中でむちゃくちゃにあばれたが、だれかにさるぐつわをはめられ（泥《どろ》にまみれたソックスのにおいがしたので、たぶんソックスなのだろう）、両手を前でしばられたので、もうどうすることもできない。走りだそうとしたものの、足をかけられて地面にたおされ、そのままハアハアとあえぐしかなかった。

すぐそばで、だれかが小声でしゃべっている。トリビュレーションおばさんのにせものが、こ

う言うのがきこえた。

「あんた、あの若《わか》いのもつかまえたかい？」

ぶつぶつと答える声がきこえたが、『ああ』なのか『いいや』なのかはわからない。

「あの、どうしようもないちびのブレドノーが、すっかりしゃべっちゃったんだよ」おばさんのにせものは、話を続ける。「まったく、科学者だの外国人だのは、信用ならないね！　知恵《ちえ》ってもんがないんだから。もっとしっかり見張《みは》っておくべきだったよ。運《うん》のいいことに、いまのところ子どもたちにしか、ばれてないけど。あの子たち、明日になったらメイヒューに話すつもりだったんだよ。あぶないところだった。だけど、ブレドノーは、危険《きけん》すぎるね。あいつも、かたづけたほうがいいかもしれないよ。ブレドノーの最後の計算とやらは、終わったのかい？」

「あいつは小屋にいて、大砲《たいほう》の照準《しょうじゅん》を合わせて火薬の量を決める計算をしてるところさ」スライカープ氏の声だ。さっきおばさんのにせものが「エッポ」と呼《よ》んだのは、スライカープ氏だったのだ。「徹夜《てつや》で働かせるとしよう。なあに、あと三、四時間もすればできるだろうよ。だがな、姉さん。あいつがいなくても、ほんとに大砲《たいほう》が撃《う》てるのかい？」

「もちろん。簡単《かんたん》なことじゃないか」おばさんのにせものは、いらいらしたような声で言う。

「照準《しょうじゅん》が定まって火薬の量の計算ができていれば、だれにだってできるんだよ。あいつがいなくても、だいじょうぶ。どっちみち、大砲《たいほう》を発射《はっしゃ》したらブレドノーは島に置きざりにするつもりだったから。わざわざ連れにもどって、こっちの首があやうくなったんじゃたまらないからね。おまえさえよかったら、わたしが大砲《たいほう》を撃《う》つよ。だけど、わたしを連れにもどるのは、忘《わす》れないでおくれよ」

「そうするのがいいだろうな」スライカープ氏は、姉の言葉をきいて、ほっとしたようだ。「大《たい》砲《ほう》に弾丸《だんがん》をつめたら、残りのおれたちはダーク・ダイヤモンド号に乗りこんで、コッド岬《みさき》の向こう側にまわってるよ。津波《つなみ》が来るかもしれないからな。それから、姉さんを連れにもどってくる。で、つかまえたやつらは、どうするんだね？　あいつらも船に乗せてくのか？」

「ダーク・ダイヤモンド号は、まだ見えないのかい？」

「ああ、どうしておくれてるのか、わけがわからんよ」スライカープ氏は、いらいらと答える。

「たぶん、嵐《あらし》にあったんだね。それはともかく」と、トリビュレーションおばさんのにせものは、続けた。「つかまえたやつらを船に乗せたりしないからね。生かしておくわけにはいかないよ。始末しなきゃね。足に石を結びつけて、満潮《まんちょう》のときにサンカティの崖《がけ》から海に投げこんでおくれ」

血もこおるような、おそろしい言葉をきいて、ダイドーの髪《かみ》は根もとからさか立った。めちゃくちゃにあばれて、さるぐつわをかみ切ろうとしたが、むだだった。

「姉さん。教授《きょうじゅ》の計算が明日の朝までに終わらなかったら、どうするんだい？　あいつらを真っ昼間に海に投げこむなんて、できないぞ。例のクジラを見物に来ている連中が、おおぜいいるだろうからな」

「それなら、暗くなるまで灯台に閉《と》じこめておけばいいじゃないか」おばさんのにせものは、じれったそうに言いかえす。「灯台守は夜明けには灯台を出るんだよ。灯台守がどこに鍵《かぎ》を置いてるか知ってるんだろ？」

「ああ、いつも大きな石のひとつの下にかくしてるんだ。それはそうと」スライカープ氏は、なにやら考えながら続ける。「あの三人目の子どもは、どうすりゃいいだろう――キャスケット船長の娘《むすめ》の――」

ダイドーは、はっとした。

「ここにいるちびが、キャスケットの娘《むすめ》はなんにも知らないって言ってたよ」

ダイドーは、ほっとして、ため息をついた。たしかにダイドーは、納屋《なや》でネイトに、ペニテンスはトリビュレーションおばさんの正体を知らないと話した。どうやらおばさんのにせものは、ダイドーの言葉をきいて、ペニテンスが悪だくみのことも知らないと思ってしまったらしい。よかったね、ペン……と、ダイドーは胸《むね》の中で言った。

「あの娘《むすめ》は、このうちに置いといたほうがいいんだよ」おばさんのにせものは、そう続ける。「明日、メイヒューが来たときに、あの子が父親の世話をしてなかったら、おかしいと思うじゃないか」

「姉さんの世話じゃないのかね」スライカープ氏は、意地悪く言った。「あーあ、姉さんはここにいられて、運《うん》がいいね。あの子たちに、なにからなにまで世話してもらってさ。そのあいだ、おれたちゃ森の中ときてる！」

「ばかなこと言いなさんな。このわたしが、あんたたちといっしょに森の中で暮《く》らせると思ってるのかい。それこそ、わたしには不似《ふに》あいじゃないか」スライカープ氏があざけるような声をあげたが、おばさんのにせものはとりあわずに、こう続けた。「こいつらふたりがなぜいないかってことについて、もっともらしい話を考えとかなきゃね。だれかにきかれるかもしれないから」

「キャスケットは、おれたちのことを知らないのかね？」

「船長は、だいじょうぶだよ。まるっきり正気を失ってるんだから」

「姉さん。あいつが帰ってきたときには、さぞかし肝《きも》をつぶしただろう」

「いまのような状態《じょうたい》だもの、願ってもないことだったよ」おばさんのにせものは、落ちついて答えた。「だって、じつの兄さんが妹だと思ってるんだもの、ほかの者がうたがうはずはないじゃないか」

「船長が正気にもどったら、どうするんだい？」

「わたしたちが島を離《はな》れるまでには、正気にもどりそうもないね。ピンクのクジラがどうのこうのって、ばかみたいなことをしゃべりまくってるんだもの」

「ばかみたいとも言えんな」スライカープ氏は、そっけなく言う。「スクアムヘッドの沖《おき》に、ほんとにいるんだから。きのうなんか、浜辺《はまべ》は見物人でいっぱいだったぞ。やつがもっと南へ来たら、計画をかえなきゃな。あんなにおおぜいのやじうまがいるところで、ダーク・ダイヤモンド号から荷おろしすることなんかできないぞ」

「だったら、つかまえてるやつらを海に投げこむのも、もっと別の場所を選んだほうがいいかもしれないね」

「なあに夜になれば、だいじょうぶさ」と、スライカープ氏は言う。「それに、どっちみちサンカティに行って、ダーク・ダイヤモンド号が来るのを見張《みは》ってなきゃいけないからな。そこで合図を交わす手はずになってるんだ。そしたら、船は海岸から一キロ半くらいのところにとまってもらって、おれたちがスズキでも釣《つ》るようなふりをしてボートで船へ向かう。それで、あの代物《しろもの》を受けとってくるってわけさ」

「わかったよ。船が見えたら、すぐに知らせておくれ。さあ、ブレドノーのところにもどって、見張《みは》ってなきゃだめだよ。ちゃんと働いてるか、またヨタカだかなんだかあほらしい鳥を見にふらふら出かけていないか、たしかめなきゃ。つかまえた子どもたちをさっさとかたづけちまえば、それだけこっちの気も休まるってものだからね。どたんばになってさわぎが起きたり、あれこれさぐられたりしたら、たまったもんじゃないよ」

ダイドーは、むりやり立たされると、背中《せなか》を何度もつつかれながら歩かされた。頭からすっぽり袋《ふくろ》をかぶっているので、なんにも見えない（どうやら小麦粉を入れる袋《ふくろ》らしく、ひっきりなしに落ちてくる粉のせいで、くしゃみがとまらなかった）。しばられた両手は、ぶらぶらしている革《かわ》ひもに結びつけられている。すぐに、その革《かわ》ひもは、ポニーのあぶみ（騎者《きしゃ》の足をふみかける馬具）のひもだとわかった。それじゃ、ネイトもつかまっちゃったんだ……ダイドーは、がっかりした。たぶん、ポニーの反対側にいるんだな。あーあ、ふたりともたいへんなことになっちゃった。いったい、どうやったら逃《に》げられるんだろう？　あたしがもどってこないと知ったら、ペンはどうするかな？　おばさんのにせものは、ペンにウソをつくだろうから、何時間かは心配しないでいるだろうけど。明日、メイヒュー先生が来たときに、ペンは気をきかせて大砲《たいほう》のことを話してくれるかな？　決まってるよね。ペンだって、それほどばかじゃないもの。だけど、メイヒュー先生は信じてくれるかな？　それに、話してるところをおばさんのにせものに見つかったら？　だいいち、メイヒュー先生がペンの言うことを信じたとしたって、ネイトとあたし、それにかわいそうなブレドノーじいさんを救いだすのに間に合わないかも。こうなったら、なんとかして自分たちで逃《に》げださなきゃ。さもないと、みんながなにが起こったか知る前に、あたしたちは魚のえさになっちゃうよ。ああ、どうかブレドノーじいさんの最後の計算とやらが、すっごく時間がかかりますように……。

こんな気のめいることばかり考えながら、ダイドーはとぼとぼと歩いた。どんどん歩きにくくなっているところをみると、小道からそれているのだろう。低い木やイバラが足に当たるので、おそらく森の近くまで来ているんだな、とダイドーは思った。やがて、一行はふいにとまった。そのまま長いこと待たされたので、ポニーはいらいらと足ぶみをしたり、もそもそ動いたりしている。すっかりくたびれてしまったので、ダイドーはなんとかすわれないものかと思ったが、あぶみにつながれているひもが短すぎてどうにもならない。せいぜいポニーに寄《よ》りかかることしかできなかったが、夜の冷気の中でポニーのあたたかい体温がなんともありがたかった。そのうちに、つらい姿勢《しせい》をしているのにもかかわらず、立ったまま眠《ねむ》ってしまった。つぎに目がさめると、ダイドーは、はっとした。小麦粉袋《こむぎこぶくろ》の粗《あら》い織《お》り目をとおして、日光がさしこんでいる。しばらくすると足音が近づいてきて、抵抗《ていこう》するようなさけび声がきこえたが、ふいにその声がぴたっとやんだ。どうやらブレドノー教授《きょうじゅ》が、かわいそうに囚《とら》われ人《びと》のひとりになったらしい。ダイドーは教授《きょうじゅ》が気の毒になったし、自分がしゃべったせいで悪者たちが教授《きょうじゅ》をつかまえようと決めたのだと思うと、悪いことをしたと悔《く》やまれた。だけどね、だいだいブレドノーじいさんだって、大砲《たいほう》をつくったりしちゃいけなかったんだよ、とダイドーはおなかの中で言った。たぶん、教授《きょうじゅ》は悪いことだなんて、これっぽっちも思ってなかったんだろうな。ほんとに子どもみたいな人なんだから。

今度は、一行は休みなく動きはじめ、かなりの距離《きょり》まで進んだ。ダイドーは体じゅうがこわばって、あちこちいたくてしかたがなかった。おそらく五キロか六キロ歩いたころだろうか、やっとまた一行は立ちどまり、ダイドーたちをつかまえたやつらが、声をひそめて相談しはじめた。

「こいつらを海につき落とそうと思ってたが、おそくなっちまったな。こう明るくなったんじゃ、だれかがひょいとやってくるかもしれん。それに、満潮《まんちょう》の時間でもないし。崖下《がけした》には、水がまったくないぞ」

よかった、ブレドノー教授《きょうじゅ》がのろのろ計算してくれたおかげだよ、とダイドーはほっとした。

「船は、まだ見えないのかい？」

「見えてるさ。あの船そっくりのやつが、南のほうに向かってるよ」

「いったいぜんたい、なにをやってるのかね？　そんなことしてたら、予定よりおくれるのもあたりまえじゃないか」

「たぶん、風が強くて航路をはずれちまったんじゃねえかな」

「灯台守は、もう灯台から出ていったのかよ？」

「ああ、三十分前にな」

「そんなら、やつらを連れてけ。最後のところは、かついでいったほうがいいぞ。小麦粉の袋《ふくろ》に入れてきてよかったぜ。それに、霧《きり》でぼおっとかすんでるからな。まんいち、だれかに出くわしたって、灯台に小麦粉の袋《ふくろ》を運びこんでるようにしか見えないよ」

スライカープ氏は、いらいらしたような笑い声をあげた。

だれかがダイドーをかかえあげると、肩《かた》にひょいとのせ、そのまま運んでいく。荒《あら》っぽくはねあげられ、ふゆかいといったらない。百メートルたらず行ったところで、今度は石の床《ゆか》の上に乱《らん》暴《ぼう》に放りだされた。ダイドーの体の上に、なにかが――いや、ほかのだれかが――どさりとおろされる。ネイトなのか。それとも、ブレドノー教授《きょうじゅ》だろうか。それから、足音が遠のいていく。ドアが、バタンとしまった。百まで数えて待とう、とダイドーは思った。それから、袋《ふくろ》から出られるかどうか、やってみるんだ。それにしたって、こんなにくたびれたのは、生まれて初めてだよ。

百まで数えるというのは、失敗だった。数がだんだん出てこなくなり……こんがらがってきて……あともどりしはじめ……四十にたどりつく前に、ダイドーはぐっすりと眠《ねむ》ってしまった。

ポニーの足音が、小道の向こうに消えていった。トリビュレーションおばさんは向きをかえると、家にもどった。台所いっぱいに、おいしそうなスープのにおいが立ちこめている。キャスケット船長の部屋《へや》から、ペニテンスの声がきこえてきた。

「お父様、お願い。もうすこし食べてみて！　わたしを喜ばせると思って、はい！　スープをスプーンに一ぱいと、クラッカー一まいだけでも。それでいいわ――よかった！　さあ、もう横になって、眠《ねむ》ってもいいわ」

一、二分たって、ペニテンスが船長の部屋《へや》から出てきた。からっぽの皿とスープ皿とを手にしたペニテンスの顔は青ざめ、見るからにくたびれているようすだ。

「ちょっと、おまえ！」トリビュレーションおばさんが、かみつくような声で言った。「お父さんにスープをつくってやったんだろ？　なのに、ずっとおまえの世話をしてきた、かわいそうな年寄《としよ》りのおばさんにはくれないのかい。まったく、恩《おん》知らずといったらないね！」

「ごめんなさい、おば様」ペニテンスは、つかれきった声であやまった。それから、ひたいにかかった髪《かみ》をかきあげて言った。「スープを召《め》しあがるのなら、おなべにどっさり残ってるわ。すぐに温めなおしますから」

「よろしい。早くするんだよ！」

「はい、おば様」ペニテンスは、トリビュレーションおばさんの顔をまっすぐ見ながら、やさしい声で続けた。「おば様、かわいそう。リューマチが、ひどくいたむの？」

「おまえの知ったことじゃないだろ！」

「ダイドーは、どこにいるのかしら？」スープのなべを火にかけながら、ペニテンスはきいた。

「あのブタが、また逃《に》げだしたんだよ。ネイトがさがすのを手伝うって言ってたから、ふたりとも長いこと帰ってこないんじゃないかね。皿洗《さらあら》いがすんだら、さっさと寝《ね》たほうがいいよ」

「わたしは、お父様のそばについてるわ」ペニテンスはスープ皿にスープをよそってから、ハーブとスパイスをひとつまみ入れ、トリビュレーションおばさんの前に置いた。

それから、静かな声でおやすみなさいと言うと、船長の部屋《へや》にもどっていった。

トリビュレーションおばさんは苦虫をかみつぶしたような顔で背《せ》すじをまっすぐにのばし、台所のテーブルの前にすわっている。湯気の立っているスープがひどく熱いので、おばさんはゆっくりとすすりはじめた。

キャスケット船長は、ふいに目をさまして部屋《へや》の中を見まわした。鯨油《げいゆ》のランプは、まだあかあかと燃《も》えていたが、すでに朝日がカーテンのあいだからさしこみはじめている。ベッドの足もとに、娘《むすめ》のペニテンスがこしかけていた。ひどく青ざめた顔をしている。

「お父様、ぐあいはいかが？」ペニテンスは、声をひそめてきいた。

「おかげで、ずっとよくなった。ありがとうよ。そなたのすばらしくうまいスープを飲んで、ぐっすり眠《ねむ》ったからな。すっかり元どおりになったようだ」

「そうなの、お父様？　ほんとうに？　起きあがって、散歩ができるくらいに？」

「散歩だって？」船長は、いぶかしげな顔でき返した。「いったい、いまは何時ごろなのかね？」

「夜が明けたばかりよ」

「散歩するには、おかしな時間じゃないかね、娘《むすめ》や」

「ちがうのよ、お父様。早くしないと、たいへんなことになるの——これは、すっごく大事なことなのよ。歩けると思う、お父様？　やってみられそう？」

「なんのために、そうするんだね？」

「歩いているとちゅうで、話すから。お願い、お父様！　大事なことじゃなかったら、こんなことお願いしないわ。でも、お父様がいっしょに来られないのなら、わたしひとりで行くしかないけど、わたし、お父様を残していきたくないのよ」

キャスケット船長は起きあがってみて、かなり体力がもどっていると感じたようだった。

「だいじょうぶ、ひとりでできるよ、ありがとう」ペニテンスが服を着がえるのに手を貸《か》そうとすると、船長はそう言った。そこで、ペニテンスは台所におりて、袋《ふくろ》に食べものをつめはじめた。

「おや、この人はだれだね？」台所におりてきた船長がきいた。

「しーっ！」

ペニテンスはくちびるに人さし指を当てて、船長をドアのほうにひっぱっていった。「外に出てから、話すわ」船長は首をかしげながらも、おとなしく娘《むすめ》についていった。

農場からかなり離《はな》れたところまで行くと、ペニテンスは右に曲がり、サンカティへ通じる道に入った。

「もうだいじょうぶだわ！　さあ、お父様にすっかりお話しするわね。でも、その前にきいておくけど、台所で眠《ねむ》っていたあの女の人、お父様はほんとうに知らないのね？」

「いままでに一度たりとも会ったことはない」キャスケット船長は、きっぱりと答えた。

「トリビュレーションおば様じゃないのね？」

「あれが？　まったく、ちがう。似《に》ても似《に》つかない女だ！　トリビュレーションはずっと背《せ》が低いし、髪《かみ》も目も黒いのだよ」

「そうなの？　わたし、ちっともおぼえてないから。あのね、お父様。台所にいた女の人は、自分のことをトリビュレーションおば様だと言って、ここのところ一か月も農場にずーっと住んでるのよ」

「さっぱりわけがわからんなあ！」船長は、ひたいをこすった。「妹のトリビュレーションのふりをしてたって言うのかね？　だが、なんていまわしいことをするのだ！　それなら、わたしの妹はどこにおるんだね？」

「わたしも知らないのよ、お父様」

「これは、とんでもない話だぞ！　すぐに農場にもどって、なんのつもりでこんなことをするのか問いつめてやる。トリビュレーションの居所《いどころ》もな。もしかして妹は、なにかひどい目にあっているのかもしれん」

「ちょっと待って、お父様。よくきいて。話はまだ終わっていないのよ。もっとひどいことがあるんだから。きのう、ダイドーが、ツルコケモモの沼地《ぬまち》に落ちた男の人を助けだしたの。ブレドノー教授《きょうじゅ》という、外国の科学者よ。教授《きょうじゅ》は、『かくれ森』の中で大砲《たいほう》をつくったの。その大砲《たいほう》を、海の向こうのロンドンに向けて撃《う》って、イギリスの王様を殺そうとしているのよ」

キャスケット船長は、エニシダのしげみにくたくたとすわりこんだ。

「わたしは、ちーっともよくなっておらんなあ」船長は、悲しそうに言う。「頭がむちゃくちゃになって、でたらめなことばかりうかんでくる。じつの娘《むすめ》が、大西洋の向こうを砲撃《ほうげき》する大砲《たいほう》などという、とんでもない話をしてると思うとは。つぎには、ピンクのクジラなどという、ありえないものを見ることになるだろうよ」

ペニテンスは、船長をひっぱって立ちあがらせた。

「いいえ、お父様。これからピンクのクジラを、ほんとに見るのよ。でも、どうかお願いだからきいてちょうだい。ほんとうの話なんだから！　これはね、イギリスのハノーバー党《とう》の人たちの悪だくみなのよ。その人たちは、イギリスのジェームズ王を殺そうとしているの」

「だが、いったいどうして」父親は、なおもペニテンスを問いただす。「いいかね、わたしはそなたの話をこれっぽっちも信じてないぞ。だいたい、どうしてその連中は、イギリスの王様を大砲《たいほう》で撃《う》つために、はるばるナンタケット島までやってくるのだ？　ロンドンのテムズ川の向こう岸から撃《う》てばいいだけの話じゃないのかね？」

「なぜかって言うと」ペニテンスは、じれったそうに答えた。「この島なら、だれにもとめられないですむからよ。たぶんロンドンでは、その人たちは、顔を見せただけでも王様の兵隊たちにつかまっちゃうんじゃないかしら。でも、もっともっとひどいことがあるのよ、お父様」

「では、話してごらん」

「ゆうべのことなの」ペニテンスは、息を切らして言った。「わたし、納屋《なや》に卵《たまご》をとりにいったんだけど、そしたらなにを見たと思う？　自分のことをトリビュレーションおば様だって言ってる、あの女の人が納屋《なや》にいて、一等航海士のスライカープさんとふたりで、かわいそうにダイドーの頭から袋《ふくろ》をかぶせてるじゃないの。それから、両手をロープでしばったのよ。あの女の人は、ダイドーとネイトをサンカティの崖《がけ》から海に落とすって言ってたわ」

「なんで、やつらはそんなことをするのだろう？」キャスケット船長は、わけがわからないという顔をしている。

「ふたりが大砲《たいほう》のことに気づいて、メイヒュー先生に言ってやめさせようとしていたからよ。それからね、トリビュレーションおば様のふりをしている女の人って、ほんとはスライカープさんの姉さんなの。わたし、スライカープさんが、姉さんって呼《よ》ぶのをきいたわ」

「スライカープの？　あいつも、やつらの仲間なのかね？　ずるがしこい、キツネみたいな顔をしたやつだと、いつも思っていたが。今度の航海にやってこなかったときには、ほっとしたものだよ」

「スライカープさんは、『かくれ森』に大砲《たいほう》をすえるのを手伝ってたのよ。ああ、お父様。ふたりが話してることをきいたときは、ふるえあがったわ！　もうすこしで、かわいそうなダイドーとネイトを放してあげてって大声で言うところだった。でも、そんなことをしたら、今度はわたしの頭に袋《ふくろ》をかぶせるだけだってわかってたし、まわりには助けてくれそうな人もいなかったし、お父様のお世話をする人も、だれもいなくなるしね」

「それで、娘《むすめ》や。そなたはどうしたのだね？」

「暗いところにかくれながら、納屋《なや》を出たわ――わたし、あんまり大きくなくてよかった。そのあとでね、運《うん》のいいことにおば様のにせものが、お父様のためにつくったスープを飲みたいって言いだしたの。だから、わたし、メイヒュー先生がお父様のために置いてってたケシのシロップを、あの人のスープに入れたの。あの人は、さっきお父様が見たとおり、すぐにぐっすり眠《ねむ》ってしまったわ」ペニテンスはここまで話すと、トリビュレーションおば様のにせものをまんまと眠《ねむ》らせてしまったのを思い出して、くすくす笑いださずにはいられなかった。

「なんと、なんと、娘《むすめ》や。そんなことをして、よかったのかね？」

「でも、お父様。ほかになにができるっていうの？　あの人たちは、ダイドーとネイトとブレドノー教授《きょうじゅ》を、サンカティの崖《がけ》からつき落とそうとしてるのよ。わたしたちがどうにかとめなければ。それで、トリビュレーションおば様——というか、スライカープさんの姉さんが眠《ねむ》ってしまって、お父様もぐあいがよさそうだったから、わたしはこっそり家をぬけ出して森に行ったの。それで教授《きょうじゅ》に、できるだけ長い時間をかけて計算をしてくださいって言ったの。どうしてそんなことをたのむのか、教授《きょうじゅ》はちゃんとわからなかったと思うけど、お友だちの命がかかってるからって話して、糖蜜《とうみつ》のキャンディをいくつかあげたら、やっとうなずいてくれたわ」

「そなたが、悪党《あくとう》たちがひそんでいる森に出かけていったというのか？　だが、娘《むすめ》や、おそろしくなかったのかね？」

「ええ、おそろしかったわよ」ペニテンスは、小さな声で答えた。「ものすごくこわかったわ」

「それで、そなたが教授《きょうじゅ》とやらに話をするのを、ほかのやつらはとめなかったのかね？」

「ええ。ほかの人たちは、教授《きょうじゅ》を小屋の中に残したまま、外のたき火にあたってたんですもの。だから、わたしはほんとにこっそり小屋にしのびこんだの。教授《きょうじゅ》は、わたしを見てびっくりぎょうてんしてたわ」

「ああ、いかんなあ！」キャスケット船長は、娘《むすめ》の肩《かた》にがっくりと寄《よ》りかかったまま、動けなくなってしまった。「娘《むすめ》や、わたしは思っていたほどよくなってはいないようだな。ここにすわって、しばらく休んでいなければ。わたしをここに残して、そなただけサンカティに行くほうがいい。だが、かよわい子どもひとりで、どうやってそのような悪事に立ちむかうことができるのだ？　そなたのことが心配でたまらんよ」

足がへなへなとくずおれると、船長はそのままヤマモモのしげみの上にしゃがみこんでしまった。

「まあ、お父様！」ペニテンスは、なげいた。「ほんとに、もう一歩も歩けないの？　ねえ、サンカティまでは、あと一キロ半もないのよ。灯台の白い塔《とう》が見えるでしょう?」

「もう力を使いはたしてしまったのだ。何日も高熱が続いたわけではないが、それはひどい熱だったからな」

「ああ、どうすればいいのかしら?」ペニテンスは、手をもみしぼった。「わたし、どうしても行かなくてはならないのよ、お父様。ダイドーとネイトの命を助けなきゃ。ふたりとも、わたしにそれはやさしくしてくれたんですもの」

「ああ、そなたは行かねばならん。無事にもどってくるように、いのっておるぞ。とちゅうで出あう者がいたら、だれであっても助けを求めなさい——もっとも、こんな時間に外に出ている者がいるとも思えんが」船長は、心細げに言う。

「何人かは、出ているかもしれないわ」ペニテンスのほうは、まだ希望をすてていない。「だって、あのピンク——」そう言いかけたのをやめて、ペニテンスは父親のほおにやさしくキスをした。それから灯台の丘《おか》をめざして、小道を走りだした。丘《おか》の頂上《ちょうじょう》の崖《がけ》の端《はし》に、サンカティ灯台が人さし指のように立っているのが見えている。

なんとも運《うん》のいいことに、走りだしてまもなく馬のひづめの音がきこえてきた。小道の行く手には、ポルピスとサンカティを結ぶ広い道路が走っている。左手を見ると、一台の荷馬車がかなりのスピードでやってきていた。ペニテンスがハンカチをふりながら、おおいそぎで走っていくうちに、荷馬車の主《ぬし》もやっと気づいてスピードを落とし、道路にたどり着いたペニテンスを待っていてくれた。

「やあ、こいつはおどろいた。ペニテンス・キャスケットじゃないか！」元気のいい声が言う。「こんなに朝早く、なにをしてるんだね？　ナンタケットのほかの連中と同じに、ピンクのクジラを見物に来たのかい？　あいつはいま、スクアムヘッドのちょっと沖《おき》にいるよ。でも、こっちに向かって泳いできているんだ。さて、わたしの患者《かんじゃ》は、けさはどんなぐあいかね？」

マンゴーの荷馬車に乗った、メイヒュー先生だった。

「よかった、メイヒュー先生！」ペニテンスは、うれしくて大声をあげた。「だれかに会って、こんなにうれしかったのは、初めてよ、ほんとうに！　先生、わたしを助けてくださいますか？」

「もちろんだよ、ペン。シアスコンセットの患者《かんじゃ》の往診《おうしん》がすんで、これからきみのお父さんのところに行こうとしてたんだ。きのうはポルピスに泊《と》まったんだがね、あの有名なピンクのクジラをもう一度見てこようと思いたったたってわけさ。クジラがまだあそこにいて、ジェーブズ・キャスケットも行けそうだったら、ひとつ連れていってやろうじゃないかと考えてね。あいつを見たら、キャスケットもまた元気になるんじゃないかと思ったんだよ」

「そう、そうなのよ！」ペニテンスは、声をあげた。「わたしも、先生と同じことを考えてたの！でも、クジラがあらわれた話をお父様にしても、まったく信じてくれないんです」

「おそらく自分の目で見れば、信じるだろうよ。それに、自分の耳できけばね。ほうら、きいてごらん！」

ふたりは、立ったまま耳をすました。崖下《がけした》を洗《あら》う波の音にまじって、奇妙《きみょう》な音がきこえてくる――なんとも悲しげな鳴き声が、時には口笛のように高まり、ふたたび小さくなって、ぶつぶつと不満そうな声になる。

「あれ、なんの音ですか？」

「あれはな、ピンクのクジラが大海の中でなげき悲しんでいる声なのさ。わたしは思うんだが」と、メイヒュー先生は続けた。「あいつは、きみのお父さんを恋《こい》しがって、呼《よ》んでいるんだよ。お父さんが顔を見せてやるのが、早ければ早いほどいい。わたしはそう思うんだがね」

「わたしといっしょに、お父様を連れにいってくださいますか？」ペニテンスは、必死にたのんだ。「ここから、それほど遠くないところにいるんです。サンカティに行こうと歩きはじめたんですけど、お父様はもう力がつきてしまって」

「サンカティまで歩いていくだと？　おまえさん、頭がどうかしたのかね？　いったいぜんたい、どうしてそんなばかなことを考えたんだね？」

「ああ、先生。ナンタケット島に悪い男たちがやってきて、ダイドーとネイトをサンカティの崖《がけ》から海につき落とそうとしてるんです。ふたりを、夜になるまでサンカティの灯台に閉《と》じこめておくつもりなの。先生、ふたりを助けだすのを手伝ってくださいますか？」

「いやはや、なんてこった」メイヒュー先生は、あきれた顔をした。「子どもたちっていうのは、ずいぶんとっぴなことを考えだすものだね。ついきのう、おまえさんの友だちに、森の中に大砲《たいほう》があるなんて話をきかされたばかりだよ。いいかね、あれは大砲《たいほう》なんかじゃない。ここからカリフォルニアまでのあいだで、いちばん長い望遠鏡《ぼうえんきょう》なんだよ」

「だって、ほんとに大砲《たいほう》なんですよ！　ふたりが灯台に閉《と》じこめられてるのも、ほんとなの！わたしといっしょに来てくれれば、すぐにわかると思うわ！」

「おやおや」と、メイヒュー先生は言う。「まあ、いいさ。だれかの空想話につき合うのも悪いことじゃないって、わたしはいつも言ってるんでね。それで、最初はどっちをするんだい？　お父さんを連れにいくのかね？　それとも、灯台に行ってみるかね？」

「もちろん、どうか灯台に行ってくださいな！」ペニテンスは、心配のあまり先生の腕《うで》にしがみついた。「もう一秒だって、むだにはできないの」

「よろしい。このぬけ目のないラバが、けしかければどんなに早く走れるか、ためしてみるとしようか」

ラバのマンゴーが、ふたりに力を貸《か》してくれたので、たったの五分で丘《おか》をかけのぼって灯台に着くことができた。あたりは、なんともさびれた場所だった。砂地《すなち》の丘《おか》をおおっている草と灌木《かんぼく》のしげみに、冷たい風がビュウビュウ吹《ふ》きつけ、低い崖《がけ》の向こうでは、大海原《おおうなばら》がうなったり小声でつぶやいたりしている。はるか北のほうからは、ピンクのクジラのさびしげな声がまだきこえていた。

「お願い、早くしてください！」マンゴーの手綱《たづな》をさくにつないでいるメイヒュー先生に、ペニテンスがささやいた。「もう手おくれだったらどうしよう！」

「鍵《かぎ》はどこにあるんだね？」

「スライカープさんが、大きな石の下にかくしてあるって言ってました」

「きっと、ドアのそばの石だな」ぶつぶつ言いながらさがしていたメイヒュー先生は、すぐに鍵《かぎ》を見つけた。「さてと、おまえさんの言う、かわいそうな、見すてられた囚《とら》われ人《びと》たちは、どこにいるのかね?」先生は大きな鍵《かぎ》を錠前《じょうまえ》にさしこんでまわすと、重いドアを押しあけた。「だれか、いるのかあ?」先生は大きな声で呼《よ》びかけながら、中に入っていく。ペニテンスも、すぐうしろからついていった。

まるい部屋《へや》の中には、人っ子ひとりいない。

「ほうら、ごらんよ」メイヒュー先生は、やさしい声で言った。「おまえさんが想像《そうぞう》していただけだよ、わたしが言っただろ——」

ペニテンスは、さっと顔色をかえて、積みかさねられた粉袋《こなぶくろ》のところにかけ寄《よ》っていた。ちぎれたロープが落ちている。

「見て、先生!」ペニテンスは、真っ青な顔をしてロープの切《き》れ端《はし》を手にとった。「これ、血がついてるわ! ああ、メイヒュー先生! ふたりはもう、崖《がけ》からつき落とされちゃったのかしら?」

「つき落とされただと——おい! ちょっと、そのロープを見せてくれ。ああ、たしかに血がついてるな」先生はロープを調べながら、ぶつぶつと言っている。「それも、すこし前についたばかりだ。まだかわききっていないからな。いったいぜんたい、ここでなにがあったんだ？　この子の話してることも、まんざらウソばかりではないのかも……」メイヒュー先生は首をかしげながら、じっとペニテンスの顔を見つめた。

「しーっ！」おびえた目をしたペニテンスが、声をひそめた。「あの音、なにかしら？」

ふたりは、じっと耳をすましました。頭の上のらせん階段《かいだん》を、だれかがおりてくる。

と、とつぜん、だれかがうたい出した。

「ウォーウィネットを　歩いていたら
若《わか》い娘《むすめ》に　出あったよ
その子が　おいらに　言うことにゃ
ポコモは　どこも　いいところ
クィドネットにゃ　草木もなびく
でもでも　海で　泳ぐなら

サーフサイドが　最高よ！
メイダケットは　目立つけど
スコンセットは　すかっとしない
シモは　ちょっぴり　しんみりしてて
グレート・ポイントは　グレーっぽく――」

「ネイト！」ペニテンスが、大声をあげた。「ネイト、あなたなの？」

「まさか、ペニテンスかい？」ドタドタと階段《かいだん》をおりる足音がして、ネイトがあらわれた。「それに、メイヒュー先生まで！　ああ、なんて運《うん》がいいんだろう！　こりゃあ、たまげた！　いったい、どうやってここに来たんだい？」

「ほかの人たちは？　ダイドーは、どこ？　それから、ブレドノー教授《きょうじゅ》は？」

「いま、おりてくるところさ」ネイトは、にんまりと笑った。「おそろしいくらい、長い階段《かいだん》だからね。おれたちは、この灯台のいちばん上にいたんだよ。ロープの切《き》れ端《はし》をつないだら、三人のうちのだれかを下までつりさげられるだけの長さになるかって考えてたんだ。そしたら、そのだれかが鍵《かぎ》がかかってるドアを外からあけられるからね。ダイドーは、だいじょうぶだと言い、ブレドノー教授《きょうじゅ》は長さがたりないと言った。やってみなくて、ほんとによかったよ。おーい！」

ネイトは、階段《かいだん》の上に呼《よ》びかけた。「ペンが、メイヒュー先生といっしょに来てくれたぞ。おりてこいよ！」

「ペーン！」

ダイドーは、つむじ風のようにらせん階段《かいだん》の最後のひとまわりをおりてくると、ペニテンスにとびついて、ぎゅっと抱《だ》きしめた。「どうやって、ここに来られたの？　あたしたちがここにいるって、どうしてわかったの？　あんたって、ほんとにかしこい子だね、ペン！」

メイヒュー先生は、ネイトの手首をじっと見ていた。「そうか、そこから血が出たんだな！　なあ、きみ。いったいだれにかみつかれたんだね？」

「ああ、先生。おれたちは、しばりあげられてたんですよ。ダイドーとおれは、なんとかもぞもぞやって、おたがいの頭から袋《ふくろ》をどけて――おっそろしく長いことかかったんだけど――だけど、ロープがほどけなくて。どうやってもだめだったんでね。それで、階段《かいだん》の下に手首をこすりつけて、ロープを切ったんです。そのせいで、手首に、かみつかれたみたいな傷《きず》ができちまって」

「それからネイトが、あたしのロープをほどいてくれて、教授《きょうじゅ》のもほどいてあげたの」ダイドーが、横から言った。

「すぐに手首になにか薬をつけてあげるよ。だが悪党《あくとう》どもは、いまどこにいるのかね？」

「あいつらの船のダーク・ダイヤモンド号が見えたんですよ。外でそう話してるのがきこえたんです。あいつら、その船までボートで出かけるって言ってました。魚を釣《つ》りにいくようなふりをしてね。ほら、八百メートルくらい南に見えてるのが、そのボートじゃないかな。あのボートがやつらのものだといけないから、こっちのすがたが見えないように用心してたんです。灯台のてっぺんから、あのピンクのクジラのやつが、それは見事に見えるんですよ。あいつ、サラトガ（独立戦争で米軍が英軍に勝利した戦場）の勝者みたいないきおいで、こっちにいそいで泳いできたんだ――あの声、きこえますか？」

「やあ――クジュラね！」ブレドノー教授《きょうじゅ》が、目をかがやかせて大声をあげた。「すっごく、でっかいクジュラね！」ひどい目にあった教授《きょうじゅ》は、ひどくしょんぼりしていたが、ピンクのクジラ、ロージーを見ると、すっかり元気になったようだ。

「ああ、こちらがブレドノー教授《きょうじゅ》です」ネイトが、メイヒュー先生に紹介《しょうかい》した。「この人は、ハノーバー党《とう》のやつらに言われて、大砲《たいほう》を撃《う》つことになってたんですけど、ダイドーとペンにそのことを話したので、仲間に崖《がけ》からつき落とされることになっちゃったんですよ。ほかの人たちにもしゃべったらたいへんというわけでね。どうです、けっこうな仲間でしょ？」

「じゃあ、ほんとに大砲《たいほう》があるんだね、ネイト？　望遠鏡《ぼうえんきょう》でもないし、この女の子たちのつくり話でもないんだね？」

「ああ、そのとおりですよ、先生。それに教授《きょうじゅ》の話では、海をこえてロンドンを砲撃《ほうげき》できるそうです」

「王様ドカーンね。しゅごーい大砲《たいほう》ね」教授《きょうじゅ》が、得意そうに口をはさむ。

「だから、どうしてもやめさせなきゃだめだよね」と、ダイドー。

「だがな、そんなに簡単《かんたん》にはいかないんだよ」メイヒュー先生は、反対した。「ひとつには、イギリス人がおたがいに相手を吹《ふ》っとばすと決めたって、わたしたちアメリカ人には関係のないことだからね。それにこの島には、すぐに働けるようなじょうぶな男が、ほとんどいないんだよ――ほとんどの男がクジラとりに出かけているから、残ってるのは小さな子どもと、わたしらみたいな年寄《としよ》りと、るすを守ってるおかみさんだけなんだ」

「だって、先生！」ペニテンスが、大きな声で言った。「先生は、もっとひどいことをおききになっていないのよ！　あの悪者たちが大砲《たいほう》を撃《う》ったら、ナンタケット島が本土まで動いていってしまうの――アトランティックシティに、くっついちゃうのよ！」

メイヒュー先生の顔が、ゆっくりとむらさき色にかわっていった。それは、見ただけでおそろしくなるような光景だった。

「いま、なんと言ったんだ？」先生は、大声をあげた。「もう一度、言ってくれるかね？」

「ほんとうなんですよ、先生！」

部屋《へや》の壁《かべ》に、地図と海図が貼《は》ってあった。ブレドノー教授《きょうじゅ》が、喜んで説明を始めた。ノヴァスコシアのこっち側から弾丸《だんがん》が発射《はっしゃ》されると、反動でナンタケット島が南西の方向に動いて、ニュージャージーの海岸にぶつかってしまうと言ったのだ。

「ナンタケット島は、そんなに土台がしっかりしてないからね」と、ネイトも言った。「ほとんどが、砂地《すなち》だから」

「なんてこった！　どうして先にそのことを言わなかったんだね？　われわれの島を、あのアトランティックシティまで押しやるだと？　金の亡者《もうじゃ》の船乗りやら、ペテン師やらがうようよしている、あの街にかね？　そんなことになったら、もう一度わたしたちの手にこの島をとりもどすには、最後の審判《しんぱん》の日まで法廷《ほうてい》で争わなきゃならんだろうよ。捕鯨船《ほげいせん》の船長たちが航海からもどってきて、ナンタケット島が動いているのを知ったら、わたしはなんと言われることか？　こりゃあ、まったく話がちがってきたぞ。一大事だ」

「じゃあ、どうしたらいいんですか？」

「最初から、すっかり考えてみなきゃなるまい」メイヒュー先生は、大きく深呼吸《しんこきゅう》をして、落ちつこうとしている。

そのとき、ペニテンスが小さな声で言いだした。「あの、お父様のことは？」

メイヒュー先生は、はっとした。

「そうだよ、ペニテンス。ほんとうにそうだった。あんまりおどろいたので、お父さんのことをすっかり忘《わす》れてたよ。すぐに、船長を助けにいかなきゃいかん。ネイト、ちょっと外へかけてって、悪者どもが近くにいないかどうか、見てきてくれんかね。わたしたちが、安全に灯台から出られるかどうか、たしかめてくれ」

ネイトはすぐにもどってきて、ダーク・ダイヤモンド号もボートも、南のほうへ行ってしまっていると告げた。ダーク・ダイヤモンド号は、トム・ネヴァーズ・ヘッド岬《みさき》のところでナンタケット島の角をまわり、ほとんど見えなくなっていて、ボートも船を追いかけていると言う。「ピンクのクジラのやつと会いたくないいんだよ、きっと」と、ネイトは言った。「ロージーは、もうすぐそこまで来てるんだ。ほら、口笛みたいな鳴き声がきこえるだろう？」

ネイトの言うとおり、いまやクジラは灯台船のサイレンみたいに、ボオッボオッと規則的《きそくてき》に鳴いていた。まるで、だれかの注意を引きたいと思っているようだ。みんなは、クジラを見ようといっせいに灯台から走りでた。

「まあ、あそこに、お父様が！」ペニテンスが、うれしそうに声をあげた。「ゆっくり休んだから、わたしのあとをついてこられるようになったのね。お父様あ、お父様あ！　ぐあいはよくなったの？　ほんとにくたびれすぎていない？　だいじょうぶ？」

「だいじょうぶだよ、娘《むすめ》や。だいじょうぶだ」船長は、うわの空でそう答えると、ペニテンスたちのほうに向かって坂道をあがってくる。

みんなの立っている丘《おか》は急斜面《きゅうしゃめん》になっていて、灯台の前を通る坂道がそのまま崖《がけ》へ続いていた。だから、坂のいちばん上の崖《がけ》のはずれに行かないと、海は見えないのだ。

「あの音は、いったいなんだね？」キャスケット船長がきく。

「気をつけてよ、お父様！」ペニテンスが、心配そうに声をあげた。そのまま船長のところに走りよると、ペニテンスは腕《うで》をとり、やさしくささえてやった。こうして一行は、そろって坂道をのぼり、崖《がけ》の上に立った。

大きなため息が、船長の口からもれた。

「ああ！」声をつまらせながら、船長は言う。「また、わたしは夢《ゆめ》を見ているのだな。そうにちがいない。しかし、なんという美しい夢《ゆめ》だろう！」

「ちがうわ、お父様。夢《ゆめ》じゃないのよ！　わたしたちみんなにも、見えているのよ」

「おまけにあのクジラったら、むちゃくちゃにはしゃいでるよ」ダイドーが言った。「あきれたね。はずかしくないのかな？　おとなのクジラだったら、あんなにふざけたりするの、はずかしいと思うんじゃないの」

ダイドーの言うとおり、やっと幼《おさな》なじみのキャスケット船長に会えたピンクのクジラは、あふれるばかりの喜びを体いっぱいにあらわしていた。なんと美しい、胸《むね》を打つ光景だったことか。こんなに高くとべますよと言っているように、何度も何度もとびあがって、海面から体をすっかりあらわしては、もぐったり、またはねあがったり。尾の先を左右にふりながら、はしゃぎきって、ごろごろ転がったり……。そのありさまときたら、ダイドーが言ったように「オレンジ売りの少女みたいに、船長をさそっている」ようだった。

「あれの近くに行かなくては」と、キャスケット船長は言う。

「お願いだから、気をつけてよ、お父様！」

「どうだい、みんなで浜辺《はまべ》におりないか？」と、メイヒュー先生が言いだした。「ペン、食べものを入れたかごを持ってきてたんじゃないかね？　浜辺《はまべ》におりて、みんなで朝ごはんを食べたらどうだい？　クジラがここにいるあいだは、悪者たちも寄《よ》りつかないだろうし。それに、この光景は、どうしても見ておかなきゃいかんよ」

そこで、ペニテンスが荷馬車からごちそうを持ってくるあいだに、ダイドーとネイトは崖《がけ》の下におりる道をさがした。それから、みんなで浜辺《はまべ》におりていった。キャスケット船長は、まっすぐに水辺までどんどん歩いていくので、ペニテンスは海に入らないようにとめるのに必死だった。船長は、できるかぎりピンクのクジラの近くに行きたかったのだ。幸いなことに、クジラは船長が考えていることがわかったらしく、陸地のすぐ近くまで泳いできてくれた。幼《おさな》なじみどうしが、なんとうれしそうに、幸せいっぱいな瞳《ひとみ》で、じっと見つめあったことか。

「船長、クジラがあんまり岸に近づかないように、言ってくれますか？」心配したネイトが、船長にたのんだ。「もし、浜辺《はまべ》に乗りあげてしまったら、ひっぱって海にもどすのがたいへんだからね。おそらく百五十トンはたっぷりあるだろうから」

「なんとなんと、見事なすがたをしているじゃないか」船長は、満足そうにつぶやいた。けれどもそのあとで、クジラに岸に近づかないように、身ぶりで合図した。ピンクのクジラも、きっとわかったにちがいない。岸辺と平行に、行ったり来たりしはじめたのだ。そして、岸辺には近づきすぎずに、愛情《あいじょう》にあふれた鳴き声を何度もあげている。

「ほんと、めずらしいものを見ちゃったね」と、ダイドーが言った。「けど、なにか食べるものをもらえないと、あたし、こてんとたおれてこの浜辺《はまべ》に埋《う》められちゃうかも。また崖《がけ》をのぼるなんてこと、腹《はら》ペコでとてもできないよ。そのかごには、なにが入ってるの、ペン？」

ペンは、ゆで卵《たまご》をどっさりと、バターをぬったビスケット、糖蜜《とうみつ》のパイを持ってきていた。キャスケット船長のために、陶器《とうき》の水差しに入れたスープもある。ダイドーとネイトが流木で火をおこして、スープを温めてあげた。船長はスープしか口にしようとせず、そのあとすぐに波うちぎわに立って、ピンクのクジラのロージーに、ゆで卵《たまご》を投げてやっている。ロージーは、イルカのようにしなやかに、卵《たまご》を受けとった。メイヒュー先生は、黒い往診《おうしん》カバンから大きな革《かわ》の飲みもの入れに入ったショウガ湯をとり出し、みんなに元気がつくように、まわし飲みさせた。

「往診《おうしん》に行くときは、いつも持っているんだよ」と、先生は言う。「薬ではだめなときも、よく効《き》くんだ。これがなきゃとっくに墓《はか》に入ってた連中が、今日も元気で貝をほってるよ」

先生の言うとおり、けっこう強い飲みものだった。

食事をしながら、ダイドーはペニテンスにきいた。

「ねえ、ペン。どうやって夜明けに沼地《ぬまち》をこえて、あんたの父ちゃんをここまで連れてこられたのか、すっかり教えてよ。どうしてベッドでのんきにいびきをかいてないで、あたしたちを救いにきてくれたの？　だいたい、あたしたちがどこにいるか、どうしてわかったわけ？」

ペニテンスは、納屋《なや》で悪者たちが話しているのをぬすみぎきしたのだと話してきかせた。

「それで、あの鬼《おに》ばばをだまして、なんにも知らないふりをしてたっていうの？　びっくりだね、ペン。あんたにそんなことができるなんて、思わなかったよ」ダイドーは、大きな声でペニテンスをほめそやした。「あんたって、ほんとにすごい子だよ！　それで、眠《ねむ》り薬《ぐすり》をスープに入れたんだって？　あのばあさん、てっきり眠《ねむ》り病にかかったって思ったんじゃない！　ああ、おかしいったらないね！　こんなに笑ったの、スライカープさんの足に捕鯨《ほげい》用ののみがぶつかって、あのおっさんが大の字にのびたとき以来だよ！」

「さあみんな、ききたまえ！」メイヒュー先生が、きびしい顔で声をかけた。「もう食事はすんだかね？　ネイト！　クジラにゆで卵《たまご》を投げるのをやめなさい。たいへんなときなんだぞ。これから、わたしらの島がニュージャージーの真ん中まで吹《ふ》っとぶのを、どうやってふせぐか考えなければならんのだから」

10

さあ、どうやって？――ペニテンス、立ち聞きをする――トリビュレーションおばさんが、うたがい出す――ロケット弾《だん》――いざ大砲《たいほう》にうち乗って

「さて」メイヒュー先生は、残ったショウガ湯をうわの空で流しこんだ。「どうしたら、やつらに大砲《たいほう》を撃《う》つのをやめさせることができるかな？」

「タイホー、やめるって？」ブレドノー教授《きょうじゅ》が、悲しそうな顔で言う。「ドカーン、やらないって？」

「そうだよ、教授《きょうじゅ》。そのドカーンのせいで、このナンタケット島が、とんでもない、いやな場

所に行ってしまうんだよ」

「反対まわりに、ドカーンしゅるのは？」教授《きょうじゅ》は、顔をかがやかせて言う。「西の方向に、ドカーンできるようにしゅるよ」

「とんでもない、教授《きょうじゅ》。今度はナンタケット島が、大西洋の真ん中に行ってしまうよ。ひょっとすると、スペインまで行くかもしれん。わからないかね。わたしらは、大砲《たいほう》を一発も発射《はっしゃ》しないでもらいたいんだよ」

ブレドノー教授《きょうじゅ》は、とたんにしょんぼりしてしまった。

「それにね」ダイドーは、やさしく言ってあげた。「かわいそうな、お年寄《としよ》りのジェームズ王を撃《う》つなんて、ほんとにとんでもないことだよ！」

「ちがう、ちがう。ジムズ王は撃《う》たないよ。撃《う》つのは、ジョージよ。ジョージ四世よ！」

「ジョージ四世って？」ダイドーは、あっけにとられた。「だけど、あたしたちの王様はジョージ四世じゃないんだよ！　いまの王様は、ジェームズ三世に決まってるじゃない！」

ブレドノー教授《きょうじゅ》は、かぶりをふるなり、けたたましく反論《はんろん》をまくしたてた。ほとんどが、わけのわからない言葉だったので、意味がわかるまでちょっと時間がかかってしまった。

「どういうことか、わかったよ」しまいに、ダイドーが言いだした。「あの悪い連中は、教授《きょうじゅ》をだましてたんだ。いまイギリスの王位についてるのは、ハノーバー党《とう》の王様だって信じさせたんだよ。教授《きょうじゅ》は、ほんとうのところハノーバー党《とう》に反対しているからね。それで、やつらは大砲《たいほう》をつくらせたんだよ。二枚舌《にまいじた》を使ったんだね！　なんてずるいやつらなの！　メイヒュー先生、このことを教授《きょうじゅ》に説明してくれる？」

イギリスにはすでに教授《きょうじゅ》が好きな王様がいるので、大砲《たいほう》を撃《う》ってやっつけなくてもいいのだと説明するには、かなり時間がかかった。しまいにはブレドノー教授《きょうじゅ》も納得《なっとく》したが、ひどくがっかりしたようだ。

「それじゃ、お日しゃまをドカーンとやろうか？　お月しゃまは？　お星しゃまは？」最後のたのみの綱《つな》とばかり、教授《きょうじゅ》は言いだした。

「だめだよ、ブレドノー君。そんなことは、しちゃいけない。わたしらは、海に沈《しず》んでしまうじゃないか。みんな、海の底だよ。もうちょっと分別《ふんべつ》をもてないものかね？」

かわいそうに、ブレドノー教授《きょうじゅ》は深いため息をつくと、みんなから離《はな》れて波うちぎわに行った。海面に石をはずませて飛ばしながら、悲しそうにピンクのクジラ、ロージーのほうをながめている。ロージーは、見事な曲芸を披露《ひろう》したあげく、すっかりくたびれて、気持ちよさそうに波に身をまかせている。そのちっちゃな目は、どこまでもついていきますよというように、キャスケット船長をじっと見つめていた。

「おまえさんは、すでに大砲《たいほう》は発射《はっしゃ》するばかりになっていると言っていたね？　それで、教授《きょうじゅ》はもう必要ないと」メイヒュー先生は、ダイドーにきいた。

「そのとおりだよ。トリビュおばさん——いえ、スライカープさんの姉さんが、自分で撃《う》つって言ってたもの。あとは弾丸《だんがん》さえあれば撃《う》てるけど、今日それもとどくからってね。そしたら、ダーク・ダイヤモンド号に乗りこむんだって。とちゅうで、あたしたちを崖《がけ》からつき落としてからね。そのあと、さわぎがおさまるのを待って、スライカープのおっさんが姉さんをむかえに来るって言ってた。かわいそうに、ブレドノー教授《きょうじゅ》を船に乗せようなんて、これっぽっちも考えてなかったみたい。スライカープのおっさんは、トリビュおばさんのにせものだって置いていくつもりじゃないかな？」

「そういうことなら」と、メイヒュー先生は考えながら言う。「その船に乗っている、命知らずの悪者たちに立ちむかえる、じょうぶな男たちは島にはいない……としたら、いちばんいいのは発射《はっしゃ》する前に大砲《たいほう》を始末することだな」

「だけど、先生。すっごくでっかいんだよ！　長さは一キロ半くらいあるし、大きな木の幹《みき》みたいに太いんだから！　ナンタケット島には、おばあちゃんや子どもやるす番のおかみさんくらいしか手伝ってくれる人がいないっていうなら、どうやって大砲《たいほう》を動かせるのか、あたしには見当もつかないな」

「わたしにも、わからん」メイヒュー先生は、正直に言った。「だけど、どうにかしてやりとげなきゃいかんのだ。だから、みんなで知恵《ちえ》を出しあわなきゃ」

長いこと、だれもしゃべらなかった。みんな、顔をしかめて、じっと考えこんでいる。

「大砲《たいほう》の中になにかつめるっていうのはだめかな？」ダイドーが、自信なさげに言う。

「よけいにおそろしい大爆発《だいばくはつ》になるかもしれんぞ」と、メイヒュー先生。

「大砲《たいほう》を、いくつかに切っちゃうとか――いや、かえって時間がかかりすぎるな」ネイトが、つぶやく。

何時間か話しあったけれど、いっこうにらちがあかない。ネイトは、地面を見つめながら、浜《はま》辺《べ》をぐるぐる歩きまわっている。

おしまいに、ペニテンスが言いだした。「ヒツジだわ」

「ペン、ヒツジって？」

「島には、ヒツジがどっさりいるでしょ。なにかの役に立つんじゃないかしら？　ヒツジを大砲《たいほう》につないで、ひっぱらせたらどうなの？」

「それには、ロープが数えきれないくらい何本もいるんだよ」ダイドーが、やさしく言った。

「ほかになにか考えてみてよ」

近くをうろうろしていたネイトは、波うちぎわまで歩いていくと、ブレドノー教授《きょうじゅ》とならんで小石を海面にはねとばしはじめた。

「それとも、大砲《たいほう》を埋《う》めちゃって——だめ、そんなことできないわね」ペニテンスは肩《かた》を落として、ため息をつく。

「ちょっと、ペン。ネイトと教授《きょうじゅ》は、なにを話してるんだろうね？」ふいに、ダイドーが言った。

ネイトは、なにかいいことを思いついたらしく、教授《きょうじゅ》の腕《うで》をつかまえて、夢中《むちゅう》でしゃべっている。身ぶり手ぶりをまじえて、時には海のほうを指さしたりしていた。そのうちにキャスケット船長まで仲間に入れて、なにごとか長いこと話しあっている。船長は、最初は首をかしげていたが、やがて自信ありげに、いきおいよくうなずいた。

「いったい、なにを話してるの？」ダイドーが呼《よ》びかけると、ネイトは浜辺《はまべ》の小石をふみながら、ダイドーたちのほうにもどってきた。船長と教授《きょうじゅ》も、すぐうしろからついてくる。

「とうとう、いい計画を思いついたんだよ！　あのピンクのやつを使うんだ」

「ロージーちゃんのこと？」ダイドーは、きき返した。「そうだ、それがいいよ！　願ってもないことだよね。ああ、どうしてあたしも考えつかなかったんだろう？」

「でも、どうやって？　いったい、どういうことなの？」ペニテンスがきく。

「どういうことって、ペンがヒツジの話をしてくれたおかげで考えついたのさ」ネイトは、ペニテンスに説明した。「いいかい、ロージーのしっぽにロープを結びつけて、大砲《たいほう》を海の中に引きずりこんでもらうんだ。ロージーなら、朝飯前のことさ」

「でも、ロージーがかわいそうじゃないの？」ペニテンスは、首をかしげている。

「大砲《たいほう》が海の中に入ったら、すぐにロープの結び目がほどけるようにしておくんだ。キャスケット船長も、賛成《さんせい》してくれたよ。ロージーだって、そんなにいやがったりしないだろうって言ってるんだ」

「とびきりじょうぶなロープが必要だな。しかも、長いやつが」メイヒュー先生が言う。

「灯台に、救命用のロープがあるんですよ」と、ネイトがメイヒュー先生に教えた。「直径《ちょっけい》十五センチはある上等のマニラ・ロープで、しかも新品なんですよ。長さも三千メートルくらいもありそうな」

「そのロープを、ぜんぶ使わなきゃいかんな。今度は、実際にどうやるか、考えなければ。何人かで、そのロープを大砲《たいほう》にしっかりと結びつけ、そのあいだにキャスケット船長かだれかがクジラのところまでボートで行って、しっぽにもういっぽうの端《はし》を結びつける。灯台にある救命ボートを使えるな――監視員《かんしいん》には、わたしがあとで説明しとくよ。わたしは、船長といっしょに浜《はま》辺《べ》にいるほうがいい。船長には、浜辺《はまべ》にいてもらわなきゃ困《こま》るからな。さもないと、準備《じゅんび》がすまないあいだにピンクのクジラがどこかに泳いでいってしまうかもしれん。ネイト、君はブレドノー教授《きょうじゅ》といっしょに森へ行って、大砲《たいほう》にロープを結びつけてきてくれんか。大砲《たいほう》のどこにロープを結べばいいか、教授《きょうじゅ》は知っているだろうから」

ネイトは、困《こま》ったことに気づいた。

「ロープは、どうやって運べばいいかな？　巻《ま》いたやつは、ずいぶん重そうだから」

「マンゴーの荷馬車に積んでいったらどう?」と、ダイドーが言いだした。「荷馬車に積むまでは、みんなでやれるし、荷馬車が進むにつれて、ロープはどんどんほどけていくよ」

「森の中まで荷馬車を乗りいれるわけにはいかないぞ。用心のために悪党《あくとう》の仲間が残ってて、見られてしまうかもしれないからね」

「そうだね。だけど、森に着くころには、ロープはおおかたほどけているから、そんなに重くないはずだよ。荷馬車を八百メートルくらい離《はな》れたところにとめておいて、そこからは残りのロープを転がしていけばいいよ。荷馬車の中にヒツジの毛皮が何まいかあったから、それを肩《かた》にかけて、しげみの中をあてもなく歩いているようなふりをして進んでいったらどうかな。そしたら、森の中で番をしてるやつらも、ヒツジだと思うから。あたしがいっしょに行って、見張《みは》りをしてあげるよ」と、ダイドーは言いだした。

「じっさいに大砲《たいほう》を発射《はっしゃ》するのがいつなのか、さぐらなきゃいかんな」と、メイヒュー先生は言う。「スライカープの姉さんが大砲《たいほう》を撃《う》つ役だとしたら、動きを見張《みは》っていなきゃ。スライカープの姉さんが森へ向かって出発したら、いよいよそのときがいよいよきたってことだからな。あの女の見張《みは》りは、だれがするんだね?」

みんなの目が、かわいそうなペニテンスに向けられた。すでにペニテンスは、かなり青ざめた顔をしていてたが、一度か二度ぐっとつばを飲みこむと、勇気をふるい起こして言った。

「わたしがやります。だいじょうぶよ。もしメイヒュー先生がお父様を見ていてくださるなら」

「ペン、あんたはすっごい英雄《えいゆう》だよ」ダイドーは、あたたかい言葉をかけた。「あたしもいっしょに行ってあげたいけど、もしトリビュおばさんがあたしのすがたを見たら、灯台から逃《に》げだしたのがわかっちゃって、すぐに計画がばれちゃうからね。だけど、ペン。なんにも知らないふりをして、おばかで、のろまな子みたいにしてるんだよ――それで、あの女が森へ行きそうになったら、ネイトや船長の用意ができて大砲《たいほう》を始末しちゃうまで、なんとかして引きとめといてよ」

「どうやって引きとめればいいのかしら？」ペニテンスは、不安げに言った。

「話しかけて、注意を引くんだよ。これは、どうやったらいいかってきいたりさ――結婚式《けっこんしき》のケーキのつくり方とか、くだらないことをきけばいいよ」

「それに、わたしがどこに行ってたかとか、お父様はどこにいるのかってきかれたら、なんて答えるの？」

「それはね、ほんとうのことを言えばいいの。メイヒュー先生に、ピンクのクジラを見たら、お父さんのぐあいがよくなるかもしれないって言われたって。だから、お父さんはいま、メイヒュー先生とサンカティの海岸にすわってるってね。そしたら、あの女だって、だれもなんにも気がついてない、だいじょうぶだと、信じてうたがわないからね」

「わかったわ」ペニテンスは青ざめた顔で、それでもはっきりと言いきった。

いよいよ、ダイドーたちの計画が動きだした。灯台のいちばん下の部屋《へや》にある木箱に巻《ま》いたまま入れてあるロープを、そのまま全員で持ちあげて、マンゴーの荷馬車の上にのせた。それからメイヒュー先生とキャスケット船長は、ロープの端《はし》を引きずって海岸へもどる。いっぽう、ネイトとダイドー、それからブレドノー教授《きょうじゅ》はマンゴーの荷馬車に乗りこみ、巻《ま》いてあるロープをほどきながら、ゆっくりとポルピスに通じる道路を進んでいった。しばらくのあいだペニテンスもいっしょに乗っていたが、とちゅうで荷馬車をおりて沼地《ぬまち》を横切り、ソウルズ・ヒルの農場に向かった。

「かわいそうなペン」不安げにふり返ったペニテンスに、大きく手をふりながらダイドーが言った。「あたし、トリビュレーションおばさんに立ちむかう方法を、どうやってペンに教えようかって思ってたんだ。なのに、まさかこんなひどいことになるとはね。けど、あの子はぜったい、にこにこ笑いながらもどってくるよ。ペンに、あんなに根性があるなんて、思ってもみなかったもの。ペンの父ちゃんも、いまのペンに、すっごく満足しなきゃいけないよね。だって、船に乗ってたときは、あんなにめそめそした弱虫だったんだよ。船長さんが、あのクジラのことを五分だけでも忘《わす》れてくれたら、そのことに気がつくのになあ！」

ピンクのクジラは、まだ荷馬車から見えていて、波間でピンクのブラマンジェのようにゆらゆらとゆれていた。ネイトが小声でうたい出す。

「ナンタケットの　すてきなクジラ
バラ色で　とってもやさしいよ
イチゴアイスみたいに、まるくてピンク――」

「それじゃ、あんまりりっぱじゃないよ」と、ダイドーが言う。「あのクジラらしくないんじゃないの」

「わかった」ネイトは一、二分、ロープが五、六メートルくらいほどけるあいだだけ考えた。
「じゃあ、これはどうだい？」

「ナンタケットの　すてきなクジラ
とってもピンクで　とってもまるい
島の誇《ほこ》り、入《い》り江《え》の真珠《しんじゅ》
神様のめぐみで　この島にやってきた
どうか　サンカティ岬《みさき》の　沖《おき》で
いつまでも　はねまわっておくれ！」

「ずっといいね」と、ダイドーが言う。「でも、この島に来たのは、ほんとうはキャスケット船長に会いたかったからだよ。神様のめぐみなんかじゃなくって。船長は、自分がずっとピンクのクジラを追っていたと思ってたけど、ほんとうはクジラのほうが船長についてきてたんだね」
ペニテンスが丘《おか》の向こうに見えなくなると、ダイドーはふいに心配で胸《むね》がどきどきしてきた。

「ああ、ペンが農場に着いたあと、悪いことが起こらなきゃいいけど。あの子を行かせて、ほんとによかったのかなあ？」

「ああ、あの子なら、だいじょうぶだよ」と、ネイトは言うのだった。

ペニテンスが農場に着いたころには、すでにうす暗くなりはじめていた。あたりには、人っ子ひとりいない。ペニテンスはそっと台所に入ったが、ふいに足をとめた。客間から、人の声がきこえる。ドアがきちっとしまっていないのだ。

「……いまごろは、もう大砲《たいほう》に弾丸《だんがん》がこめられてるな」スライカープ氏の声だ。「あのいまいましいクジラのせいで、ガキやら、ばあさんやらが、うじゃうじゃクィドネットに集まったもんだから、おれたちは島の南側にぐるっとまわらなきゃならなくなったんだ。つまり、船をつけたところから、ずっと遠くまで弾丸《だんがん》を運ばなきゃならないってわけさ。運んでるところを、だれかに見られたらおしまいだからな」

「そうだね。おまえの言うとおりだよ」トリビュレーションおばさんのにせもの、スライカープの姉さんが言っている。「ダーク・ダイヤモンド号は、いまどこにいるの？」

「北に向かって、またクィドネットにもどってるところさ。沿岸《えんがん》を航行しているだけなら、だれにもうたがわれない――もう一度、ピンクのクジラを見にきたってふりをしてるからな。大砲《たいほう》に弾丸《だんがん》をこめたら、みんながダーク・ダイヤモンド号まで乗っていけるように、クィドネットの浜《はま》に、もう一そうボートを用意してあるんだ」

「船がこんなにおくれたのは、どういうわけだい?」

「軍艦《ぐんかん》ウタツグミに、ずっと追っかけられてたんだよ。あの、おそろしいスループ型(帆柱《ほばしら》が一本の帆船《はんせん》)の軍艦《ぐんかん》さ。何度もつかまりそうになったそうだ。あいつをまくために、まっすぐトリニダード島へ向かってたんだと」

「その軍艦《ぐんかん》は、どうなったんだい?」スライカープの姉さんが、心配そうにたずねる。

「しまいには、ダーク・ダイヤモンド号を見失っちゃったよ。追跡《ついせき》をあきらめて、失敗しましたって報告《ほうこく》にいってるんじゃないか」

「それで、発射《はっしゃ》の準備《じゅんび》も、もうととのったってわけだ」

「ナンタケット島にいるかぎりは、海軍のやつらだって手出しができなかったってことさ。ここは、アメリカだからな。だが、できるだけこっそりと、おおいそぎで逃《に》げだすにこしたことはない。あの軍艦《ぐんかん》が、まだそこらをうろついてるかもしれなからな」

「大砲《たいほう》は、何時に撃《う》てばいいんだい？」

ペニテンスはさらにドアに近寄《ちかよ》ると、じっと聞き耳を立てた。

スライカープ氏は、なにやら計算をしているようだ。

「うーん、南西の順風で、速度は十五ノット、それにクィドネットにもどると……逃《に》げだす時間も入れて。そうだな、六時間か。いや、八時間にしたほうがよさそうだな。夜中の十二時前には撃《う》つなよ」

「わかった。午前〇時きっかりに撃《う》つことにするよ。真っ暗なほうがいいもの」と、スライカープの姉さんは言う。「あそこへ行くまで、見つかる危険《きけん》もないしね。おまえが連れにもどってきてくれるまで、わたしはうたがわれたくないんだよ。トリビュレーション・キャスケットのままでいたら、安全なわけだからね」

「そういえば」と、スライカープ氏が言いだした。「キャスケットじいさんと娘《むすめ》は、どこにいるんだい？」

「わたしにわかるもんかね。この島の、いつも霧《きり》っぽい、いやらしい海の空気のせいで、ぐっすり眠《ねむ》ってしまったんだよ。朝になって目がさめたら、ずいぶんおそい時間になってて、ふたりともどっかへ行ってしまってたんだ。たぶん、クジラ見物じゃないかね。ところで、つかまえた三人は、うまく始末してくれるんだろうね？」

「そのままにしといちゃいけないかね？」と、スライカープ氏は言う。

「このばか！　頭を使いなって！　あいつらがだれかにしゃべったとたんに、計画がめちゃくちゃになってしまうんだよ。もし灯台守が三人を見つけたりしたら——だめだよ、なんとしても始末しなきゃ」

「じゃ、そうするよ。船に行くとちゅうでな。さあ、いそがなきゃ。あと、ひとつだけ問題があるんだが——」

「なんのこと？」

話し声が、どんどんドアに近づいてくる。ペニテンスは、必死でかくれる場所をさがした。あぶないところで、大きな箱型の振《ふ》り子《こ》時計の中にもぐりこむことができた。

「もしも緊急事態《きんきゅうじたい》が起こって、約束の時間より前に大砲《たいほう》を撃《う》たなきゃならなくなったら、ロケット弾《だん》で合図するからな。おれたちがロケット弾《だん》を打ちあげたら、すぐに大砲《たいほう》を撃《う》ってくれ。

同じように、姉さんが、なんかの理由で早く撃《う》たなきゃならない場合も、ロケット弾《だん》を打ちあげて知らせて警告《けいこく》してくれよ。そしたら、おれたちはどこにいても、おおいそぎでかくれ場所をさがすから。だが、なにがあっても大砲《たいほう》は撃《う》つんだぞ。こんないい機会は、二度とないからな。今夜はかならず、王位をうばったスチュアート家の王が宮殿《きゅうでん》にいる。明日が議会の開会日だからな」

「ぜったいに失敗するもんかね」

スライカープの姉さんは、ロケット弾《だん》をテーブルの上に置いた。それから、ふたりで話を続けながら、家の外に出ていく。

ペニテンスは、なにかに背中《せなか》を押されるように、すばやく動いた。振《ふ》り子《こ》時計からとび出すなり、フランスパンぐらいの大きさのロケット弾《だん》をつかんで、バターミルク（牛乳からバターをとったあとの液体《えきたい》）の入った大きなつぼの中に漬《つ》けたのだ。最初はいっぽうの端《はし》、つぎにもう片《かた》方《ほう》の端《はし》をひたす。ロケット弾《だん》のそばに、黄燐《おうりん》マッチが一束置いてあった。ペニテンスは、そのマッチも同じようにバターミルクにひたした。また振《ふ》り子《こ》時計の中にもぐりこんだとたんに、トリビュレーションおばさんのにせものがもどってきた。

おばさんのにせものがロケット弾《だん》のぬれているのを見つけたり、振《ふ》り子《こ》時計のねじを巻《ま》きにきたりしたらどうしようと、ペニテンスは気が気ではなかった。運《うん》よく、トリビュレーションおばさんのにせものはロケット弾《だん》も見ず、時計のねじも巻《ま》かずに二階へあがっていく。そのすきを見て、ペニテンスは家からぬけ出し、まず最初にスライカープ氏が行ってしまったかどうかたしかめた。遠くに、スライカープ氏のすがたが見えている。サンカティに通じる道路を、おおまたで歩いていく。ペニテンスは、せいいっぱい大きな音を立てながら家に入り、大きく息を吸《す》ってから、二階に呼《よ》びかけた。

「おば様？　トリビュレーションおば様？　二階にいるの？」

「ペニテンス？　おまえかい？」

トリビュレーションおばさんのにせものは――どういうわけかペニテンスは、その女をスライカープの姉さんだと思うことができなかった――こわい顔をして、階段《かいだん》をおりてきた。ペニテンスは、ぎょっとした。いつものギンガムのドレスではなく、黒い絹《きぬ》の服に着がえ、房《ふさ》のついた黒いショールをかけているのだ。手には、黒いボンネットを持っている。ボンネットに、よく葬式《そうしき》用のネックレスに使う黒玉《くろだま》の小粒《こつぶ》の石が点々と飾《かざ》ってあるのが、なんとも不吉《ふきつ》な感じだった。そして、深い緑色のブーツをはいている。

「さあさあ！」おばさんのにせものは、ペニテンスに言った。「どんな言いわけをするつもりだね？　一日じゅう、どこに行ってたんだい？　それから、お父さんはどこにいるんだね？」

「メイヒュー先生といっしょですよ、おば様。ピンクのクジラを見にいってるの。わたしたちが出かけるとき、おば様はまだ眠《ねむ》ってたから――おば様を起こしたくなかったのよ。メイヒュー先生は、もうすこしお父様といっしょに海岸にいてくれるんだけど、あの、みんなは――いえ、ふたりは、もう家にもどりなさいって、わたしに言ったの。ダイドーは帰ってるかしら？」

「見たら、いないのがわかるだろ」トリビュレーションおばさんのにせものは、きびしい口調《くちょう》で言う。「ほら、そんなところに口をぽかんとあけてつっ立ってないで――やらなきゃならない仕事が、山ほどあるんだよ。おや、どうしたんだい？」

「だって、おば様。とてもすてきなんですもの！」

「しばらくしたら、出かけなきゃいけないんでね」トリビュレーションおばさんのにせものは、うっかり口をすべらせた。「さあ、さっさとしないかね――家畜《かちく》にえさをやって、夕飯をつくるんだよ」

ブタやニワトリにえさをやりながら考えているうちに、ペニテンスは心配で胸《むね》がつぶれそうになってきた。トリビュレーションおばさんのにせものが、真夜中まで大砲《たいほう》を撃《う》ちにいかなければ、すべてうまくいく。ネイトと教授《きょうじゅ》が大砲《たいほう》にしっかりロープを結ぶだけの時間はあるし、ピンクのクジラも仕事をやりとげてくれるだろう。でも、スライカープ氏がサンカティの灯台にもどって、ダイドーたちが逃《に》げだしたのを見つけたら？　スライカープ氏は、かならずロケット弾《だん》で知らせるだろうし、トリビュレーションおばさんのにせものは、おおあわてで、もっと早くに大砲《たいほう》を撃《う》とうとするだろう。なんとかして、おばさんのにせものがロケット弾《だん》を見たり、音をきいたりしないようにできないだろうか？　ペニテンスは、えさやりをとちゅうでやめて、おおいそぎで家にもどった。えさをもらえなかった残り半分のブタが、おこってキイキイさわぎだした。

トリビュレーションおばさんのにせものは、台所のゆりいすに腰《こし》をかけ、おそろしい顔で前後にゆすりながら、まっすぐに前をにらんでいる。その顔から察するに、セントジェームズ宮殿《きゅうでん》が空高く吹《ふ》きとばされるありさまを目にうかべて、楽しんでいるのかもしれない。ペニテンスは、大なべや小なべをガチャガチャといわせ、ベーコンをフライパンでジュウジュウいためはじめた。砂糖《さとう》のかたまりも、バンバンとたたいて割《わ》る。

「そんなに音を立てるもんじゃないよ」トリビュレーションおばさんのにせものが言う。「うるさくて、考えがまとまらなくなるじゃないか。だめ、まだカーテンはしめないで。息苦しいし、すっかり日が暮《く》れてるわけじゃないんだから。そのままにしといておくれ」

ペニテンスは、しぶしぶ言われたとおりにした。

それから、大きなスープ皿にシチューをよそっておばさんのにせものに出してから、自分のものついで、大きな音を立てて食べはじめた。

「そんなにガツガツ食べるんじゃない！　まるでブタだね。それに、ブタっていえば、どうしてあんなにキイキイさわいでるんだい？　ちゃんとえさをやってないんじゃないか。さあ、早く行って、もっと食べさせておいで」

ペニテンスが外に出ると、クィドネットの方角から、短く、するどい爆発音《ばくはつおん》がきこえた。夕暮《ゆうぐ》れの空に、緑色の光がヘビのようにくねくねとあがり、火花を散らしながら落ちてくる。まあ、たいへん！　ペニテンスは、いそいで家の中にとびこんだ。

トリビュレーションおばさんのにせものが、あわててボンネットをかぶっている。

「あら、おば様。どこに行くの？」

「おまえの知ったこっちゃないだろ。さあ、お皿を洗《あら》ったらどうだい」

「あのう、でも、お願い――お出かけの前に――おば様に、結婚式《けっこんしき》のケーキのつくり方をききたいの」

「おまえは、頭でもおかしくなったのかい？　さあ、雨がさをとっておくれ――ほら、そこの、小麦粉を入れるかめのそばだよ」

「あの、あの」かわいそうに、ペニテンスは、おおいそぎで言った。「それじゃ、結婚式《けっこんしき》のケーキではなくって、お願い、ししゅうのしかたを教えてくれる？　船の帆《ほ》をサテンステッチでさしたいんだけど、どうやったらいいかわからなくって。悪いけど、おば様がやってみせてくれる？　そしたら、お皿を洗《あら》ったあとに、ししゅうできるから」

トリビュレーションおばさんのにせものは、ペニテンスの顔をまじまじと見つめた。

「いったい、なんのつもりだい？　結婚式《けっこんしき》のケーキだの――ししゅうだの――ペニテンス、なにかかくしてるんじゃないのかね？」

「い、い、いいえ。おば様！」

トリビュレーションおばさんのにせものは、おどかすようにペニテンスに一歩近づく。ひるんだペニテンスが、一歩さがる。だが、ちょうどそのとき、振《ふ》り子《こ》時計が三十分ごとの時刻《じこく》を告げた。トリビュレーションおばさんのにせものは、ペニテンスを長々と問いつめるには、時間がたりないと思ったらしい。

「じゃ、早く」おばさんのにせものは、言った。「ししゅうを持ってくるんだよ」

ほっとしたペニテンスは、自分の部屋《へや》にかけあがったが、トリビュレーションおばさんのにせものが、音を立てないように、すばやくあとをつけてくるのに気がつかなかった。たんすのいちばん下の引き出しから、薄紙《うすがみ》にくるんだししゅうの布《ぬの》をとり出そうとしているとき、ドアの鍵《かぎ》がカチャッとかかる音がした。ペニテンスは、部屋《へや》に閉《と》じこめられてしまったのだ。

窓《まど》にかけ寄《よ》ると、庭に出たトリビュレーションおばさんのにせものがロケット弾《だん》を打ちあげようとしている。何度か火をつけようとしたり、おこって声をあげたりしたあげく、おばさんのにせものは打ちあげるのをあきらめた。それから、小さな手さげ袋《ぶくろ》に黄燐《おうりん》マッチの束をつっこむと、いそいで森へ向かって歩きだした。

「お――い！」ネイトの耳に、ダイドーの声がきこえた。「ちょっとお！　もう終わったの？」

「もうすぐ終わるよ！」ネイトが小声で返事する。「しっかり結んだよ。教授《きょうじゅ》が、最後にもう一度たしかめてる。大砲《たいほう》にさよならするのが、つらいんだろうな。ロープをやぶや葉っぱの中にかくしながら来てよかったよ――かくしおわったとたんに、あの悪党《あくとう》どもがふたり、丘《おか》をかけのぼってサンカティに向かったんだ。船に乗りにいくとちゅうで、かわいそうなおれたちを崖《がけ》からつき落とそうと思ったんだろうな。おれたちが逃《に》げだしたのを知ったら、あいつら、どうするんだろう？」

「おおあわてで灯台からとび出してくるよ、きっと」と、ダイドーが言った。

それから、心配そうにつけ加えた。「そいつらがキャスケット船長やメイヒュー先生に出くわさなきゃいいけど。ほら、ブレドノーさんが来たよ。うまくロープをしばってくれた、教授《きょうじゅ》？」

「ああ。しっかりしゅばったよ」ブレドノー教授《きょうじゅ》は、悲しそうに言う。

「じゃあ、いそいで森を出なきゃ。ネイト、船長さんたちに合図をして」

ネイトはロープを二回、力強くひっぱった。大砲《たいほう》にロープを結びつけたことを、もういっぽうの端《はし》にいるメイヒュー先生とキャスケット船長に知らせたのだ。

「さあ、いそいで逃《に》げだそう――あたしについてきて！」ダイドーは、ネイトたちに言った。

「メイヒュー先生たちがロージーちゃんのしっぽにロープを結びつけたら、なるべく遠くに離《はな》れてなきゃね。さもないと、大砲《たいほう》が動きだしたら、地面の熱で足が黒こげになっちゃうかも。だけど、ずっと体を低くしてるんだよ」

ヒツジの毛皮をかぶった三人は、やぶの中をせいいっぱい速くかけぬけて、ダイドーが荷馬車をつないでおいた窪地《くぼち》にたどり着いた。ネイトがマンゴーの綱《つな》をほどいているときだった。ふいにロケット弾《だん》が打ちあげられる音がして、緑色の光線が夜空にあがった。肝《きも》をつぶして顔を見あわせている三人を、緑色の光が照らしだす。

「あいつらが、あげたのかな?」

「わかんない。けど、どっちにしても、いそがなきゃ」ダイドーは、つぶやいた。「マンゴーをせかさなきゃね、ネイト」

三人がおおいそぎで荷馬車に乗りこむと、ロケット弾《だん》の音になれていないマンゴーは、サンカティに向かう道をまっしぐらに走りはじめる。目の前に、灯台の明かりがはっきりと見えてきた。

「もうすぐ着くね」ダイドーが言う。「ロージーちゃん、いつひっぱりはじめるんだろう? しっぽにロープを結びつけるのに、えらく時間がかかったみたいだし。ああ、ネイト――ロージーがふざけ出したり、いやがったりして、追いつかないところまで逃《に》げていってたら、どうしよう？」

「そんなばかなことあるもんか」ネイトは、心の中の不安をかくして、きっぱりと言いきった。「あいつは、船長のためならなんだってやるんだから。船長の手から、ものを食べるんだぜ」

もうすこしで灯台に着きそうになったとき、だれかが道の端《はし》から息がつまったようなあえぎ声で呼《よ》びかけた。

「ダイドー！　ネイト！　あなたたちなの？　ねえ、とまってよ。お願い、とまって。わたし、ペンよ」

「えーっ、ペンなの！」ダイドーはとびおりるなり、ペニテンスをかかえあげて馬車に乗せた。「だいじょうぶ、ペン？　いったいどうしたの？」

「あの人――トリビュおば様が――森へ向かったわ――」息を切らしながら、ペニテンスは答える。「わたし――とめられなかった――おば様を――」おおいそぎで遠くまで走ってきたので、ペニテンスは息が苦しそうだ。両手を胸《むね》に当てているが、そのまましばらくは話ができない。「みんなに、知らせようと思って――窓《まど》によじのぼって外に出て――」最後に、ペニテンスは言った。「あの人たち――ロケット弾《だん》で――合図してから――撃《う》つって」

「ええっ、たいへん」と、ダイドー。「あのロケット弾《だん》が、やつらの合図ってこと?」

うなずいたペニテンスは、大きく息を吸《す》いこんだ。三人は、うろたえて、顔を見あわせるばかりだった。おそれていたことが、はっきり形をとってあらわれてしまった。

「それじゃ、いますぐにでも――」と、ダイドーが言いだす。「ひゃあ、キャスケット船長は、いったい――」

すると、その言葉にかぶさるように、ロージーの長く引きのばした、耳をつんざくようなとどろくばかりの鳴き声がきこえてきて、ダイドーの声をかき消してしまった。灯台まで土台からゆるがしてしまうような、ものすごい声だ。たるんでいたロープがひっぱられ、ビーンとバンジョーの弦《げん》のように鳴る。帆《ほ》や帆綱《ほづな》を吹《ふ》きぬける風のようなヒューッという音がしたかと思うと、ロープがでこぼこの地面の上を、砂地《すなち》を、海岸のしげみや雑草《ざっそう》をなぎたおしながら飛ぶように走っていく。そのとき、さけび声がきこえ、ボートがあらわれた。キャスケット船長とメイヒュー先生が、陸に向かって必死にボートをこいでいる。すでに潮《しお》が満《み》ちてきて、崖《がけ》のすぐ下に高い波が打ちつけていた。

「すっごーい！」ダイドーが、声をあげた。「ほらほら、泳いでくよ！」

崖《がけ》の上のみんなが海のほうに目をこらすと、灯台の光線を横切って、ピンクのクジラが沖《おき》に向かってまっしぐらに泳いでいくのがちらっと見えた。体の半分を海面に出し、荒々《あらあら》しい目をして、しっぽを旗のようにふりながら、矢のようにつっ走っている。みるみる間に、クジラは北に向かって、暗い海に消えていった。

「まあ、かわいそうに！」と、ペニテンスが言った。「あの子は、きっといやだったのよ。わたしたちに腹《はら》を立てて、もうもどってこなかったらどうするの？ かわいそうなお父様、どんなにがっかりすることか」

「そんなこと、まだ心配しなくていいよ」ダイドーが、なぐさめた。「すべてがうまくいったら、船長さんがまた追いかけてって、クリームパンかトウモロコシパンを食べさせればいいんだから——いま大事なのは、ロープが切れないかってことだよ。それから、トリビュレーションおばさんだけど、どこにいるんだろうね？」

それから二分後、すさまじいできごとが起こって、ダイドーのききたいことに答えてくれた。

ゴロゴロと低い音がしてきたかと思うと、近づくにつれて耳をつんざくようなガラガラというとどろきにかわり、巨大《きょだい》な大砲《たいほう》がすがたをあらわしたのだ。数えきれないくらいたくさんの車輪にのった大砲《たいほう》は、急流の中の大きな丸太のようにかたむいたり、ゆれたりしながら、でこぼこの地面の上をやってくるが、ふしぎなことにたおれずに、まっすぐ前を向いたまま進んでくる。

「あっ、見て！」ペニテンスが、息をのんだ。「だれかが、大砲《たいほう》にのってるわ！」

のぼっている月の光が、必死になって大砲《たいほう》にしがみついている人影《ひとかげ》を照らしだす——鬼《おに》のようにおこったトリビュレーションおばさんのにせものが、大砲《たいほう》の胴体《どうたい》にまたがり、砲尾《ほうび》に黄燐《おうりん》マッチをつぎからつぎへとこすりつけ、引きずられていく大砲《たいほう》に火をつけて発射《はっしゃ》させようとしているのだ。最後の悪あがきもむなしく、しめったマッチは、ひとつも火がつかない。

「気をつけないと、崖《がけ》から落ちちゃうぞお！」ネイトがさけんだ。

トリビュレーションおばさんのにせものは、ネイトの声をききつけた。そのときになって初めて、おばさんのにせものは大砲《たいほう》がどんなに海の近くまで引きずられてきているかに気づき、とうとう火をつけるのをあきらめて、ののしりながらマッチを投げすてた。今度は荷馬車に乗っているダイドーたちにこぶしをふりあげて、のろいの言葉を投げつけると、おどろくほど身軽に大砲《たいほう》の胴体《どうたい》の上に立ちあがり、綱《つな》わたりをするようにバランスをとりながら、大砲《たいほう》の上を走っていく。

「ナイフを持ってるぞ！」ネイトが、さけんだ。

「ロープを切るつもりなんだ！」

「まさか！」

「ちくしょう、やるかもしれないぞ！」

けれども、いくら必死になっても、直径《ちょっけい》十五センチもある、じょうぶなマニラ麻《あさ》のロープは切れない。と、そのとき大砲《たいほう》が、最後に大きくひとゆれした。そのまま崖《がけ》のきわで、砲口《ほうこう》を海に、砲尾《ほうび》を空に向けたまま、いっときとまる――つぎの瞬間《しゅんかん》、大砲《たいほう》はいかりくるった乗り手もろとも落ちていき、崖下《がけした》の白くあわ立つ波間に音もなく消えていった。

11

ジェンキンズくん、帰ってくる――町では宴会《えんかい》――軍艦《ぐんかん》ウタツグミは――もうひとりのトリビュレーションおばさん――さようなら、ピンクのクジラ

ふいに目をさましたダイドーは、どこにいるのかわからずに、きょとんとしてまばたきした。まぶしい日光が窓《まど》からさしこんでいる。胸《むね》の上になにかがとまって、しんぼう強く、同じ言葉をくり返していた。

「奥方様《おくがたさま》、お風呂《ふろ》がさめてしまいますよ」

「ジェンキンズくんだね!」ダイドーは、大声で言ってとび起きた。「ほんとに、おかしな鳥。

いったいどうやってここに来たの？　それじゃ、セアラ・キャスケット号が、港にもどったってわけ？」

「奥方様《おくがたさま》のかつらに、すこしばかり粉をふりかけなければなりませぬ」と、ジェンキンズくんは答える。

ダイドーはベッドからとび出して、服を着がえた。

「ペン、起きてよ！」ベッドの上の、もうひとつのかけぶとんの山をたたきながら、ダイドーは呼《よ》びかけた。「ちょっと、だれが来てくれたと思う？　早く目をさましなよ。お客さんたちに、朝ごはんをつくらなきゃいけないんだから！」

けれども、ふたりがあわてて階下におりると、お客たちはてんでにしたいことをやっていた。ネイトはブタのえさやりをすませていたし、ブレドノー教授《きょうじゅ》は帽子《ぼうし》いっぱいの卵《たまご》とサギの羽根を一本持って台所に入ってきた。メイヒュー先生はといえば、ボールに入れたビスケット生地《きじ》を、規則《きそく》正しいリズムでかきまぜている。

「ほら、だれが来てくれたと思う？」ダイドーは、大声で言った。ダイドーの肩《かた》にとまっていたジェンキンズくんは、大好きなネイトの頭めがけてロケットのように飛んでいき、そこで声をあげた。

「閣下《かっか》、なんたることか。閣下《かっか》の剣《けん》が、馬車のとびらにはさまっておりまする」

キャスケット船長が、目をかがやかせた。ゆりいすにすわった船長は、ほかのみんなとちがって、すこしばかり悲しそうに、しょげきっていたのだった。そんな船長が、ふいに晴れ晴れとした顔で言うのだ。

「やあ、ネイト！　そなたの鳥がもどってきたんだな！　つまり、セアラ・キャスケット号が港にもどってきておるんだ。すぐに、ナンタケットの町に出かけなければ」

「ああ、わたしも、そうしなきゃならん」メイヒュー先生が、うなずいた。患者《かんじゃ》たちは、わたしが地下にもぐってしまったと思ってるだろうよ。それに、もよおしの用意が、どっさりあるんだ――まずは、ナンタケット島がアトランティックシティまで飛ばされずにすんだことの感謝礼拝《かんしゃれいはい》、それから、島のみんなが、われらの気高い救い主たちに礼を言う、お祝いの宴会《えんかい》――」先生はペニテンスのあごの下をくすぐり、ダイドーの耳をぐいとやってから、ネイトの赤い髪《かみ》をつまんでひっぱった。「それから、ダーク・ダイヤモンド号を警戒《けいかい》するようイギリス海軍に言わねばならん。悪党《あくとう》どもを、とっつかまえてもらわなきゃな」

「それに、わたしも」とキャスケット船長が横から言った。「妹のトリビュレーションがどこにいるのか、調べてみなければ。わたしがピンクのクジラをさがしにいっているあいだ、子どもたちの世話をしにきてもらいたいのだよ」

ペニテンスが、ふいにわっと泣きだした。

「えーっ、ペン！」ダイドーが、心配そうにきいた。「どうしたのよ！」

「なにが悲しいのかね、娘《むすめ》や？」

「だって、ひどいわ！」ペニテンスは、めそめそと言った。「わたし、トリビュレーションおば様をこわがるのをやめようと、一所けんめいに努力したのよ。そしたら、おば様がにせものだとわかっちゃって。それでまた、はじめっからやりなおさなきゃならないんですもの」

「心配しなくてもいいよ」ダイドーが、なぐさめた。「ほんとうのおばさんが、あれほどひどいわけないって」

朝ごはんをすませると、ネイトはお母さんに無事を知らせようと、いそいで家にもどることにした。森の中で自分のポニーがうろうろしているのを見つけたが、悪事をたくらんだ連中がかくれていたという証拠《しょうこ》は、しげみがほとんどなぎたおされていることをのぞけば、ほとんどなかった。悪党《あくとう》たちがいた小屋は、大砲《たいほう》がすごいいきおいで海まで引きずられていったときに、こっぱみじんにこわされてしまっていた。

ネイトがもどってくるとすぐ、みんないっしょにナンタケットの町に出かけていき、セアラ・キャスケット号がいかりをおろしている北波止場へいそいだ。てっきり死んだと思っていたキャスケット船長とネイトが無事だったので、船乗りたちは大喜びだった。とりわけ、ライジェおじさんの喜んだことといったら。

「今度の航海は、短めに切りあげようと思ってたんでさあ、船長」と、パードンさんが言った。「それで、船に積んである鯨油《げいゆ》の樽《たる》が半分ぐらいいっぱいになったら、もどってこようとね。だって、じつを言うと、ナンタケットのあたりにピンクのクジラがあらわれたってきいたもんで、ひょっとして船長もこのあたりにいるんじゃねえかって気がしてね。もどってきて、ほんとによかったよ。おれたちが船出してから、島ではしょっちゅう変なことが起こってたそうじゃねえか。また海にもどれて、さぞうれしかろうね、船長？」

「ああ、そのとおりだ、パードンくん」船長はそう言ったものの、なんだか悲しそうだ。

「ピンクのやつに、会いたくてたまらないんだね」ダイドーがネイトにささやくと、ネイトもしぶい顔でうなずいた。とはいえ、宴会《えんかい》のあいだは、みんなじょうきげんだった。なんとぜいたくな宴会《えんかい》だったことか。メイヒュー先生とすっかりなかよくなったブレドノー教授《きょうじゅ》は、ナンタケット名物のホタテガイをたらふく食べたあげく、すっかり元気をとりもどし、大砲《たいほう》をなくした悲しみも忘《わす》れるほど心がなごんでいた。いっぽう、島の連中は、ナンタケット島を大惨事《だいさんじ》から救ってくれてありがとうと、ダイドー、ネイト、ペニテンスの三人に何度も乾杯《かんぱい》した。すっかり照れてしまった三人は、ちょっと落ちつこうと、ハナゴンドウ亭《てい》（ここで宴会《えんかい》が開かれた）のバルコニーに出ていった。ところが、ものの数分いただけで、ダイドーが大声をあげて宴会場《えんかいじょう》にもどってきた。

「メイヒュー先生、ちょっと来て！　イギリスの軍艦《ぐんかん》が、港の砂州《さす》の向こうにいかりをおろしてるよ。ボートを一そうつりおろしてて、そのボートが港に入ってきてるの！」

「いまごろ陰謀《いんぼう》をたくらんだ連中をさがしにきたんなら、見当ちがいもいいところだよ」と、メイヒュー先生は言った。それでも、町長のしるしとして首にかけるくさりを、もう一度かけ（ホタテガイを食べるのにじゃまになると言って、はずしていたのだ）、軍艦《ぐんかん》ウタツグミの艦長《かんちょう》を出むかえるために、ハナゴンドウ亭《てい》の外に出た。陸にあがってきた艦長《かんちょう》は、メイヒュー先生にあいさつをしてから、オズボールドストン艦長《かんちょう》ですと名のり、ナンタケット島にイギリスの犯罪《はんざい》者《しゃ》たちがひそんでいると思われるが、そのことについて質問させていただいてもよろしいかときいた。

「そのことなら、もう心配なさらんでいいですよ、艦長《かんちょう》。ほんとうに心配なさいますな!」メイヒュー先生は、愛想よく言った。「いいですか。連中がわたしらを放っておいてくれれば、わたしらもそのまま放っておくつもりだった。そしたら、あなたがたもわたしらに質問などなさらんでもすんだんです。ところが、あの連中、とんでもない悪党《あくとう》どもだとわかったんで、わたしらの手で追いはらってしまいました。だから、島にはひとりも残っていませんよ。ここで時間つぶしをしているより、ダーク・ダイヤモンド号という帆船《はんせん》を追跡《ついせき》したほうがいい——もう、ランズエンド岬《みさき》への航路の半分くらいは進んでいるでしょうが」

「いやいや、それがちがうんですよ」オズボールドストン艦長《かんちょう》は、メイヒュー先生に言う。「あの船はいま、マサチューセッツ湾《わん》の水深二千メートルのところに沈《しず》んでるんです」

「なんだって?」これにはメイヒュー先生も、あっけにとられてしまった。「いったい、どうしてそんなことに? なにが起こったのかね?」

オズボールドストン艦長《かんちょう》の説明は、こうだった。その前の晩《ばん》、艦長《かんちょう》はダーク・ダイヤモンド号を追うのをあきらめ、いかりをあげてイギリスへ帰ることにした。ところが、月がのぼりはじめたそのとき、一せきの帆船《はんせん》が張《は》れるだけの帆《ほ》を張《は》って、ナンタケット島の海岸ぞいを走っていくのが見えた。あれこそわれわれが追いかけていた獲物《えもの》だと、艦長《かんちょう》は思った。

「そのとき、わが軍艦《ぐんかん》は陸地のかげにいたので、あいつらにはすがたが見えなかったのですな。かなりの速度で、こっちに向かってくるんです。と、そのとき、なんともふしぎな事件《じけん》が起こったんですよ。ずっと海の上にいるわたしでさえ、あんなできごとは見たこともありませんな」

「なにが起こったんですか？」ダイドーとネイトが、声をそろえてきいた。

「それがね、月明かりの中を、巨大《きょだい》なピンクのクジラのようなものが、ロープみたいなものを引きずったまま、海岸にそってまっしぐらに泳いできたんですよ。そして、いきなりダーク・ダイヤモンド号の前を横切ったかと思うと、ロープがビシッと船体に当たったんです。クジラの泳ぐスピードがすさまじかったものだから、とても信じてもらえないと思いますが、なんとロープがダーク・ダイヤモンド号をまっぷたつに切りさき、船はあっという間に沈《しず》んでしまったんです。それはもう町長、おそろしいのなんのって！　もちろん、われわれはあたりの海をさがしまわりましたが、生存者《せいぞんしゃ》はひとりも見つかりませんでしたよ」

「つまり、やっかいな連中は、この世からすがたを消したというわけですな」メイヒュー先生は、元気よく言った。「ところで、艦長《かんちょう》さん。これでみなさんの仕事もすんだわけですから、ひとつわたしたちの宴会《えんかい》に出てくださいませんかね？　さあさあ、ここにいるわたしたちの若《わか》い友人たちに、乾杯《かんぱい》してくださいよ。この子たちが、あの怪鳥《かいちょう》どもの巣を、わたしたちのためにとっぱらってくれたんですからね」

オズボールドストン艦長《かんちょう》は、ぜひともダーク・ダイヤモンド号が沈没《ちんぼつ》してしまうまでの話を、なにからなにまできかせてほしいものだと言った。そうすれば、その話も海軍省の司令長官に提出する報告《ほうこく》に書くからと言う。ハナゴンドウ亭《てい》に入ってきた艦長《かんちょう》は、話をきいているあいだに、ショウガ湯を何ばいおかわりしたかわからないほどだった。

「それでは、ここにいるお嬢《じょう》さんは、イギリス国民だというわけですな？」話をすっかりききおえた艦長《かんちょう》は、ダイドーを見て言った。「お嬢《じょう》さん、本国へ帰還《きかん》なさりたいかね？」

「キ、キカ？　なにをなさりたいって？」

「われわれの軍艦《ぐんかん》で、イギリスに帰りたいかね？」

ダイドーは、口に入れていたタマリンドのピクルスをのどにつまらせた。それはもう、帰りたいに決まっている。けれども、ペニテンスの必死にうったえる目を見て心を決め、むっつりと返事した。

「艦長《かんちょう》さん、ご親切に言ってくださって、ほんとにありがとうございます。でも、あたし、しばらくはナンタケット島にいるほうがいいと思ってるの。友だちが、ここで落ちついて暮《く》らせるようになるまで、いっしょにいてあげるって約束しちゃったから。でも、まだ落ちついていないからね。そういうわけで、ほんとにうれしいんだけど、いまはだめなんです」

「それでしたら」と、オズボールドストン艦長《かんちょう》は言う。「われわれは、もう出航することにしましょう」

艦長《かんちょう》は、宴会場《えんかいじょう》の一同にあいさつをしてから、ボートにもどっていった。ダイドーはバルコニーに出て、軍艦《ぐんかん》が港を横切って沖《おき》に出ていくのをじっと見ていた。何度か深いため息をついてから、なみだでかすんだ目をぬぐう。にぎやかな宴会場《えんかいじょう》にもどる気にもなれず、ダイドーはそのままバルコニーに立っていた。すると、別の船が一せきやってくるのに気がついた。三本の帆《ほ》柱《ばしら》を立てた捕鯨船《ほげいせん》が、港の入り口にあるブラント・ポイント灯台に近づいてくるのだ。

「船が来たよお！」ダイドーは、宴会場《えんかいじょう》の人たちに知らせた。「今日は、ずいぶんたくさん船が来るんだね」

やがて、入ってきた捕鯨船《ほげいせん》は、トプシー・ターヴィー号という名前だとわかった。南埠頭《ふとう》に横づけされ、いかりをおろした捕鯨船《ほげいせん》を見ようと、みんな埠頭《ふとう》にかけつけた。ナンタケット島の船ではなかったので、めずらしかったのだ。船が埠頭《ふとう》につながれようとしたとき、甲板《かんぱん》に立っていたずんぐりむっくりした女の人が、樽《たる》でつくったいすに腰《こし》かけたまま埠頭《ふとう》につりおろされると、せかせかとみんなのほうにやってきた。なんだか、ひどく落ちつかないようすだ。

「どなたか、ジェーブズ・キャスケット船長のことをごぞんじないかしら？」と、その人はきいた。「生きているの？　それともおぼれて死んじゃったのかしら？——まあまあ、ここにいた！ご本人が立ってるじゃないの！　ジェーブズ！　ジェーブズ兄さん！　もう、兄さんには二度と会えないと思ってたわ。ピンクのクジラに飲みこまれたってきいたのよ！」

「おお、トリビュレーションかね！　そなたに会えるとは、おどろいたな！　いったい、どこに行っておったんだね？」

「それに、パードンさんも！　それから、幼《おさな》なじみのイノック・メイヒューも——ちょっと、ちょっと！　わたしを川につき落としたときのこと、おぼえてる？　この、いたずらっ子のおじいさん！」

「まあ、びっくりした！」ペニテンスが、ダイドーにささやいた。「この人が、トリビュレーションおば様なのかしら？」

ずんぐりむっくりのおばさんは、楽しい、いや最新流行と言っていいほどのおしゃれをしていた。すそにひだ飾《かざ》りがついた薄手《うすで》の絹《きぬ》のドレスは、ピンクとグレーのしまもよう。ピンクのサテン地のパラソル。ボンネットには、サクランボがついている。髪《かみ》は黒い巻《ま》き毛で、生き生きした黒い瞳《ひとみ》。バラ色の、ふくふくしたまるい顔は、ピンクの粉砂糖《こなざとう》をふりかけたケーキのようだ。ラベンダーの強い香《かお》りが、おばさんからただよってくる。

「まあ、ジェーブズ。お願いだからトリビュレーションなんて呼《よ》ばないでくれる。わたし、とっくにそう呼《よ》ばれるのをやめたんだから」おばさんは、ケラケラ笑いながら言った。「サムはね、わたしのこと、いつもトプシーって呼《よ》ぶのよ。びっくりしたでしょ！　そうなの、わたし結婚《けっこん》したのよ、ジェーブズ兄さん！　これが、わたしの夫のサム・ターヴィー船長よ。去年の秋に、とつぜん結婚《けっこん》することになってね、サムといっしょに航海に出てたの。だから、二通目の手紙に、ナンタケット島でペニテンスの世話をしてあげられなくなったって書いたわけ。だけど、兄さんがクジラに飲まれたってことが、もちろん耳に入ったから――」

「二通目の手紙だと？　わたしは、二通目の手紙など、受けとっておらんぞ」船長は、わけがわからないといった顔をしている。

「そうなの？　ビルガー船長にお願いして、ガラパゴス島でおちあう兄さんに持っていってもらったのよ。とっくに兄さんの手にわたっているようにしてもらったはずなのに。それはそうと、ペンはどこ？　いったいペンの世話は、どうしてたの？」

おばさんは、楽しそうにくるっとふりむいて、大きな声で言った。

「あらあ、どっちの子が、わたしの姪《めい》なのかしら？　さあ、わたしに当てられるかなあ！」

「わたしはここよ、トリビュレーションおば様」ペニテンスが、はずかしそうに言う。

「トプシーよ、ペン。トプシーって呼《よ》んでちょうだい！　トリビュレーションおば様なんて呼《よ》ばないで！」おばさんはそう言って、ペニテンスをあたたかく抱《だ》きしめた。「ほんとに、どこからどこまでお母さんにそっくりだわ。だけど、ずいぶん大きくなったこと！　ペンだって言われなきゃ、わからなかったわね」

「わたしだって、おば様のこと、わからなかったと思うわ」と、ペニテンスがつぶやいた。

「ほんと、そのとおりだよ」と、ダイドーは、ひとりごとを言った。ペニテンスの五歳《さい》のときの記憶《きおく》にあるおばさんと、目の前にいる陽気で、ピンクのほおをした、あまい香《かお》りのするさわがしいおばさんは、なんてちがっていることだろう。このおばさんのことを、おっかないドラゴンだって言うなんて、ペンの母ちゃんもずいぶんばかなことを考えてたもんだな、とダイドーは思った。まったく、このおばさんも、どうして航海に出たりしたんだろう。おばさんが陸にさえいてくれたら、なにもかもうまくいっていたというのに。ペンは、このおばさんのことが大好きになったんだね。だれの目から見たって、はっきりわかるじゃない……。

そのとおり。あたたかい腕《うで》に抱《だ》かれたペニテンスは、心から幸せそうにおばさんにもたれかかり、目を星のようにかがやかせている。

「……そんなこんなでね、海の上の暮《く》らしには、わたしには向いてないって思ったものだから」と、トプシーおばさんは、話を続ける。「このナンタケット島に住もうと思うの。シアスコンセットに家を建てて、サムが航海のあいまに帰ってこられるようにしてあげるのよ。ペン、あなたもお父さんが航海に出ているときは、わたしといっしょに暮《く》らしてくれるわよね？」

「ええ、もちろんよ！」ペニテンスは、うれしそうに大きな声で言った。「もちろん、そうするわ、トプシーおば様！」

「ああ、やんなっちゃう！」ダイドーは、思わずうめいてしまった。「それなら、どうしていまじゃなくって、一時間前にもどってきてくれなかったのよ？　そしたら、あたしはいまごろ軍艦《ぐんかん》ウタツグミに乗って、気持ちよくロンドン川へ向かって海をわたっているのに」

「まあ、ダイドー！」ペニテンスも、気がとがめているようだ。「ほんとうに残念ね！　でも、つぎの船が見つかるまで、わたしやトプシーおば様といっしょに暮《く》らしたらいいわ」

「だいじょうぶだよ、ペン──気にしなくていいよ」

けれども、ダイドーはぎゅっとくちびるをかんだ。

そのとき、悲しいもの思いに沈《しず》んでいたキャスケット船長が、はっとわれに返った。

「まだ、あきらめるのは早いぞ！」船長は、声をあげる。「さあ、セアラ・キャスケット号のいかりをあげるんだ！　ナンタケットの捕鯨船《ほげいせん》なら、あんなのろまなイギリスの船にたちまち追いついてしまうからな。そなたをセアラ・キャスケット号に乗せて、すぐさま出発するとしよう！」

「ほんと！」ダイドーは、大声できき返した。「ほんとに追いつけるの？」

キャスケット船長は、大声で出航の準備《じゅんび》をしろと命令していた。帆《ほ》が広げられ、いかりがさっさと引きあげられる。ナンタケット島の住民の半分が、ダイドーの出発を見おくろうと、セアラ・キャスケット号の甲板《かんぱん》に乗りこんできた。

軍艦《ぐんかん》ウタツグミは、かなり前に出港していたが、まだ遠くに見えていた。セアラ・キャスケット号はスピードをあげて追いかけ、メーン湾《わん》を横切るころには追いつきそうになっていた。そのとき、どうしたわけか軍艦《ぐんかん》ウタツグミは、ふいに船首を風上に向け、とまってしまった。まもなく、どうしてそうしたか理由がわかった。北東のほうから、朝日のようなバラ色にかがやく水しぶきを、風になびくリボンのように従《したが》えながら、まっしぐらにやってくるものがいる。まちがいない。あのピンクのクジラ、ロージーだ。

「ロージーだ！」ダイドーが、大声をあげた。「船長に会いに、もどってきたよ！」

「ダイドーに、さよならを言いにきたんだな」と、ネイトが言う。

「わたしたちを、ゆるしてくれるためにもどってきたのね」ペニテンスが、そっとつぶやいた。

ロージーは、セアラ・キャスケット号のまわりをトビウオのようにうかれまわった。軍艦《ぐんかん》ウタツグミの水兵たちは甲板《かんぱん》の手すりに鈴なりになって、世にも珍しい光景をあっけにとられて見物している。

キャスケット船長が、軍艦《ぐんかん》ウタツグミに呼《よ》びかけた。

「おーい！　ひとりお客を乗せてってくれんかね。けっきょく、トワイト嬢《じょう》はイギリスに帰ることにしたのだよ」

「それは、大歓迎《だいかんげい》ですよ！」軍艦《ぐんかん》ウタツグミから、返事がもどってきた。ダイドーをむかえに、艦長《かんちょう》用のボートがおろされる。ダイドーは、セアラ・キャスケット号に乗っているみんなを、ひとりひとりぎゅっと抱《だ》きしめた。いざ、ナンタケット島を離《はな》れることになると、さびしさが身にしみる。けれども、とっても幸せでもあった。そう、なんて幸せなことだろう！　やっと故郷《ふるさと》に帰れるのだから。

「またすぐもどってきてね、大好きなダイドー」ペニテンスが言う。「来年の夏にはきっと島に来て、わたしやトプシーおば様といっしょにすごしてね」

「それじゃ、しゃよならね、いい子」と、ブレドノー教授《きょうじゅ》も言ってくれた。教授《きょうじゅ》は、メイヒュー先生に招《まね》かれて、先生の家に泊《と》まりながらシロフクロウの研究をすることになっている。

「じゃあな！」と、ネイトが言った。

「いつでもナンタケット島に来ておくれ。大歓迎《だいかんげい》だよ」メイヒュー先生も言う。「おまえさんは、死ぬよりもっともっとひどい運命《うんめい》から、この島を救ってくれたんだからな」

「そなたは、ほんとうにいい子だ」キャスケット船長も声をかけてくれる。

「奥方様《おくがたさま》の馬車が、道をふさいでおりまする」と、これはジェンキンズくんだ。

ダイドーがボートにとび乗ると、水兵がこぎ出した。軍艦《ぐんかん》ウタツグミに着いたとき、乗組員たちは女王様をむかえるように号笛《ごうてき》や呼子《よびこ》を吹《ふ》いてダイドーを歓迎《かんげい》してくれた。艦長《かんちょう》が、自分のテーブルにダイドーを呼《よ》んでくれる。

けれどもダイドーは、ずっと甲板《かんぱん》にいて手をふっていた。これ以上ないくらい幸せいっぱいなピンクのクジラに守られながら、セアラ・キャスケット号はナンタケット島に向かってもどっていき、やがて見えなくなった。

つぎの年、ダイドーがペニテンスをたずねると、キャスケット船長は船乗りの暮《く》らしをやめていた。ピンクのクジラがもどってきたのだから、船長の望みはただひとつ、ナンタケット島に住みつづけ、岸の近くでロージーが泳いだり、ふざけたりしているのを一日も欠かさずに見ることだった。
さて、クジラや船長は、どちらもおそろしく長生きをすると言われている。だからもし、あなたがナンタケット島に行くことがあったら、キャスケット船長やピンクのクジラに会えるかもしれないね。

「ナンタケットの　すてきなクジラ
とってもピンクで　とってもまるい
島の誇《ほこ》り、入《い》り江《え》の真珠《しんじゅ》
神様のめぐみで　この島にやってきた
どうか　サンカティ岬《みさき》の　沖《おき》で
いつまでも　はねまわっておくれ！」

訳者あとがき

こだまともこ

『バタシー城の悪者たち』で荒海《あらうみ》に投げだされたダイドー・トワイト。かわいそうに、おぼれてしまったのだろうとイギリスにいる友だちや家族は思っていたのですが、なんとアメリカの捕鯨船《ほげいせん》に救助《きゅうじょ》されて、意識がもどらないまま故郷《ふるさと》から遠く離《はな》れた洋上にいたのでした。やがて長い眠《ねむ》りからめざめたダイドーを待っていたのは、奇想天外《きそうてんがい》な大冒険《だいぼうけん》。なかでも、シリーズ第一巻『ウィロビー・チェースのオオカミ』を楽しんでくださった読者の方々は、ダイドーが捕鯨船《ほげいせん》の脂身貯蔵室《あぶらみちょぞうしつ》で遭遇《そうぐう》した謎《なぞ》の女の正体に、びっくりされることでしょう。

ところで、ダイドーを救ってくれた捕鯨船《ほげいせん》の船長は、幻《まぼろし》のピンクのクジラを追いつづけているのですが、クジラと船長の物語というと、アメリカ文学の古典であるメルヴィル作『白鯨《はくげい》』を思いうかべます。『白鯨《はくげい》』は、語り手のイシュメールという男がナンタケット島にわたろうとニューベッドフォードの町にやってくるところから始まりますが、第二章には、ナンタケット島は捕獲《ほかく》されたクジラがアメリカで最初に海岸に引きあげられた場所だと書いてあります。この物語の作者、ジョーン・エイキンの娘《むすめ》であるリザさんによると、ジョーンの父、リザさんの祖父にあたる高名な詩人のコンラッド・エイキンが海をへだててナンタケット島の北にあるコッド岬《みさき》に家を持っていたとか。『ウィロビー・チェースのオオカミ』がアメリカで出版されたあとに家族でおじいさんに会いにいき、ナンタケット島もたずねたということです。ジョーン・エイキンはメルヴィルの小説を愛読していたということですから、『白鯨《はくげい》』と、このときのナンタケット島への旅が『ナンタケットの夜鳥』のベースになっていることはまちがいありません。ちなみに『白鯨《はくげい》』には、メイヒュー先生と同じ名前の船長や、先生がダイドーたちに飲ませたショウガ湯も出てきます。けれども、エイハブ船長の死で終わる、重々しく、暗い『白鯨《はくげい》』にくらべると、ピンクのクジラ、ロージーちゃんの、なんと愛らしくロマンチックなことか！

二〇一二年の夏ロンドンで開催《かいさい》されたＩＢＢＹ（国際児童図書評議会）の集まりに出席したおりに、わたしはリザ・エイキンさんに招《まね》かれて、ジョーン・エイキンが暮《く》らしていたロンドン郊外《こうがい》の家を訪問《ほうもん》しました。ＩＢＢＹ主催《しゅさい》のロアルド・ダール・ツアーや、ビアトリクス・ポッター・ツアーなどがあったのですが、参加者が多くて行けないと話したら、「それじゃ、たったひとりのエイキン・ツアーにいらっしゃい！」と、言っていただいたのです。美しい緑の木々に囲まれた庭の奥《おく》に、エイキンの書斎《しょさい》が生前そのままの形で移転《いてん》してあり、自分で描いた水彩画《すいさいが》や、家族をささえるために「ビーバーのように」働いていたころに住んでいたという、二階建てバスの話を書いた新聞記事など、エイキン・ファンにとっては数々の宝物《たからもの》を見せていただきました。

　すてきなエイキン・ツアーに招《まね》いてくださったリザ・エイキンさん、そしていつもと変わらないお力添《ちからぞ》えをいただいた冨山房社長坂本起一さん、さくまゆみこさん、檀上聖子さんに、心からお礼を申しあげます。

庭の奥《おく》にそっくり残っているエイキンの書斎《しょさい》

このタイプライターから「ダイドーの冒険」シリーズをはじめ、数々の傑作《けっさく》が生まれた

ジョーン・エイキン Joan Aiken (1924 – 2004)

アメリカの詩人コンラッド・エイキンの娘として、イギリス、サセックスのライで生まれる。母親はカナダ人。5歳のころから物語や詩をノートに書きつけ、十代の後半から作品を雑誌などに発表しはじめる。若くして夫を亡くしたのちに、本格的な作家活動に入る。作品は児童文学だけではなく、大人向きのミステリー、詩、戯曲など多岐にわたり、生涯で約100点の本を出版した。1969年『ささやき山の秘密』でガーディアン賞を受賞。代表的な子ども向けの作品としては、『ウィロビー・チェースのオオカミ』から始まるシリーズ、“Go Saddle the Sea”三部作、フェアリー・テールの短編集『しずくの首飾り』、幼い子ども向けの『かってなカラスおおてがら』などがある。

こだまともこ 小玉知子

東京都生まれ。早稲田大学卒業。出版社で雑誌の編集にたずさわったのち、児童図書の翻訳と創作をはじめる。創作に『3じのおちゃにきてください』(福音館書店)、主な訳書に『3びきのかわいいオオカミ』(冨山房)、『レモネードを作ろう』(徳間書店)、『さよならのドライブ』(フレーベル館)、『ビーバー族のしるし』(あすなろ書房)、『スモーキー山脈からの手紙』(評論社)などがある。

ナンタケットの夜《や》鳥《ちょう》
二〇一六年一〇月二一日初版発行
作者―ジョーン・エイキン
訳者―こだまともこ
発行者―坂本起一
発行所―冨山房
〒一〇一―〇〇五一
東京都千代田区神田神保町一―三
電話 〇三―三二九一―二一七一
ファクス 〇三―三二九一―二一七九
制作―本作り空 Sola
印刷―精興社
製本―加藤製本

ISBN978-4-572-00478-9

Night Birds on Nantucket by Joan Aiken 1966 NDC933 360p 20cm
Illustrated by Pat Marriott